内なる宇宙 上

ジェイムズ・P・ホーガン

架空戦争に敗れた惑星ジェヴレン。この星を管理・運営する超電子頭脳ジェヴェックスは、一方で人々を架空世界漬けにしていた。敗戦に伴ってジェヴェックスと切断され、混乱する社会では、ある指導者による惑星規模の一大陰謀が密かに進行する。進退きわまったガニメアンたち惑星行政当局の要請を受けたハント博士とダンチェッカー教授たちは急遽、ジェヴレンへ向かう……。月面で発見された宇宙服姿の遺骸は5万年前のものだった、という壮大な謎を端緒とする不朽の名作『星を継ぐもの』に続くシリーズ第四弾！　第25回星雲賞海外部門受賞作。

内なる宇宙 上

ジェイムズ・P・ホーガン
池　央耿　訳

創元ＳＦ文庫

ENTOVERSE

by

James P. Hogan

日本語版への序

一九八六年に私は〈DAICONV（第二十五回日本SF大会・大阪）〉のゲストの一人として生まれてはじめて日本を訪れる機会に恵まれた。右を見ても左を見ても、溢《あふ》れ返るばかりの旺盛《おうせい》な活力に圧倒される思いだった。西欧世界が疲弊して、幻滅と被害妄想に悩み、凋落《ちょうらく》の道を辿《たど》っているとすれば、惑星地球の東側に位置するこの国こそ、人類の新たな拡張の原点だと思ったことを憶えている。

作家は会う人ごとに、どうやって作品を構想するか訊かれる。私の場合、長いこと頭の中で別々に育っていた考えが、ある日突然、嵌《は》め絵の断片がぴたりと合わさるように一つにまとまって発想が生まれ、それが次第に形を成して小説になる。この『内なる宇宙』もまさにそんなふうにして出来上がった作品である。

一九八〇年代も終わりに近いある時、私はニューヨークでSF系の出版人や編集者のグループと昼食をともにした。中の一人に、ファンタジーを書く気はないか、と訊かれて私は答えた。「いずれそのうち書くことになるかもしれない。ただ、私の書くものは、おそらく、諸君の考えているファンタジーとはおよそ肌合いが違うだろうね」彼らは大いに関心を示し、それはどういうことかと説明を求めた。

私は思うに、ファンタジーとSFの境界線は物理現象を特徴づける一貫性と反復性の概念が、一歩その先へ踏み込めばもはや通用しなくなるところに横たわっている。原因が同じなら結果もまた常に同じであることを意味するこの一貫性と反復性こそは、我々の常識の基礎をなす法則を成り立たせ、我々が外界を認識する方途としての科学を可能にするものにほかならない。境界線のこちら側には、我々が既知の領域から位相幾何学《いそうきかがく》的過程に従って、あるいは敷衍《ふえん》し、あるいは曲解し、また時に変形を加えて導き出すことのできるあらゆる世界が存在する。因果律が守られている限り、そこに現出した世界はいかに変容していようとも我我の理解を拒むものではない。境界線の向こう側は論理的に矛盾のない橋を架け渡すことのいっさい不可能な異質の領域である。

言い換えれば、SF作家は〈もし（if）〉の疑問符から出発して、歴史、道徳、技術、その他もろもろ、ありとあらゆる点で既成の社会とはまったく違った世界を創造するにもせよ、物理法則の首枷《くびかせ》から逃れることはできず、作品はあくまでもその埒内《らちない》に留まるということである。もちろん、作家は物理法則の枠組みをいくぶんか押し広げ、あるいは新たな仮説領域を外挿《がいそう》して物語に興趣を添えることもある。光の速度や、タイムパラドックスのように一般に知られている不動の限界を回避する手法を編み出すことすらないではない。が、それは技術上の突破口を切り開き、また、より広い視野で現実を捉えることによって従来の限界を越えるという話であって、そこで重要なのは科学の方法は不易であることである。現実を支える論理と理知の構造は揺るぎない。これに引き換え、ファンタジー作家はそもそものはじめから物理法則に縛られることもなく、限界などありはしないから、どんな世界を描くことも思いのままである。そこでは魔法も珍しくない。

ところが、私はハードSFが表芸で、魔法やそれに類する不思議な事象を翫《もてあそ》んでいる暇はない。仮にもし、私が魔法の世界を舞台に作品を書くとしたら、そこから大道具、小道具を取り払ってみれば、結局は、魔法の世界もまた宇宙を支配する物理法則と合理性に服して、魔法が魔法でなくなるような書き方をするだろう。その魔法世界は我々の知っている現実の中に存在するものでなくてはならない。理屈としては我ながら上出来だが、では何を書くかとなると雲を摑《つか》むような話で、当時、私はどこから手をつけていいやらとんと目処《めど》も立たないありさまだった。

その後間もなく、私はカリフォルニアで大規模な並列処理コンピュータ・マトリックスの構築に取り組んでいる友人に会った。これは比較的新しいコンピュータ・アーキテクチュアで、演算、記憶、伝送の基本的な機能を持つ情報処理素子の配列から成るシステムである。個々の素子の能力は限られているが、厖大《ぼうだい》な数の素子が協同することによって、システムがやってのける仕事は実に驚嘆に価《あたい》する。

マトリックスを構成する素子は、それぞれが極めて単純な法則に従って隣接する素子と情報をやりとりする独立した個体である。この構造と、物理空間で相互作用する質量エネルギー量子の類比に私は関心をそそられた。とりわけ、我々が認識している宇宙の千変万化する諸相は、ただ気が遠くなるほどたくさんの量子《りょうし》と、その進化に与えられた長い長い時間によって無から生じたのだという事実に私は触発された。「情報空間」においても同様に宇宙が生成され得るのではないかという発想を根底から否定する要因がはたしてあるだろうか？その宇宙に、純粋に情報のみを生命とする知的人格が進化していたとしたらどうだろう？

さらに一歩進んで、その宇宙に固有の物理法則が我々の知るものと同じでなくてはならない理由は何もない。その空間の特性や、そこで起こる現象を規定するのは我々の生きている外側の世界を支配する物理法則ではなく、システムのマイクロプログラミングの前提にある情報哲学である。だとすれば、そこでは我々の目に魔法と映ることが起きてもおかしくない。ただ、問題は、情報空間の内部に生じた宇宙が通常の物理空間との類比において説得力を持つためには、何はさて、厖大な量の素子を必要とすることである。当然ながら、それを実現する科学技術は現代の水準からは遠く想像もおよばない、高度な進化を達成したものでなくてはならない。

ここに、ニューヨークで私の著作権代理人をしているエリナ・ウッドが登場する。著作権代理人というと、出版契約の交渉や、滞《とどこお》りがちな印税の取り立てばかりが仕事と思われているが、さにあらず。エリナは私の作品の中でも特に《巨人たちの星》三部作を評価してくれて、前々から是非とも続きをもう一作とせっついている。私は私で、このシリーズで書きたいことは全部書いたし、ハントやダンチェッカーについても語りつくして、もう続きを書くほどの材料はない、と逃げを打ってきた。ところが、エリナはそんな私の言い分を認めない。「とんでもない。ジェヴレン人たちはどうなるの？　あの混迷の惑星が一握りのガニメアンの手に負えるかしら？　問題は山積しているはずよ。ガニメアンはどうしたって、誰かに知恵を借りなくてはやっていけないところへのめり込むことになるわ。私、間違っているかしら？」

なるほど、エリナの言う通り、まだまだ話は終わっていない。おまけに、考えてみれば、先に述べた魔法世界を可能にする先進コンピュータ技術は『巨人たちの星』で我々が出会ったテューリアン文明の真骨頂である。ここに至ってまたしても、私の頭の中で別々に育っていた考えが一冊の本になる予感を伴って合流した。その結果がこれからお読みいただく『内なる宇宙』である。中身については読んでのお楽しみで、この場で触れることは差し控えるが、日本の読者諸氏に喜んでいただけるなら幸いこれに越すことはない。

この作品はまた、私の人類に対する信頼と、将来への期待を語るものでもある。昨今、一部に人類の知性に対して極めて悲観的な考えをすることが流行《はや》っているようだが、それは自身知性に乏しく、およそ物のわかっていない人種の思い込みでしかない。私は違う。人類と、そして、人類の目指す方向について、私は何の疑いも抱いていない。いや、それ以上に大いに楽観的である。人類が地球を毒し、大気を汚染し、集団痴呆に陥って、自分たちの出した廃棄物に埋もれて窒息死するとは思えない。どういたしまして。人間の理性は常に昨日よりは今日、今日よりは明日を良くしようとする。それが人類の歴史であり、ここへ来てその方向が変わるはずがない。

私は近々また日本へ行きたいと思っている。これまで私の作品を評価し、変わらぬ支持をお寄せ下さった日本の読者諸氏に感謝の意を表したい。遠からず日本を再訪して多くの知己を得んことを期待している。

フロリダ州ペンサコーラにて
一九九二年二月
ジェイムズ・P・ホーガン

登場人物

◆地球人

ヴィクター・ハント……………原子物理学者

ダンカン・ワット………………ハントの助手

ジーナ・マリン…………………シアトル在住のノンフィクション・ライター

グレッグ・コールドウェル……先進科学局（ＡＳＤ）の局長

クリス・ダンチェッカー………異星生命科学研究所所長

サンディ・ホームズ……………ダンチェッカーの助手

デル・カレン……………………惑星行政センター（ＰＡＣ）保安部責任者

マレー……………………………ジェヴレン在住の怪しげな男

ハンス・バウマー………………ガニメアン臨時政府顧問団の男

◆ガニメアン

カラザー…………………………テューリアン最高会議議長

ガルース…………………………ジェヴレン惑星行政センター長官

モンチャー……………………ガルースの副官
シローヒン…………………〈シャピアロン〉号の主任科学者
ロドガー・ジャシレーン……〈シャピアロン〉号の機関長
ポーシック・イージアン……テューリアン政府の科学顧問

◆ジェヴレン人

アヤルタ……………………覚醒螺階教の指導者
ユーベリアス………………光軸教《アクシス》の〈救済主《デリヴァラー》〉
イドゥエーン………………ユーベリアスの腹心
グレヴェッツ………………犯罪組織の顔役
シリオ………………………グレヴェッツの片腕
オベイン……………………シバン警察副署長
ニクシー……………………マレーの女

◆どこかの世界

スラクス……………………科学的思考を備えた青年
ダルグレン…………………スラクスの叔父

ヨーネル……………………スラクスの叔母
キーヤロー…………………ダルグレンとヨーネルの養子
シンゲン＝フー……………導師
エセンダー…………………ヴァンドロス↓オレナッシュの祭司

発想を与えてくれた
エリナ・ウッドに

優秀な著作権代理人は
完成作品にその名を記されて
然《しか》るべきである

内なる宇宙　上

プロローグ

二十一世紀中葉に至って人類はようやくその叡智を結集し、人種間の違いをかつ克服し、かつ容認し合って共存することを覚え、同じ地球に生きる一族として相携えて星間宇宙へ進出しはじめた。その過程で、古来、反目の背景をなしていた偏見や不条理はあらかた薄らぎ、あるいは払拭された。変化に耐えて生き延びた揺るぎない信念は、飽くことを知らぬ人類の知識の拡大に確固たる土台を与えた。それまでに蓄積された夥《おびただ》しい観測データと最先端の実験技術をもってすれば、もはや宇宙に人類をたじろがせるほどの謎はほとんど隠されていまい。

少なくとも、束《つか》の間《ま》ながら自信に溢《あふ》れていた一時期、人類にはそのように感じられた。ところが、まったく思いも寄らず、また、かつて例を見ない一連の出来事が太陽系の歴史に新たな光を投げかけたのみならず、それによって人類の起源もまた従来の定説を捨て去り、根底から書き改めることを余儀なくされたのである。

ソヴィエト連邦の崩壊を機に防衛産業の再編成が進み、宇宙探査計画は息を吹き返した。国際協力が実ってついに外惑星にまで行動範囲を拡げた人類は、かつてそこに自分たちよりはるかに優れた技術を達成した異人種が存在していたことを知るに至った。二千五百万年の昔、火星と木星の間に位置を占めていた惑星ミネルヴァに、身長八フィートの心優しい巨人種が文明を営み、繁栄を誇っていたのである。巨人種ははじめてその遺物が発見された木星最大の衛星ガニメデに因《ちな》んでガニメアンと呼ばれるようになった。

さらに驚くべきことに、人類学、遺伝学、比較解剖学、その他各分野の何世代にもおよぶ研究の成果を踏まえて人類は、類人猿が生存競争に鎬《しのぎ》を削る地球上に突如として霊長目真猿《れいちょうもくしんえん》亜目《あもく》ヒト上科ヒト科、ホモ・サピエンスが出現した変異の過程を正しく推理したにもかかわらず、当時の学術事情では無理からぬことながら、場所の特定を誤っていた。原生人類は地球上で進化したのではなかったのだ。

ミネルヴァは地球よりも太陽から遠かったが、自然の温室効果によって、やや寒冷ながら地球と同様の環境が維持されていた。ところが、ガニメアン文明が絶頂を極めた頃、惑星の気候に変化が生じ、そのまま行けばいずれは彼ら巨人種の体質では生きられない環境になることが予想された。つとに太陽系探査を進めていたガニメアンは地球に飛来し、漸新世《ぜんしんせい》後期から中新世《ちゆうしんせい》初期のあらん限りの動植物をミネルヴァに持ち帰った。地球の動植物を利用し、生物工学技術を駆使してミネルヴァの環境を改良しようという壮大な企てであった。しかし、その努力も空《むな》しく、ガニメアンはミネルヴァを捨て、後にジャイアンツ・スター——巨人たちの星の名で知られることになる別の恒星系へ移住した。地球から牡牛《おうし》座の方向に約二十光年を隔てたところにある星である。

その後数百万年の間に、地球から移入された動物はミネルヴァ固有の動物を駆逐してこれに取って代わった。生物学上の特殊条件が働いた結果、ミネルヴァには陸棲《りくせい》の肉食獣が進化せず、この惑星に育った生き物は弱肉強食の生存競争となればとうてい地球動物の敵ではなかった。外来の種の中に、ガニメアンの遺伝子操作によって当時地球上に棲息していたどんな生き物よりも発達した霊長類の一属がいた。それから二千五百万年下って今からおよそ五万年前、地球の各地で進化を遂げた類人猿たちがようやく石器文化の黎明《れいめい》を迎えようとする頃、ミネルヴァでは宇宙航行の技術を達成した第二の文明人種が栄えていた。現代人の始祖である彼らは、二十一世紀初頭の月面《ルナ》探査でその存在の証拠が発見されたところから、ルナリアンと名づけられた。

ルナリアンが出現した頃、太陽系は歴史上最も年代の新しい氷河時代にさしかかっていた。ミネルヴァの気象は目に見えて寒冷化した。ルナリアンの科学と産業技術は温暖で住みやすい地球へ自分たちの文化をそっくり移転することを長期目標として急速に発達した。

しかし、思い通りに事は運ばなかった。

幾世代にもわたる努力を重ねて目標達成にあと一歩というところまで迫りながら、ルナリアンは二つの超大軍事勢力、セリオスとランビアに分裂して睨《にら》み合った。やがて両者の間に戦端が開かれ、戦火は拡大して、惑星ミネルヴァは破壊された。

その頃、ガニメアンはジャイアンツ・スター系の惑星テューリアンに根を降ろして星間宇宙に新しい文明社会を築き上げ、隆盛を極めていた。彼らは自分たちの遺伝子工学実験から生まれた突然変異種を生き延びる可能性のないものとして見捨てた罪の意識を忘れず、時とともに激しくなりまさる良心の呵責《かしやく》と驚嘆をもってルナリアンの進歩を見守っていた。ルナリアンが二大勢力に分裂し、武力衝突を起こして破局を迎えるや、ガニメアンは不干渉の原則をかなぐり捨て、すんでのところで戦火を潜《くぐ》り抜けた一握りの生存者に救いの手を差し延べた。ガニメアンの救援隊を派遣するための緊急手段は宇宙空間に重力擾乱《じょうらん》を惹起《じゃっき》し、その結果、ミネルヴァの残骸は離心率の大きな軌道に投げ出されて現在の冥王星《めいおうせい》となり、残りの破片は木星の潮汐《ちょうせき》効果によって拡散し、小惑星帯を形作った。母惑星ミネルヴァを失って孤児となった衛星は太陽に向かって落ち込む途中で地球に捕獲された。これが現在の月である。

絶滅の危機を体験したにもかかわらず、生き残ったルナリアンは二派に分かれたまま互いに矛をおさめようとしなかった。ランビア人はガニメアンとともにジャイアンツ・スターに移って惑星ジェヴレンに根を降ろし、やがて地球系人種グループとしてテューリアン社会に市民権を獲得した。一方、セリオス人は自分たちの希望によって遠い祖先の濫觴《らんしょう》の地である太陽系の惑星地球へ立ち帰った。折から地球は激しい気象の変化に見舞われ、ミネルヴァの月の接近による潮汐効果と相俟《あいま》って自然環境は酷烈だった。ただ生きるだけが精いっぱいで、幾千年もの間、地を這《は》うような暮らしぶりを続けるうちにセリオス人は未開人に先祖返りして、自分たちの起源に関するいっさいの知識を忘れ去った。すべてを失って白紙の状態から人類は営々として技術文明を築き上げ、二十一世紀に至って再び外惑星を目指すまでになったが、そこではじめて過去の出来事を知り、新たに得た知識を突き合わせて自分たちの本当の姿を理解した。

　ジェヴレン人たちの目から見れば、地球人はどこまで行ってもセリオス人であることに変わりはなかった。遠い過去に根を発する遺恨を晴らす狙いから、ジェヴレン人は地球人の進歩を妨げ、科学と先進技術文明の再発見を遅らせる計画に着手した。片方で彼らはテューリアンの科学技術を貪欲《どんよく》に吸収し、惑星における自治権をも手に入れた。計画の初段階からジェヴレン人は人類と姿かたちの同じ工作員を地球に潜入させ、呪術や迷信を広めて人類の歴史を歪曲《わいきょく》した。工作員らは非合理的な大衆運動を焚《た》きつけ、正統な知識の獲得に注がれるべき人類の力を偏向させて地球を骨抜きにすることに腐心した。

　ジェヴレンの指導者たちが自信をつけ、増長するに比例して、目の上の瘤《こぶ》であるガニメアンに対する怨嗟《えんさ》は深まった。ガニメアンの非暴力主義はジェヴレン人から見れば笑止千万でしかなかった。心優しいガニメアンの疑うことを知らない性質につけ込んで、ジェヴレン人は地球の進歩発展を見守るための監視システムの支配権を手中におさめ、模範的な協力者を装いながら、軍国化した地球は今や太陽系からはみ出して宇宙を侵略しようとしていると虚偽の情報をガニメアンに吹き込んだ。偽情報はガニメアンに防衛力の整備を強いる奸策《かんさく》だが、ジェヴレン人の真の狙いはその戦略兵器を乗っ取り、仇敵《きゅうてき》地球人を殲滅《せんめつ》して太陽系を制覇し、さらには誰に邪魔されることもなく一気に銀河系を征服することだった。

　ところが、遠い過去にミネルヴァを発《た》ったまま消息を絶っていたガニメアン宇宙船が忽然《こつぜん》と舞い戻って情況は一変した。

ガニメアンの科学調査船〈シャピアロン〉号は時空変形推進機構の故障と相対論的時差が重なって、ミネルヴァを出てから実に二千五百万年後の太陽系に帰ってきた。ミネルヴァはすでになく、地球育ちの新しい人類が惑星宇宙を自在に飛び回っていた。巨人種ガニメアン一行は六ケ月間地球に滞在して人類と友好を深めた。しかし、何よりも記念すべき成果は異星文明の技術に対する人類の旺盛《おうせい》な好奇心が衆知の結集を促し、地球とテューリアンの間にはじめて直接の外交関係が樹立されたことである。人類とテューリアンは何千年来地球に目を光らせているジェヴレン人の監視システムを迂回して交信を重ねた。テューリアン地球同盟はジェヴレンと対決してその背信と陰謀をあばき、ジェヴレン人が地球の進歩を食い止めることに失敗した後、なおも現代社会の攪乱《かくらん》を狙って送り込んだ工作員の地下組織を暴露した。

次いで起こった紛争は、後に架空戦争として記憶されるところとなった。ジェヴレン世界の情報通信のみならず、ありとあらゆる生活機能をつかさどる超電子頭脳ジェヴェックスが侵入され、テューリアンのコンピュータが描き出した虚構の星間攻撃部隊の前に戦わずして白旗を掲げたのだ。ジェヴレン人が悲願の目標達成を狙って独立を宣言したばかりの「連邦」は崩壊した。ジェヴェックスは遮断され、ジェヴレンは一定期間、保護観察下に置かれることになった。故郷を失った〈シャピアロン〉号のガニメアン集団は新しい惑星環境に順応する時間を必要とするところから、ジェヴレンに定住して、ジェヴェックスが機能を停止した社会の復興を監督指導する役割を与えられた。地球は転変極まりない歴史の事実上すべての暗黒面を演出していた破壊分子の脅威から解放され、星間宇宙に正当な地歩を築くべく人類は未来への希望に胸をふくらませた。

かくて再び古き甍《いらか》は崩れ去り、後には磐石《ばんじゃく》の土台の上に確固たる事実だけが残された。人類は未来に向けて自信をもって歩きだすことができるに違いなかった。

今や前途に何の不安もない……。

1

闇の神ニールーは夜の間支配していた空を明け渡し、紫の衣《ころも》の裾を渦巻くごとくに翻《ひるがえ》して西に沈みかけていた。気象を生んだ女神カッソーナは明けの明星となって上天に姿を現わした。寄り添って波動する小さな三つ星は女神の娘の三姉妹《カッソネイド》、風の精ペリア、雨の精イストシス、雲の精ドミータである。三姉妹が間合いを詰めてほぼ一線上に並んでいるのを見れば、折しも頃は初夏と知れる。かつての絢爛《けんらん》たる夜空にくらべると、星の数は減り、輝きも失せた。

カッソーナは以前は気紛《きまぐ》れで恨み心が強く、虫のいどころによっては稲妻で山々を突き崩し、田園一帯を嵐で荒廃させるようなこともやりかねなかった。が、今はすっかり落ち着いている。朝の空気は澄みきっていた。曙光《しょこう》は夜の間に常になく遠ざかったオレナッシュの谷の向こうの山並みを照らし出した。城壁に囲まれた町家の屋根や、山の斜面を点々と彩る緑も、それに比例して目に見えて引き伸ばされていた。神々に仕えるパン焼きの職人グラルスが、夜のうちに世界をパン生地のようにこね、あらゆるものの寸法を東西方向に伸ばしたのだ。グラルスは、日暮れまでにはすべてをもと通り一番小さな寸法に圧《お》し縮めるはずであるが、それはともかく、夜明け方のこの著《いちじる》しい伸長は今日一日の平穏無事を予告していた。ゾスの神殿を戴く岩山の麓の、叔父の家の二階の窓から夜明けの空を眺めながら、スラクスは独り物思いに耽《ふけ》っていた。自分もようやく大人に仲間入りして理解したと思いかけた世界が崩れていくのを目《ま》のあたりにして、彼は若者にありがちな懐疑に悩み、困惑と不安に陥っていた。

もっとも、それはスラクスに限ったことではない。近頃は誰も彼もが困惑と不安を持てあましている。昔ながらのやり方はことごとに通用しなくなった。古い知恵からは何の答も出てこない。神官たちは祈り、予言者らは哀訴し、人々は前にもまして多くの生贄《いけにえ》を神々に捧《ささ》げた。にもかかわらず、霊気の流れは細り、生命力は減衰した。奇瑞《きずい》は現われず、神託は何を告げることもなかった。神々は身罷《みまか》り、それぞれの宿る星が消えていった。

一部では、天上界で激しい戦《いくさ》が起こり、新しい神々が先住の神々を滅ぼして、これまでとは違う掟が世界を支配しはじめたのではないかと考えられていた。神秘主義者たちは別世界を覗《のぞ》き見た体験を語り、彼らの日常とはかけはなれたその高次の異境をハイペリアと呼んだ。そこは気が遠くなるほどうららかで、しかも、珍奇にしてあり得べからざる出来事が日常茶飯であるという。

　中でも将来に希望的観測を抱いている者たちは、古い秩序の崩壊をより次元の高い新しい秩序が支配する世界へ移行する前触れと考え、その時に備えて奇抜な発想や未知の概念を理解しようと、かつて試みられたことのないさまざまな実験を重ねていた。

「ちょっと待った、スラクス。こいつはもう少し遊びがあった方がよさそうだな」スラクスの叔父ダルグレンは地下の作業場の石の台に載せたからくり仕掛けを突つき回して締め具を調節した。「うん、こっち側もだ」

　仕掛けは前後に配置された二対の脚から成り、各一対は上下に滑って他方の脚とは高さを変えられるようになっていた。加えて、いずれなりと高く上がった方の一対は溝に沿って前後に移動し、低い方とは別の位置に接地した。四本の脚の先には弓形の底材、すなわち揺り子《ロッカー》が取りつけてあり、その一端には岩石に馴染《なじ》まず、滑りやすい金属モビリウム、他端には何であれ接触すれば相手に固着する性質を持つフリクタイト・クリスタルの小片が埋め込まれていた。すべての物質は任意の二つの間で親和の度合いが異なり、その差によってそこに働く吸引力と斥力《せきりょく》の強さが決まるのが自然の道理である。従って、揺り子が接地する角度によって仕掛けの足は地面に吸着したり、反対に地面を蹴ったりする。つまるところ、このからくり仕掛けは、例えばドロージュのような動物がたがいちがいに脚を踏み出し踏み締め、地を蹴って前に進む歩行の動作を人工的に模倣する試みにほかならない。

いまだかつて誰もこんなことを考え出しはしなかった。乗りものはすべてモビリウム、あるいはそれに類する素材でできた橇《そり》を穿《は》かせて牽引《けんいん》するしかなかった。しかし、ハイペリアを覗き見た神秘主義者たちの話によれば、向こうの世界には想像を絶するばかりに複雑な動作をする摩訶《まか》不思議なからくり仕掛けがあるらしい。何でも、回転するものさえあると伝えられていた。

「ようし、これでどうだ、スラクス」ダルグレンは一歩退《さ》がって言った。

スラクスは仕掛けから突き出ている操り棒の一本を押した。一対の脚は台の上に留まったまま、他の一対が持ち上がり、歩幅の半分ほど前に滑って新しい位置に降りた。揺り子の仕掛けが働いて、今移動した脚をその場に固定し、今度は留まっていた方が台の表面を離れた。スラクスが棒を引き戻すと、後ろの脚が交互に前に出て動作は一巡した。

「おお、うまくいった」ダルグレンは声を弾ませた。「その調子だ」

スラクスはさらに何度か棒を前後に動かし、からくり仕掛けはぎくしゃくと台の上を進んだ。しかし、台の端に近づくにつれて動きは鈍重になった。スラクスは棒を操る手に力を加えたが、動きは今にも止まってしまいそうだった。「嚙《か》みだしたよ」彼は言った。「手応えでわかる」

「ははあ」ダルグレンは水平方向の滑り溝を覗き込んだ。「なるほど。うん、そうか。わかったぞ。滑り溝が拡がって、枘《ほぞ》が縁に嚙んでいる」彼は溜息《ためいき》をついて丸椅子に腰を下ろした。

「さあて、こいつをどうしたものかな。滑り板で溝を埋めてみるか」

一つ問題を解決すると、新たに別の難題が持ち上がる、ということの繰り返しだった。彼らは朝方、仕掛けがうまく動くように各部の組み合わせを調節した。ところが、グラルスが万象《ばんしょう》をこねくり回して世界は東西方向に収縮し、昼過ぎにはすっかり寸法が狂ってしまった。スラクスは頭の中でグラルスに祈ろうとして思い止まった。新しい世界を待望するなら、旧弊な信仰はきっぱり捨て去らなくてはならない。が、同時に彼はこれまでの努力の積み重ねがこんな形で意味を問われることに軽い苛立《いらだ》ちを感じていた。

彼の疑念を投げ返すかのように、戸口から非難がましく言う声があった。「似非《えせ》魔術師！ 罰当《ばちあ》たり！ そんなのは別の世界でやることだ。からくり仕掛けをいじるなんぞはこのウォロスに住む者のすることではない。そういう不心得者がいるから命の力が衰えるんだ。人が信仰を捨てれば、神々も人を見捨てる」

ダルグレンとスラクスの叔母ヨーネルの養子、キーヤローだった。スラクスより二つ年上で、孤児となったスラクスがこの家に引き取られて以来、義理の従弟を目の敵《かたき》にしている。スラクスの家族は、光の川を血流とする地底の神ヴァンドロスが懲《こ》らしめのためにダーテリア五ケ村を焼き討ちにした時、火の海に呑まれて死に絶えた。

「そのようなことが誰に言いきれるものか、キーヤロー」ダルグレンはそっけなく言い返した。キーヤローは自分を育ててくれた養父母にかけらほども感謝の気持ちを見せたことがない。ダルグレンの方でもこの血の繋《つな》がりのない息子を忌《い》み嫌っている。地下に降りてきたことからして、いざこざを起こす腹が見え透いて気に入らない。

「神官たちがそう言っている」キーヤローは言い募った。「神々は人を試している。うぬらのような不信心者の躓《つまず》きのおかげで、まわりの大勢が裁かれることになるんだ」

「神々を慰める……、神々の怒りに触れる……」ダルグレンは頭をふった。「おれは近頃、どうもそういうことは人の心の中だけの話ではないかと思うようになった。世界はそれなりの法則と秩序に従って動いている。神々が世の流れを変えると見えるのは、それはこっちがそう思うからだ。いったい、誰がこれまで……」

キーヤローは物も言わずにずいと進み出て、導師が雷光を放つ時の恰好で台上のからくり仕掛けに指を突きつけた。指先がふくれ上がって、一瞬、微《かす》かに光った。ここまでは、まず誰にでもできることだ。指は雷光を発することなくもとに戻った。キーヤローは怒りと落胆の入り雑《まじ》った目つきで自分の指先を見つめた。

一時《いっとき》信念を凝らせば神の歓心を買える、と彼は密《ひそ》かに思っていたが、そうは問屋が卸さなかった。

懶惰《らんだ》はキーヤローの欠点である。彼は導師や兄弟子たちの近くを離れようとはしない。時には儀式に参列するし、稀《まれ》には講話の席に顔を出すこともある。しかし、彼は集中力に欠け、紀律に耐える性根《しょうね》がなく、そのために高弟の仲間に加わって修行することを許されていない。彼がスラクスのことを激しく妬《ねた》むのも、一つにはそれが理由になっている。スラクスの器量は彼とても認めないわけにはいかない。しかし、キーヤローから見れば、スラクスはあたら才能を浪費しているばかりか、なお悪いことに、異端の行いに力を注ぎ込んでいる。

「おれたちは忙しいんだ」ダルグレンは声を尖《とが》らせた。「そんな話はするだけ無駄だ、キーヤロー。放っといてくれ」

「うぬらのような不埒者《ふらちもの》めがこの世に禍いを招くのだ」キーヤローは吐き捨てるように言い、怒りに蒼《あお》ざめて踵《きびす》を返した。

ダルグレンは異分子が去って気を取り直し、仕掛けの棒を操って台上のからくりをもとの位置に歩ませた。「聞くところによれば、ハイペリアには自分で進む乗りものがあるそうだな」彼は半ば放心の体《てい》で言った。「考えてもみろ、スラクス。ドロージュに牽《ひ》かれずとも自力で走る戦車《チャリオット》だぞ。いったい、どういう仕掛けで動くものかなあ」

「空飛ぶからくりもあるというじゃないか」スラクスは言った。その声はとうてい考えもおよばないという気持ちを隠しおおせなかった。「口伝《くちづて》に広まるうちに尾鰭《おひれ》がついた話だろうがね」

しかし、ダルグレンは真顔を崩そうとはしなかった。「そうかな？　要は物の見方の問題だ。はじめから、そんなことはできるはずがない、と決めてかからず、もし、できるとしたら……と考えることだ。目を大きく開けてあたりを見回してみろ。獣は自分の脚で歩く。鳥は空を飛ぶ。からくり仕掛けに鳥や獣のする通りのことをさせられれば、同じように走ったり飛んだりするはずではないか」

スラクスは納得しかねる顔でうなずいた。「ドロージュに牽かれずに動く乗りものを、この目で見れば信じられるだろうけれど……。それはともかく、叔父さんが今度は回転する仕掛けを作ろうと言い出しても、おれは驚かないね」

ダルグレンは操り棒から手を離して顔を上げた。「回転する仕掛け？　それはまた突拍子もない話だな。そこまで行くと、どこから手をつけていいやらおれにもさっぱりわからない」

スラクスは地下の作業場の窓の上端にわずかに覗く空を仰いだ。「回転する仕掛けのことは、同じ予言者たちから聞いた話だよ」

「ああ、それはそうだ。しかし、もし本当にそんなものがあるとしたら、それはハイペリアでしかお目に懸かれまい。まあ、少なくとも、この世の生き物を見る限り、自力で進む乗りものや、空飛ぶからくりという考えだけはウォロスでも成り立つということだ。手本があるのだからな。ところが、おまえの言う回転する仕掛けには手本がない。仮にあるとすれば、空間そのものの性質がおれたちの知っているところとは違うどこか別の世界だろう。それがどんな世界か、考えようにもとうていおれには歯が立たない」

スラクスは空を見上げたままぼんやりと言った。「どんなに想像をふくらませても届かない別の宇宙……」

「こいつを日ごとに変わる寸法にどう合わせるか、思案がついたぞ」ダルグレンはからくり仕掛けに向き直った。

「そこでは物が回転する……」スラクスは夢見るように、誰にともなく言った。

「それがうまくいったら、次は角を曲がらせる工夫だな」

「そこには、おれたちとはまるで違う人種がいる……」

「上側にもう二枚滑り板を足そう」

「いったい、どんな人種だろうか……」

2

ヴィクター・ハント博士はスターターの回路を閉じた。ガレージの前の私道でGMハスキー・グラウンドモービルのタービン・エンジンが轟然《ごうぜん》と始動した。ハントがネジ回しでスロットル・ヴァルヴをわずかに開くとエンジンの唸《うな》りが高まり、安定した快《こころよ》い回転音に変わった。ハントは調整の手を止めて、開いたフードの向こう側に立っている隣人、ジェリー・サンテロの顔を窺《うかが》った。ジェリーはエンジン制御装置に接続したポータブル・テスターのボタンを押しながら表示スクリーンに見入っていた。

「ああ、かなりよくなったな、ヴィック。ちょっと回転を上げてみてくれないか……二、三度吹かして……ようし、上等」

「アイドリングの状態ではどうかな?」ハントはエンジンの回転をぎりぎりに下げ、ジェリーはテスターの表示を見守った。ややあって、ハントは再び回転を上げ、またもとに戻し、さらに何度かそれを繰り返した。

「いいだろう」ジェリーは満足げな声で言った。「まあ、こんなところだ。やっぱり、原因はイコライザーだな。エンジンを切ってくれ。この辺でビールにしよう」

「ああ、それは結構」ハントはヴァルヴを閉じてキーを抜いた。エンジンは咳《せ》き込むように止まった。

ジェリーはテスターの接続を断った。コードはするするとケースにおさまった。彼はテスターの蓋を閉じ、工具を掻《か》き集めて道具箱に戻した。「イギリス人はどうやってビールを飲むんだ？　温めるっていう話は本当かい？　電子レンジで熱燗《あつかん》にでもするか？」

「どこで聞いてきたか知らないが、そんな話を鵜呑《うの》みにしてくれては困るね、ジェリー」

ジェリーは安心した。「じゃあ、普通でいいんだな？」

「もちろんだよ」

「それなら持ってくるからな。ここで日光浴をしながら飲むとしよう」

「ますます結構」

色浅黒く、口髭《くちひげ》を蓄えて、ビーチ・ショーツに海軍のスウェット・シャツという出で立ちのジェリーが心も軽げに肩を揺すりながら、アパートの石壁に沿って弧を描く緩やかな階段を遠ざかるのを見送って、ハントはハスキーの前を回り、ジェリーが拾い残したいくつかの小物を道具箱に放り込んだ。それから、彼は隣り合った私道の境を限る低い塀の裾の草叢《くさむら》に腰を下ろして、シャツのポケットからウィンストンの箱を取り出した。

レッドファーン・キャニオンのアパート群は峡谷の支流が入り組んで襞《ひだ》を折る段丘状の斜面に、豊かな緑に囲まれて閑静な佇《たたずま》いを見せている。峡谷の底を小流れに沿ってこの集合住宅に通じる進入路が走り、流れはここかしこに張り出す懸崖《けんがい》や岩棚の陰に昼なお暗い淵を作っている。首府ワシントンＤＣの中心からほんの十二マイル足らずのここメリーランド中部の団地にレッドファーン・キャニオンの名はそぐわず、カリフォルニアの景観を模した周辺の地形はやや人工的にすぎるきらいがないでもない。が、全体としてはそれらしい雰囲気を醸《かも》して、なかなか悪くない環境である。ＵＮＳＡ（国連宇宙軍）遠距離探査船内の狭苦しい鋼鉄都市で何ケ月も暮らし、さらにガニメデのメタンガスの霧に覆われた氷原の探査基地で窮屈な思いをした後では、不満があろうはずもない。

ハントは煙草《たばこ》を吸いつけて長々と煙を吐き、レッドファーン・キャニオンの景色を眺めながら、数日前に訪ねてきたイタリアの都市開発会社の役員二人を思い出して声もなく笑った。訪問の目的は、ガニメアンの重力工学技術を応用して山岳地帯に重力的平坦地を整備できないものだろうかという相談だった。ガニメアンの進んだ技術によれば、どこであれ意のままに重力場を発生させ、これを家電製品の手軽さで、スイッチ一つで自在に操ることができる。そこで、ドロミテ・アルプスの絶景を一望におさめる場所に高額所得層を対象とした豪華マンション、あるいは、生活関連施設も備えた町を建設し、自然の景観を満喫しながらコンスティテューション・ガーデンを散策するのと同じように肉体的にはおよそ負担のない環境を売り物にしようという発想である。素晴らしい。ハントは開発会社の知恵に舌を巻いた。

人類の適応能力を如実に物語る話ではないか。

人類がはじめて知的異星人と遭遇して地球に連れ帰ってから、まだほんの一年そこそこである。それでは不足とばかり、その後半年を経ずして人類は星間宇宙文明の存在を知り、地球と巨人たちの星の間に永劫《えいごう》の友好を約束する外交関係が結ばれた。知識の拡大向上を目指す人類にとって、この関係がもたらす利益は測り知れず、反面、歴史はじまって以来空前の大混乱は避けるべくもなかった。科学の全体系は崩壊して第一歩からの再構築を迫られ、あらゆる哲学思想は土台を失って破綻の危機に瀕《ひん》した。にもかかわらず、この大変化の影響をもろに受けたのは人類のうちでも機に投じて一山当てようと企んだ一部の者たちだけだった。いつの場合も、ひっくり返るような大騒ぎを演じながら、じきにまたけろりとして何事もなかったような顔で生き続ける人類の変わり身の速さにハントは驚嘆を禁じ得なかった。ガニメアンもまたその点にほとほと感服している様子である。

　ジェリーがクアーズの六本入りパックとポテトチップスの徳用大袋、それに、オニオン風味のディップの壜《びん》を抱えて急ぐふうもなくやってきた。彼は塀に沿って置かれた庭石の一つに腰を下ろすと、草に寝そべったハントに缶ビールを差し出した。「イギリス人はビールを温めて飲むのかと思っていたよ」ジェリーは最前《さいぜん》と同じことを言った。

「イギリスのビールは濃い目なんだ」ハントは講釈する気になった。「冷えすぎると味が落ちる。室温がちょうどいい、というだけのことさ。パブで室温といえば酒倉の温度だよ。バーよりいくらか低い程度だね。誰も沸かして飲みゃあしない」

「そうか」

「それに、軽いラガーは口当たりもアメリカのビールに近いし、やっぱり冷やした方がいい。

というわけで、わたしらイギリス人といえども異星人《エイリアン》ほど違っていやあしないんだ」

「ともかく、それを聞いて安心したよ。近頃は異星人ばやりで少々うんざりだからな」ジェリーは缶ビールをぐいと呷《あお》って手の甲で髭を拭った。「こいつは、きみを前にして言うべきことじゃあなかったかな。しかし、きみはどこへ行っても異星人のことを訊かれて大変だろう」

「助けてくれだよ、ジェリー。もっとも、相手によりけりだがね」

「シルヴァー・スプリングに学生時代からの友だち夫婦がいてね、そこの息子が今年五つになるんだが、この前訪ねたらわたしをつかまえて、オーストラリア人はどこの惑星から来たのかと言うんだよ」

「どこの惑星から?」

ジェリーはうなずいた。「ああ。つまりさ、オーストラ・エイリアン。子供の耳にはそう聞こえるんだな。それで、どこか別の惑星から来たと思ったわけだ」

「ほう、なるほど」ハントはにっこり笑った。「賢い子だね」

「こっちは三十何年生きてきて、そんなふうには思ってみたこともない」

「子供というのは大人のように頭が固くないからね。それに、人間の頭は本来、論理的に考えるようにできているよ。いびつな考えというのはすべてほかから吹き込まれて身につけるものなんだ」

「しかし、きみの専門である科学の世界ではそういうことはない。と、そう言いたいんだな？」

「いや、科学が純粋に論理だけで成り立っているというのは神話だよ。ありていは、もっと始末が悪い。偏見に凝り固まった旧世代の権威が退《ひ》かないことには何一つ進歩しないのだからね。その点、きみの方で言う改新のようなわけにはいかないんだ。少なくとも、政治の世界では自分自身の力で障害を排除して物事を前へ進められるだろう」

「しかし、科学はどこまで行っても仕事の種が尽きないという保証があるからねえ」

「たしかに、それは言えるな」ハントはうなずいた。

ジェリーは今なおラングレーのCIAに籍がありながら、三ケ月の長期休暇で無為の毎日を送っている。東西対立のしこりは経済競争に姿を変えて尾を曳き、世界的な規模で核融合技術が進歩した結果、先進諸国は中世ふうの独裁者や砂漠の首長が支配する産油国に依存することがなくなり、ガニメアンとの遭遇以前からすでに二十世紀の遺物である政治的不条理は解消に向かっていた。時空の孤児となった異星人の宇宙船ただ一隻の出現で地球を取り巻く情況はがらりと変わったが、その直後にテューリアン文明と邂逅《かいこう》した人類は、向こう十年にはたして何が起こるかわかったものではないと考えるようになった。何が起こるにせよ、人類の営みのあらゆる側面にその影響がおよぶであろうことだけは疑いを容《い》れない。

「しかし、何だなあ……こうして異星文明に触れてみると、この先、何がどうなるか予想もつかないけれど」ハントは言った。「われわれ、科学者が遠くおよばない、そのガニメアンが太刀打《たちう》ちできないのがきみたちのやっている仕事だよ。わたしがきみの立場だったら、今ここでバッジを返上しようとは思わないな」

ジェリーは確信なげに、またビールを口へ運んだ。深入りするほどの話ではなかった。

「それはまあ、きみの言う通りだろうけれども」一呼吸置いて、彼はハントの顔を覗《のぞ》き込んだ。「で、ゴダードでは、きみはほとんど休みなしか。のべつ行ったり来たりしているようじゃないか」

「忙しくてほとんど身動きが取れない状態だよ」ハントはいささか閉口した様子で、ふんと鼻を鳴らした。「おかしなもので、前世紀のはじめ頃には科学者が……そう、科学者の半数が商売替えを考えていたんだ。もう新しい発見はないだろうということでね。だから、きみも先のことをあまり悲観的に考えない方がいいのではないかね」

「この二週間ばかり軌道を回っている、例の宇宙船ともきみはかかわりがあるのか？」ジェリーは尋ねた。「異星人の一団がゴダードへ来ているという話だけど」テューリアンの巨大宇宙船が現在、地球を訪問中である。宇宙を二歩で跨《また》ぐというヒンズー教の神の名を取って、地球人はこの宇宙船を〈ヴィシニュウ〉号と呼んでいる。テューリアンと地球の触れ合いが深まるにつれて解決すべき問題もこもごも生じ、各国政府首脳、公共機関、企業、その他さまざまな組織の代表と協議のため、テューリアンは外交使節団を派遣してきたのだ。

「ああ、わたしもちょくちょく会談の席に呼ばれるよ」ハントはうなずいた。

「具体的に、きみはどういう仕事をしているんだ？」ジェリーは好奇心を露《あらわ》に尋ねた。

ハントは煙草を深々と一服し、緑濃い段丘斜面に挟まれた峡谷に視線を馳《は》せた。メタリック・ブロンズの車が崖の裾を回り、一瞬きらりと陽光を反射して緑陰に消えた。「もともとわたしはヒューストンのＵＮＳＡ航行通信局《ナヴコム》にいたのだよ。それで、第五次木星探査隊に加わってガニメデへ行ったから、そもそものはじめから、ガニメアンとは縁が深い」

「なるほど」

「その後、テューリアンと地球の関係が進展する中で、われわれとしては向こうの進んだ科学をどこまで消化できるか、まずそのあたりの見極めをつけることからはじめなくてはならなかった。それに、これまで地球人が目指してきたことの中には、すでに意味を失ったものと、そうでないものがある。要するに、今、地球は宇宙全体の視野に立って自分の将来を再検討する必要に迫られているのだね。それで、調査研究のまとめ役としてＵＮＳＡはわたしをゴダードへ移したのだよ」

「テューリアンは恒星間宇宙を飛び回って、惑星をそっくり改造するなんていうこともやってのけるって？」ジェリーはどこか遠くを眺める目つきで言った。「思っただけでも背筋が寒くなるね」

ハントはうなずいた。「テューリアンの宇宙パワー・プラントは毎日、地球の月八個分の物質をエネルギーに換えて、そのビームを何光年離れたどこであろうと、必要な場所へ瞬時に転送するんだ。彼らの技術を見せつけられると、こっちはまるで中世の僧院の書写役だね。筆耕《ひっこう》しか知らない者がＩＢＭの中はいったいどうなっているのかと首を傾《かし》げているような気持ちだよ」

「きみがここへ移ってすぐの頃、ちょいちょい訪ねてくる女性がいたろう」ジェリーは言った。「赤っぽい髪をして、ご面相もなかなか悪くない……」

「ああ。リン・ガーランド」

「何度か口をきいたことがあるよ。彼女もヒューストンから移ってきたと言っていたけれど、やっぱりUNSAか？」

「そうだよ」

「近頃とんと顔を見せないな」

ハントは飲むともなしにビールを顔のあたりに掲げ、道具箱から拾い出したブリキの缶の蓋で煙草を揉み消した。「学校時代の友だちだとかいう男がどこからともなく現われてね、これがどうやら焼棒杭《やけぼっくい》で、あれよあれよという間に結婚してしまったよ。今、ドイツにいる。UNSAの身分はそのままで、ヨーロッパを主体とするプロジェクトの調整役を務めているよ」

「きみはあっさりお見限りか、え？」

「なあに、こっちにとってはありがたい成り行きだよ、ジェリー。一時期、わたしを飼い馴《な》らす気でしきりに教化信号を送ってよこしたがね。こう話せば察しはつくだろう」

「きみの主義に反するというわけか」

「いや、結婚というのは立派な慣習だと思うよ。ただ、わたしはまだ慣習に拘束される心境に達していないだけでね」

ジェリーは話題が自分にも理解できる方向に流れていることにほっとする様子でビールの缶を差し上げた。「そいつはおめでとう」

「きみは、ずっと独りか?」ハントは尋ねた。

「一度でもうこりごりだ」

「あまり幸福ではなかった、ということかね?」

ジェリーはわざとらしく眉を顰《しか》めた。「どういたしまして。だいたい、世の中どこを捜したって不幸な結婚なんていうのはあるものじゃない。結婚式の写真を見れば、それは一目瞭然だよ。ただ、結婚したとなると、その後一緒に暮らさなきゃあならない。そこで話は変わってくるんだ」彼は飲み終えたビールの缶を握り潰《つぶ》してカートンに放り込み、新たに一本抜いてタブを引き開けると、背後の立ち木にゆったり寄りかかった。

ハントは草に寝そべって項《うなじ》の下に手を組んだ。「何はともあれ、今は非常に充実している。毎日が楽しいよ。ここへ私生活の雑音を持ち込む気はないね。異星文明。科学上の革命……。ふりだしに戻って考えなきゃあならないことが山とあるんだ」

「時間はいくらあっても足りない」ジェリーは真顔でうなずいた。「道草を食っている暇はない」

「正直な話、人生がかくも単純明快で、かつ輝かしいものだとは、ここへ来てはじめて悟ったよ」

「それが本当なんだろうな」

ハントは強い日差しに目を閉じた。「なあに、お気遣いにはおよばない。諸悪の根源は三千マイル彼方のドイツだ。この先ずっとこれでいいとわたしは思っている」

車の音を近くに聞いて、ハントは目を開き、むっくり起き上がった。つい先刻、峡谷の道をやってくるのが見えたメタリック・ブロンズの車が、隣り合うアパートの私道が一つになるところに停まっていた。目にも涼やかな流線型のプジョーの新車だが、控え目な焦茶の内装がある種の気品を感じさせる。

ハンドルを握っている女性についても同じことが言えた。見たところ、三十代の半ばは越えていまい。艶《つや》やかな漆黒《しっこく》の髪が頬骨の高い屈託《くったく》なげな顔を縁取り、口はやや尖《とが》りぎみながら形良く、穏やかに丸みを帯びて弛《たる》みのない顎の線がなまめかしい。鼻筋が通っているが、やや上向き加減なところに愛嬌《あいきょう》がある。白い角襟をあしらった紺の袖なしのドレスは見るからに仕立ても上等で、さりげなく車の窓枠に預けた小麦色の腕には細い銀のブレスレットが光っていた。

「こんにちは」彼女は挨拶した。いかにも自然で耳に快い声だった。彼女は小首を傾《かし》げるようにして、フードを撥《は》ねたままのジェリーのハスキーにちらりと目をやった。「お寛《くつろ》ぎのところを見ると、もう修理は済みましたのね」

ジェリーは凭《もた》れていた木の幹から背中を引き剝がして姿勢を正した。「ああ、完璧だよ。ところで……何か用かな？」

彼女のよく澄んで生き生きとした目の奥には知性の輝きが感じられた。彼女は一瞥《いちべつ》してこの場で見るべきものは見て取ったに違いなかった。無遠慮とさえ言える好奇の眼差《まなざ》しで彼女はしげしげと二人を見つめたが、怪しげな下心があるとも思えない。気負うでもなく、身構えるふうでもなく、厚かましいところもなければ推参《すいさん》を詫びる気配もない。総じてその態度にこれみよがしの計算は感じられなかった。たまたま見知らぬ同士が行き合った場面としては、彼女はこれ以上はないほど自然にさりげなくふるまっていたにすぎまい。が、その出現は澱《よど》んだ空気を吹き払う一陣の風を思わせるものがあった。

「ここで間違いないと思うけれど」彼女は言った。「麓の道標では、ここにはこの二軒だけですものね。ハント先生でいらっしゃいますか？」

3

惑星ジェヴレンの海は塩化物や塩素酸塩に富んでいる。それらの分子は循環する風や気流に運ばれて上空に舞い上がり、地球の太陽よりもやや高温で青みがかり、従って紫外放射の強い太陽の光でたちまち電離する。それ故、上層大気中に塩素原子が拡散し、ジェヴレンの空はシャルトルーズ酒の黄緑色を呈している。加えて大気中にはネオンが多く含まれ、低圧放電によって赤色の輝線スペクトルを示す性質のために、空には絶えず赤みがかったオレンジ色のオーロラに似た縞《しま》模様が揺れている。

五万年前、ミネルヴァが破壊されて、テューリアンの祖先であるガニメアンはランビア系原人の生存者をこの惑星ジェヴレンに移住させた。セリオス系は自分たちからそれを望んで地球に帰った。以後、ジェヴレン人はテューリアン文明の恩恵をほしいままに享受し、科学技術の自由な共有を許された。テューリアン側は躊躇《ちゅうちょ》なくジェヴレン人に対等の権利と地位を与え、ほどなく、ジェヴレン圏は独立国に準ずる自治権を獲得した。

テューリアンの見地からすれば、肉食獣を始祖とするルナリアンの誤った世界観が彼らをあのミネルヴァの大破壊に駆り立てた元凶である。地球人の常識とは異なり、物量の限界が戦争を惹《ひ》き起こすことはない。むしろ、生来の闘争本能が、何であれ闘いによって勝ち取るものには価値があるとする論理を導き、そのような価値観が物不足の錯覚を生むというのがテューリアンの考え方である。

ならば、ルナリアンがガニメアンの知識を吸収し、宇宙の資源は無尽蔵であることを理解すれば、情況は変わるのではなかろうか。テューリアン文化への分け隔てない同化と、その科学技術がもたらす無限の富はルナリアンの攻撃的な性向を和らげ、不安と恐怖を取り去り、征服と支配への衝動を殺《そ》ぐはずである。彼らは正しい認識に立って与えられた場所に平等、かつ穏健な社会を築くことであろう。テューリアンと同様、欠乏、懐疑、それに、無益な肉体労働から解放されたジェヴレン人は、発芽を待つ種子のように彼らの中に眠っている優れた素質と能力を開発するに違いない。もはや時間と空間に縛られることなく、ただ一つの惑星の可能性の枠に閉じ籠められもせず、彼らは千差万別の手段と方式をもって銀河世界に飛躍し、かつて地球の原始の海にはじまった進化の階梯《かいてい》を登りつめるであろう。

少なくとも、テューリアンはそのような想像に希望を託していた。

が、その後数万年を経てもなお、テューリアンは一筋縄ではいかない人間の性質を充分知るまでには至らなかった。その点、遠い過去に惑星ミネルヴァを発《た》ったガニメアンの科学調査船〈シャピアロン〉号の司令官ガルースは六ケ月間の地球滞在でテューリアンよりもはるかに深く人間を知っていた。

誇りとは、自らの手で摑《つか》み取るものであって、他から与えられるものではない。依存は不満と怨念を生む。行きつくところは反感、嫉妬《しっと》、屈折、果ては激しい憎悪である。

ジェヴレンの統治権を掌握した野望に燃える権力者集団は虚偽の情報を流し、策謀を弄《ろう》して、地球の進歩発展を見守るためにテューリアンの手で設置された監視システム主管の権限を奪取した。ジェヴレン人は密《ひそ》かに策略を講じて地球の進歩を妨げる一方、秘密裡《ひみつり》に軍事力を蓄え、テューリアン打倒の目標達成にあと一歩というところまで迫った。だが、地球に関する〈シャピアロン〉号からの報告がジェヴレン人の情報とおよそ内容を異にしているのを見たテューリアン政府は地球との間に直接交信のチャンネルを開くことにした。こうして、テューリアンはジェヴレンに勝るとも劣らぬ知略に長《た》けた人類を味方につけたことにより、テューリアンの技術が不可欠だったとはいえ、事態を無事収拾した。

ところが、ジェヴレンの庶民大衆は一握りの支配階級とはまるで意識が違っていた。それというのも、テューリアンの保護と指導の下で成熟した社会は、いっさいの危険とは無縁の保育器にほかならず、長い間にジェヴレン人は居心地のよい繭《まゆ》の中でぬくぬくと一生を送ることしか知らなくなってしまったからである。何不自由なく太平楽に浸りきり、意志的に行動しようとしまいと生活を脅《おびや》かされる気遣いもないジェヴレン人は、自分たちの手の届かない扉の奥の行政機構とコンピュータにすべてを任せ、無気力に沈潜するか、あるいは、もはや何の意味もない、形骸化した社会的な儀式であれこれの役割を演ずることに逃避し、さもなければ、ただ妄想に耽《ふけ》るばかりだった。

惑星ジェヴレンはジェヴェックスと総称される高度なコンピュータ・システムによってありとあらゆる産業活動や公共サービスが維持管理されていた。鉱工業、農業、その他すべての生産、加工、流通、運輸、通信等はみなコンピュータがこれを処理し、さらには社会全体の情況を監視した。ジェヴェックスはあらゆる産業分野の計数を管理し、在庫を調整し、故障や事故を処理した。工場建設や機械の運転、保守、日用雑貨や食料品の配送、塵芥《じんかい》収集をロボットに指令するのもジェヴェックスである。ことほど左様に至れり尽くせりのコンピュータ社会は、彼らジェヴレン人がもはや市民であることすら必要がなくなった体制から逃避して夢幻に遊ぶ天国だった。

まさしく問題はそこに根を発していたのである。一方的に独立を宣言したジェヴレン連邦を壊滅に追いやった三日間の架空戦争の後、テューリアンと地球の指導者たちは遅ればせながら事の本質に思い至った。ジェヴェックスはさらに大規模なテューリアンのコンピュータ・コンプレックス、ヴィザーを範としている。それ故、ジェヴェックスはガニメアンの気風、性向に合致して間然《かんぜん》するところなかったが、難題に直面して意欲を燃やし、闘志を掻《か》き立てられる人間の根元的な衝動には何一つ応えるものがなかった。

そこで情況を改善すべく、一定期間、必要不可欠の機能だけは残してジェヴェックスを遮断する荒療治が試みられることとなった。ジェヴレン人に自助努力を強い、かつ、堕落の誘惑を斥《しりぞ》けることで覚醒を促し、人間の本性に立ち返る気力を持たせようという考え方である。〈シャピアロン〉号のガニメアン集団は、コンピュータを遮断された保護監察期間中、ジェヴレンの復興計画を管理監督する責任を進んで引き受けた。

ガルースはここに至って遅蒔《おそま》きながら、事の重大さに気づきはじめた。

彼は今、ジェヴレン地方政庁の所在地だったシバンの惑星行政センター（ＰＡＣ）の執務室に〈シャピアロン〉号の女性主任科学者シローヒンとともに座を構えている。二人の前には室内の宙に浮かんで見える立体映像が映し出されている。数千マイル南の大陸沿岸の都市バルージから伝送された映像である。中心街に鼎立《ていりつ》して黄緑色の空に聳《そび》える高さ一マイルの超々高層建築はこの都市を象徴する景観だが、今ガルースとシローヒンの前に浮かんだ映像はそれとは違い、かつて市民の生活を支えていた設備機械の類《たぐい》があらかた機能を停止して荒廃の色も濃い殺風景な場末の一角である。市民の大半は街はずれで難民キャンプさながらのテント生活を送っている。コンピュータを奪われて利便を失った彼らにとっては、そのような素朴な暮らしの方が都合がよい。何もかもが完全にオートメーションで指一本上げる必要もなかった境遇から投げ出されてみると、毎日食事の支度をするといった単純な仕事が思いのほかに面倒で、ジェヴレン人たちは未開に還ったような生活になす術《すべ》もなく甘んじていた。

映像はガニメアンのバルージ地方長官とその補佐役たる実務者一同の公館に当てられているシヴィック・センターから階層構造のサメット広場を俯瞰《ふかん》していた。東の郊外へ延びる道路から数千のジェヴレン人が行進して広場に流れ込み、昼過ぎから詰めかけている群衆に加わった。群衆のほぼ全員が紫か、少なくともそれに類する色のものを身につけていた。分散して行列の間に混じっていた楽隊は広場に入ると、赤地に黒い円を染め抜いた中に紫の螺旋《らせん》を描いた旗の下に集まった。

一場の焦点は、同じく紫の螺旋を染め出した巨大な横断幕を背に、壇上から群衆に語りかけている人物だった。楽隊の演奏が終わるのを待ちかねたように口を開いた彼は滔々《とうとう》と弁じ立て、演説はいよいよ佳境に入っていた。彼はその名をアヤルタと言い、濃紺の胴着に紫のマントを重ねた姿は厳《いかめ》しく、房々《ふさふさ》とした黒い眉と短く刈りととのえた髯《ひげ》は鋭く刺し貫くような目と相俟《あいま》って、彫りの深い顔に精悍《せいかん》な表情を添えていた。話しながら彼はきびきびと左右に目を配り、腕をかざし、時に固めた拳を片方の掌《てのひら》に打ちつけて論点を強調した。拡声器に増幅された彼の音吐《おんと》は群衆の顔の海を渡り、賛同の嘆声を圧倒した。

「われわれこそはガニメアンを信じたのではなかったか？　ガニメアンを信頼してその文明に同化し、その行き方に学ぶべく、何光年の宇宙をともに渡ってきたのはわれわれではなかったか？　ガニメアンの誘いを撥《は》ねつけて独自の道を選んだのは地球人ではないか」アヤルタは言葉を切って訴えかける目つきで群衆を見渡し、ここというところで思い入れよろしく、囁《ささや》くばかりに声を落とした。「ことによると地球人、すなわちセリアンどもは、当時、われわれ以上にガニメアンの本性を見抜いていたのかもしれないのだ」彼はいきなり声を張り上げた。「裏切られたのはわれわれだ！」

　群衆はてんでに拳をふり上げて怒りの叫びを発した。アヤルタははったと群衆を見据えて怒号の波が退《ひ》くのを待った。

「繰り返して言う。われわれは裏切られた。ガニメアンとわれわれジェヴレン人の間には契約があったのだ。厳粛な契約を、われわれはたかだか百年、あるいは数世紀などという短い期間ではなく、何千年にもわたって真摯《しんし》に守り続けていた」アヤルタの言う契約とは、テューリアンが地球監視の責任をジェヴレンに依託したことを指している。「われわれはいささかもその義務を怠らず、あくまでも責任をまっとうした」彼は再び言葉を切った。群衆の期待を孕《はら》んで張りつめた空気は手を伸ばせば触れることができそうなほどだった。アヤルタはここぞとばかり言い放った。「契約にそむいたのはガニメアンだ！」

　熱狂した群衆の叫びは大地をどよもし、無数の小旗が揺れ、衝《つ》き上げた手が波打った。

　立体映像の前景、やや中央をはずれたあたりにバルージのシヴィック・センターから集会の模様を眺めている数人のガニメアンの姿があった。灰色がかった肌をして骨張った体つきの、身長八フィートの巨人である。その頭は顱頂《ろちょう》の丸い地球人にくらべて細長く、後頭部は迫《せ》り出した下半顔に均衡して引き伸ばされたように尖《とが》っている。一番手前のガニメアンは科学調査船〈シャピアロン〉号でガルースの副官を務めたモンチャーだった。彼はシバンで映像を見ている二人をふり返った。

「まるで事実を歪《ゆが》めた話じゃないか」モンチャーは腹に据えかねる様子で言った。「たしかに、最後にはテューリアンは地球と直《じか》に交信した。しかし、それはジェヴレン人の報告が現実と食い違っているとわかった後の話だ。ジェヴレン人は何世紀もの間、虚偽の情報を伝えていたんだ。ジェヴレン人は謀略の目的で故意に情報を偽った」

「テューリアンは疑うことを知らずにさんざん騙《だま》された」映像の中で別の一人が言った。

モンチャーは広場の群衆を指さした。「それはもう、みんな承知のはずだろう。その間の経緯はすでに詳しく説明されている。それなのに、あのアジ演説に大衆があんなに熱狂するとはどうしたことだ？　ジェヴレン人は批評の精神というものを、かけらほども持ち合わせていないのか？」

「人間の妙な性質を理解するのは、なかなか容易なことではないな」もう一人が応えた。「人間は自分の都合がよいように物事を見たり聞いたりする。事実がどうかは問題にしないんだ」

広場では、アヤルタがますます勢いに乗って弁じ立てていた。「われわれを裏切っただけでは不足とばかり、テューリアンは地球を発《た》った〈シャピアロン〉号をかどわかして自分たちの惑星に引致した。然《しか》る後に、奸策《かんさく》を弄してわれわれを威圧した」

「そうでもしなきゃあ〈シャピアロン〉はジェヴレン人の手で破壊されるところだったんだ」モンチャーは開いた口が塞がらないという顔で声を張り上げた。「テューリアンが手を打ってくれたからいいようなものの、そうでなかったら、われわれ〈シャピアロン〉のガニメアンは全滅だ」彼はガルースに向き直った。「で、これからどうします？　ジェヴレン人は自分たちの思惑で過去を変えてしまう。そうして、それを歴史として記憶するんです。神話伝説と現実の区別も何もありゃあしません」

ガルースの隣で、シローヒンはしきりに頭をふった。遭遇から一年を経た今なお、彼女はこの背の低い、肌の色も桃色、褐色、黄色、黒とさまざまな異星人の激しい気性や術数をこととする政治感覚に当惑を禁じ得ない。「そうは言っても、彼らは地球人と同じ人類でしょう。わたしたち、地球でたくさんの人々と知り合ったわね。人類が情緒不安定ぎみであることはたしかだと思うけれど、でも、彼らは決してでたらめではないわ。これははっきり言えることよ」

「理性に従うかどうかは、その時その時の自分の都合なんだ」モンチャーは閉口の体《てい》で言った。

壇上のアヤルタは叫んだ。「テューリアンは自分たちの陰謀によって生じた混乱を理由に、われわれの基本的権利である自決権を踏みにじって、われわれに異星の規範を押しつけようとしている。テューリアンは、あたかもわれわれジェヴレン人が彼らの庇護《ひご》を離れては無能であるかのように言う。しかし、ジェヴェックスが遮断されるまで、われわれは立派にやってきた。ジェヴェックスを遮断したのは誰か？　ほかでもない、彼らテューリアンどもではないか。だとすれば、現在のこの情況はつとに彼らが地球人と共謀して画策したことに相違ない。契約に違背し、裏切りを犯し、権謀術数を弄してわれわれを支配しようと企むテューリアンはジェヴレン連邦に脅威を感じたのだ。しかし、われわれが彼らテューリアンにいかなる脅威を与えたというのか？　何の脅威も与えてはいない。われわれの行動に誤りがあったろうか？　断じてそれはない。ならば、テューリアンがわれわれを脅威と見るのは何故か？　それはただ、われわれが存在するという罪を犯したからにほかならない！」

これをきっかけに、群衆の中に埋もれていた一部の集団が紫の外衣をかなぐり捨て、てんでに隠し持っていた緑のスカーフを打ちふりながら、聖歌らしきものを歌いだした。まわりにいた紫の服の者たちは勇み立って緑のスカーフを奪いにかかった。広場の周囲を固めていたバルージ警察の機動隊が人垣を分けて騒乱の場へ突き進み、群衆は二手に割れて小競り合いとなった。

シバンで映像を見ていたガルースは唖然《あぜん》としてただ目を瞠《みは》るばかりだった。このような場面は〈シャピアロン〉号の地球滞在中、古いニュース映画で何度も見たし、今の地位に就いてからもジェヴレンの最近の情況に対処する手立てを探る気持ちでちょくちょくビデオを再生している。しかし、ガルースはどうしていいやら思案に窮していた。ジェヴレンの警察や市当局に責任を預けたところでまず解決の望みはない。ジェヴレン人は地球人と同じ人間には違いないが、すでにこれまでの体験から、どう贔屓目《ひいきめ》に見てもジェヴレンの再建に熱心とは言えないことが知れている。どのみち、ジェヴレン人に自主性や責任感は求むべくもない。

「ほうら」モンチャーは騒乱のありさまを眺めやって映像の中から言った。「とうとうはじまった。どうしてこういうことになるのか、理解に苦しみますね。ああやって取っ組み合って、誰に何の得があるっていうんです？」

騒ぎはますます大きくなった。ガルースは傍《かたわ》らのシローヒンをふり返った。「こういうことがジェヴレンじゅうで起こりだすと、いずれ誰かが怪我をする」彼は半ば独りごとのように言った。「死者が出るようなことにもなりかねない。どうにもわたしらの手に負えないな。やはり、別の方策を考えなくてはならないのかもしれない」

ガルースの言う別の方策とは力の行使である。少なくとも、必要とあらば力に訴えることも辞さない姿勢をはっきり示すことだ。が、それにはガニメアンの保安機構に代えてジェヴレンに駐留している地球軍を動員しなくてはならない。紛争の武力解決はガニメアンの精神構造と相容《あいい》れないからだ。ガルース自身、ガニメアンの誰にも劣らず暴力を嫌っている。とはいえ、人類の歴史はひとたび衝突が起きたらほかに道はないことを語っているかのようだった。

シローヒンはしばらく考えてから、おもむろに口を開いた。「これが単なる群集心理の問題ではないとしたら？　これこそまさに、誰かの思う壺《つぼ》だとしたら？」

「どういうことだ？　この騒動で得をするジェヴレン人がいようはずもないだろう」

「何が自分たちにとって損か得か、本当にわかっているジェヴレン人は全体の半分もいないのではないかしら」

「合同政策評議会ＪＰＣは現に一度、実力行使の提案を却下している」ガルースは諦めきれない顔で言った。

「地球人の一部は今や考えを変えている」

テューリアンと地球人の代表団からなる合同政策評議会ＪＰＣは架空戦争でジェヴレン連邦が崩壊した後、ガルースを指導者に戴いて、惑星再建計画の推進母体として発足した。当初から地球代表、特に西側出身の評議員は今現に問題となっている情況を予測し、ガルースの裁量で動員できる保安部の設置を提案した。しかし、テューリアンの理念に陶酔していたＪＰＣはこれを可《よ》しとしなかった。ガルースは、このところ盛んになっている大衆行動が手に負えなくなった場合、ＪＰＣはいったん却下したはずの保安部設置を認めるのみならず、ガニメアンをいっさいその任からはずす決定に傾くのではないかと、それが気懸かりだった。

そういうことになれば、惑星ジェヴレンが抱えている病根を解明しようとこれまで重ねてきた努力も水の泡だ。それも、やっと何かが見えはじめた矢先のことだ。ガルースは、ジェヴレンの現状は過度のジェヴェックス依存による無気力と現実逃避だけでは説明しきれない、何か別の要因に由来するものと睨《にら》んでいる。すでに久しい以前から、もっと深いところで病害は進行しているに違いない。ジェヴェックスの何かがジェヴレン人の社会を狂気に駆り立てているのだ。

ガルースは大儀そうに背中を丸めて椅子に沈み込んだ。「幸い、地球の政界に何人か知り合いがいる。彼らの知恵を借りたら、この情況をもっと正確に把握できるかもしれない」

「政治家に相談するのがはたしていいかどうか……」シローヒンはあまり感心できない口ぶ

りで言った。

「ほかに誰かいるかな？」

シローヒンはうなずいた。「地球というのは複雑怪奇な世界でしょう。地球の政治家の目を通して物事を見たところで、しょせん、わたしたちには何も理解できないわ。どうせなら、もっと気心の知れた、直《じか》に話し合える人に相談してはどうかしら。実はわたし、はじめて出会った地球人の一人を考えているの」

ガルースははっと体を起こした。思案顔をしながらも、その目を過《よぎ》った輝きは何故もっと早くそこに気がつかなかったかと自分を詰《なじ》っている証拠だった。「直接話をしろということか？　正規のルートや外交手続きは黙殺して？」

シローヒンは肩をすくめた。「構わないでしょう？　それがハントの流儀だわ」

「なるほど……ハントはわたしらよりもジェヴレン人をよく知っている……」ガルースは気持ちを整理すると、シローヒンに向き直って破顔一笑した。この日、彼がはじめて見せる笑顔だった。

「あなた自身も言った通り、ここで何とか手を打たないと死者が出ることにもなりかねないわ」シローヒンは言った。「手を拱《こまぬ》いて見ていることは許されないでしょう」

「ああ、もちろんだ」ガルースは〈シャピアロン〉号の内蔵する超電子頭脳に呼びかけた。「ゾラック！」

「お呼びですか、司令官？」

ジェヴェックスが遮断されたジェヴレンで、惑星の情況監視とテューリアンのコンピュータ・システム、ヴィザーとの交信はゾラックが一手に引き受けている。

「大至急、アースネットに接続しろ」ガルースは指示を下した。

4

彼女はシアトル在住の物書きで、ジーナ・マリンと名乗った。

「どういったものを？」ハントは尋ねた。「あなたの仕事を、わたしは何か読んでいるかな？」

ジーナは顔を顰《しか》めた。「物書きはみんな、どこへ行ってもそれを訊かれてげんなりするんですよね」

ハントは悪びれるふうもなく肩をすくめた。「どうしたって、そういうことになるのだよ。ほかに話の糸口がないだろう」

「たしかに、当たりを取って世間に名前が売れている方じゃあありませんけれど」ジーナは飾らずに言って溜息《ためいき》をついた。「わたしって、どうもとかく議論のある問題に頭を突っ込んでは人の神経に障るようなことを書く癖があるらしくて」だといって、彼女はそれを苦にしている口ぶりでもなかった。「もっと売れるようになりたいと思ったら、あまり自分の立場をはっきりさせない方がいいのかもしれませんね」ジーナはちょっと首を傾《かし》げた。「でも、そうやって議論があるから世の中は面白いのだし」

ハントは気のない薄笑いを浮かべた。「たしか、ドイツの格言にあったね。人は知られざる真実より周知の伝説を好む、というのが」

「そう。まさにそれなんですよ」

二人はハントのアパートのラウンジにコーヒーを挟んで向かい合っていた。ジーナは一枚ガラスの大きな窓に近い長椅子に掛け、ハントは暖炉の前の革張りの寝椅子に無造作に沈み込んだ恰好である。傍《かたわ》らの雑然と物をちらかした大きなテーブルは書きもの机と当座の資料を揃《そろ》えておく書棚、それに食卓と工作台を兼ねている。ハントは一部を分解した不思議な機械装置をジーナに見せて、ガニメアン重力通信システムの変調機の心臓部と説明した。室内には独り暮らしの気ままな趣きと理論物理学者の仕事場の装いが同居している。三次元波動方程式の曲線を映した高さ四フィートのウォールスクリーンの上に、ハントが〈シャピアロン〉号を背景に木星探査隊の仲間とガニメアンの一団に囲まれて笑っている額縁入りの写真が飾られ、ぎっしりと本で埋まった書棚の側面に打ちつけたフックには、ツイードの上着、ネクタイ、バスローブ、その他ある限りの衣類がぞんざいに掛けられている。壁にはベートーヴェンの交響曲の総譜を引き伸ばした写真パネルと各地で催されている演奏会の曲目一覧を掲げ、その下にはアメリカ物理学協会の機関誌が堆《うずたか》く積まれている。

「つまり、もっぱら流行《はや》らない方に肩入れするのだね」ハントは言った。「多数派には与《くみ》しない、と」

ジーナは誤解を避けようとする思い入れで小さく首をふった。「お断りしておきますけど、わたし、なにも自分から好んでそうしてるわけじゃあないんです。異端者を気取るつもりは毛頭ありません。ただ、何かあるな、と思うとそこへのめり込んでしまう性質《たち》なんですね」

彼女はちょっと間を置いて言葉を続けた。「そうやって問題を突きつめていくと、意外なことに、現実は世間一般の常識とおよそ違うということがよくあるんです。でも、そこまで行ったら、もう、自分が正しいと判断するところに従うしかないでしょう」

ハントは口をすぼめて考えた。「しかし、それは骨折り損ではないかな？　人は誰が何と言おうと、自分の信じたいことを信じるんだ。真実よりは安心を求めるからね。これはどうやったところで変わらない。変わらないものを変えようとして身を磨《す》り減らすことはないじゃあないか」

ジーナは諦め顔で小さくうなずいた。「わかっています。でも、わたし、人を変えようとは思っていません。これはわたし自身の問題なんです。人間は自分に忠実であるべきでしょう。わたしはただ、世界の本当の姿を知りたいだけです。それが大多数の人たちの考えているところと違うとしたら残念ですけれど。物事の本質は、多数決では変えられないんですから」

ハントはコーヒー・カップの縁越しにジーナの顔を窺《うかが》った。世間に受け入れられない人間の自己弁護はこれまでさんざん聞き飽きているが、彼女はその手の月並みな科白《せりふ》をしゃべるふうでもない。自分がはみ出し者であることを充分承知して、晴れ晴れと吹っ切れた顔である。訪ねてきた狙いが何であれ、ハントは彼女の話をじっくり聞く気になった。

一呼吸あって、彼は言った。「きみは道を誤ったのではないかな。さっきから聞いている
と、科学者になればよかったのにという気がするね」

「客観的な事実を追究するということですか？ つまり、それが科学者の仕事でしょう」ジーナはいたずらっぽく片方の眉を持ち上げ、口の中で舌先を軽く頬の内側に押し当てた。懐疑の一歩手前で踏み止《とど》まった当惑の表情だった。

「そう……まあ、建前としてはそんなところだね」

ジーナはわざとらしく目を丸くした。「あら、事実その通りなんじゃありません？ 教科書にもちゃんとそう書いてあるわ」

ハントは思わず頬をほころばせた。この相手なら一緒にいても退屈しない。「現実の姿についての話ではなかったかな？」

「ですから、先生もそれを仕事にしていらっしゃるわけでしょう？」ジーナは無邪気な態度を装った。「科学の目的は現実の探究ですね？」

「ああ、その通りだよ。その意味では、科学者はすべて異分子だ」

「究極の現実を知っている、ということですか？」

「ああ、そうさ」

ジーナは身を乗り出して膝の上で頬杖を突くと、いかにも興味深げにしげしげとハントの

顔を見つめた。「お聞きしたいわ。その、究極の現実というのは？」

「光子《フォトン》だよ」

「フォトン？」

ハントは掌《たなごころ》を返した。「物理学で言えるのはそれだけだ。世の中すべて、行きつくところは神経の先端の原子とフォトンの相互作用だよ。それ以外の何ものでもない。あらゆるものが、要するに、量子数《りょうしすう》を与えられた波のかたまりにすぎないんだ」

「それでは身も蓋もありませんね」ジーナは不満げに言った。

「わたしはきみの質問に答えたまでだよ」

「じゃあ、わたしがこの目で見ているもっと面白い世界についてはどうですか？」

「きみの目には何が見えているのかな？」

ジーナは肩をすくめ、曖昧に手をふった。「キャベツに王さま。海や山。色と形。人がそれぞれに何か意味のあることをしている場所。そういう世界を科学はどう説明するんですか？」

「相互関係の創発的特性が次第に複雑の度を増す体系の中で、より高次の進化の過程として顕現するのだね」ここから何かを理解しろと言うのは酷だろう、と思いながらハントは答えた。

「神経作用による複合概念」ジーナは一向に動じなかった。「つまり、目に映るものはすべて、自分が頭の中で作り上げているのだということですね」

ハントは眉を持ち上げ、感服の体《てい》で大きくうなずいた。「その通りだよ。人間が外界として認識するものはすべて、頭の中で組み立てた概念なんだ」

「これまでに書かれた本という本が、どれもみな同じ二十六文字のアルファベットから成っているのと似ていますね。本を読んでそこから受け取るものは、シンボルとしての文字の中にはないんです。文字は人が生涯を通じて神経組織に書き溜めた情報を呼び出す暗号システムでしかありません」

「きみはなかなかよくわかっているね。時々不思議に思うことがあるけれど、二人の人間が何であれ別々に物を見ていながら共通の認識を持つというのは、考えてみればこれは実に驚異的なことなんだ」

「必ずしも共通の認識を持つかどうか、ちょっと疑問だと思いますけど」ジーナは言い返した。

「きみの立場からすれば、その方が都合がよいのではないかね。みんながみんな物事を同じように見たら議論の起こりようがない。きみは書くことができなくなってしまう。何もこと新しく言い立てるほどのことではない気がするけれども」

「さっきもお話ししたように、わたしは世の中のいろいろなことに関心があるんです。それに、物書きはたくさん本を読みます。読むことも仕事のうちですから。わたしたちが物を書くのは、結局のところ、自分の好奇心を正当化するためではないかしら」

言葉のフェンシングはもうたくさんだ、とハントは思った。これまでのところ、ジーナは受け太刀《だち》にはならず、だといって切り結んで勝負をつける構えでもない。彼はコーヒー・カップと、ちらかしたままだった朝食の皿をキッチンへ運んだ。

「それで、きみのどういう本が群衆の怒りに火を点《つ》けたね？」食器洗いに皿を入れながら彼は尋ねた。

ジーナは長椅子から立って窓越しに峡谷の景色を眺めやった。どちらかといえば背は高い方で、ととのった体の線に紺のドレスがよく似合う。

「ええ、つい先だって、地球の環境保護団体アースガードと、人口増加率ゼロを唱える圧力《ロビー》団体のことを書きました」彼女は窓に向いたまま答えた。「そういう問題に興味がおありかしら？」

「積極的に関心を持っているとは言えないね。すでに過去の問題だし……。テューリアン文明に接して、そういうことはきれいさっぱり解決したはずじゃあないか」

「でも、わたしがこれを書いたのはテューリアンと遭遇する以前でしたから」

「ほう。で、破滅論者軍団は、最近では何を叫んでいるのかな？」

「それはいろいろと。人類が太陽系宇宙に出ていくことの害とか、人口増加が進む一方で資源は枯渇しているとか。際限もなく宇宙に出ていく人たちを地球は養いきれないという見方もありますね。ほかの惑星に代替地を求めても資源は不充分だとか、コストがかかりすぎて現実には立ちゆかないとか、彼らの言う否定材料を数え挙げたら切りがありません」

ハントは新しいカップにコーヒーを注ぎ直した。「そういう話にいちいち耳を傾けていたら、わたしら、子孫が石斧《いしおの》を作るのに火打ち石を残しておかなくてはならなくなるね。こっちはまだまだほかにすることがある。とても付き合ってはいられないよ」

「問題は、社会的に影響力のある人たちが環境保護団体の主張に敬意を払っていることですよ。世間の常識を作るのはその人たちですから」

「しかし、情況は変わってきているのではないかな」

「でも、それにはあまりにも時間がかかりすぎたじゃありませんか。ええ、たしかに、ここへ来てやっと、あらゆる面から考えて人口増加は歓迎すべきことだという理解が根づきはじめてはいますけれど」ジーナは窓から向き直り、ハントはコーヒーをラウンジに運んだ。

「人間は手が二本、口一つでしょう。消費する以上に多くを生産できるようになっているんですよ」

「ヨークシャーにいたわたしの祖母が、よくそれと似たようなことを言っていたな。人間は自分がしゃべるより倍も人の言うことを聞かなくてはいけない。だから、神さまは人間に二つの耳と一つの口を与えたんだ、と……」

ジーナは眉を寄せて探るようにハントを見返した。「何かわたしに聞かせたいことがおありですかしら?」

「いや、なに。きみの話からちょっと思い出しただけだよ。人間は……」ハントはふっと口をつぐみ、ジーナの顔を覗《のぞ》き込むようにしながらコーヒーをテーブルに降ろした。

「待てよ。そうだ……人間は非常に貴重な存在だということを書いた本。あの著者がきみか？」

「『人間、このかけがえなき存在』お読み下さいました？」ジーナは強くうなずいて言った。「全部は読んでいないのだがね。一緒に仕事をしていた友人が見せてくれて、ぱらぱらとめくったことがある。……ええと、そう、過去二世紀の間にほとんどすべての天然資源の実質価格は下がっているということをきみは書いていたっけね」

「消費財の供給は増えこそすれ、決して物不足にはならない証拠ですよ」

「人間の寿命が延びて、乳幼児の死亡率が低くなっているのを見ても、環境は悪化していない。むしろ良くなっている、という話だったね。ああ、思い出した」ハントは関心を新たにジーナを見つめた。「ほかに、どんな異端の罪を犯したのかな？」

「そうですねえ……二十世紀の核兵器が、一九四五年から最終的軍備縮小までの間に少なくとも四度、第三次世界大戦の勃発を食い止めた、と主張したことかしら。言い換えると、核兵器とアメリカ国防総省はペニシリンよりも多くの人命を救ったということですね」

「ロシア人は多かれ少なかれ、それを認めているよ」ハントは心得顔で言った。「核兵器が全面戦争を不可能にした。彼らが理解したのはそれだけだ」

「でも、ロシアがそれを認めたことを、はたしてどれだけの人が知っているかしら？　ほとんどの人はいまだに平和運動が戦争をなくしたと思っていますよ」

ハントはうなずいた。「なるほど、それで左舷《さげん》にいくらか波風が立ったわけだね。じゃあ、右舷はどうかな？　そっち側でも、嵐を呼ぶようなことを何かしでかしたかね？」

「ええ、まあ……。十代の若者たちにとっては信仰よりもセックスの方が救いだろうし、麻薬の害なんて取るに足りない、という持論ですから。毎度お馴染《なじ》みの、ゴールデン・アワーの家族論議ですけれど」

「いやあ、それは物議を醸《かも》すだろうね。きみも結構忙しいんだ」ハント自身はジーナの言うことに何の抵抗も感じない。彼は頭の後ろに手を組んで寝椅子に横たわった。「しかし、それではなかなか、本が売れて左団扇《ひだりうちわ》というわけにはいかないだろうね、え?」

「そういう思いを味わったことはありませんね」

ハントは彼女のプジョーが駐めてある表通りの方へ首を捩《よじ》った。「とは言いながら、お見受けしたところ、まんざら羽ぶりが悪くもない」

「レンタカーですよ」

「ほう」

「空港で借りたんです」

「ここへは取材で?」

「ええ」

「ホテルは?」

「マドックス。東のはずれの小さなホテルです」

「ああ、あそこね」ハントはしばらく無言でジーナを見つめ、前置きの無意味なやりとりが宙に消えるのを待って水を向けた。「それで、わたしにどうしろと言うのかな?」

「これから書く本のことで、お知恵を拝借したいんです」ジーナは窓際を離れたが、長椅子には戻らず、宇宙通信網コムネットの端末が置かれたテーブルに浅く腰を載せると腕組みをしてハントに向き直った。「ジェヴレン人のことをお聞きしたいと思いまして。その方面では、本当のことを知っていらっしゃる数少ない中のお一人でしょう。それに、あちこちでお書きのものを拝見すると、ハント先生ってとてもおおらかで、人見知りなさらない方ですね。それでこうして押しかけてきたんです」

だいたいそんなところだろうと思ってはいたが、ジーナのざっくばらんな態度がハントには新鮮で快《こころよ》かった。ジェヴレンに関しては今や巷間《こうかん》に情報が溢《あふ》れている。とはいえ、そのほとんどは伝聞や、この機に乗じて一儲《ひともう》けしようと企む知ったかぶり屋のでたらめな創作である。大衆雑誌では歴史上の悪玉や敵役《かたきやく》を、科学的な裏づけもないまま、まことしやかな理屈をこじつけてジェヴレンの工作員であったと扱《こ》き下ろすことが流行している。

「ずいぶんいい加減なことが言われているからね」ハントは独り合点《がてん》に先回りした。「間違いだらけの情報を吹き込まれる一般大衆こそいい面の皮だ。それで、きみはそもそものはじめから事情を知っている人間に会って、本当のことを聞こうと思い立ったわけだ」ハントは彼女の考えに文句をつける筋はないという顔でうなずいた。

ところが、ジーナは首を横にふって長椅子に戻った。「いいえ、それとはちょっと違うんです。わたしは世間で話題になっていないことの方に関心があるものですから」

ハントは鼻の脇をこすりながら不思議そうにジーナの顔を見た。「というと？」

「まず、これまでのわたしの理解が正しいかどうか、復習したいんですけど」

「どうぞ」

「ジェヴレン人とわたしたち地球人は同じ祖先の血を受けた、あらゆる意味でまったく同じ人類、ですね？」

ハントはうなずいた。「そうだよ。両方ともルナリアンの末裔《まつえい》だ」

「ところが、ジェヴレン文明の方がはるかに進んでいるのは、ジェヴレンがテューリアンの庇護《ひご》の下で進化したためであって、その点は驚くには当たらない、ということですね。地球人は絶滅の危機に瀕して、未開人の段階まで先祖返りしました」

ハントは重ねてうなずいた。

ジーナは身を乗り出した。「でも、それよりもはるか以前、ミネルヴァで栄えたルナリアン文明はガニメアンの助けがなかったにもかかわらず、後の地球人よりずっと早くに科学に目覚めて、しかも、長足の進歩をとげました。地球人が同じように進歩しなかったのは、ジェヴレン人が地球に工作員を送り込んで、いかがわしい信仰を広めたり、迷信や狂気に基づく宗教を興したりして地球文明の成熟を遅らせたからです。おかげで、地球人がユークリッドからニュートンまで行きつくのに二千年かかりました」

「ルナリアンはざっと二百年足らずでそこまで行っている」ハントは註を補った。

ジーナはうっとりと夢見るような声になった。「そこで問題ですけれど……ホメロスが科学を歌ったとは誰も思っていませんね。でも『イリアド』に描かれていることはすべて本当で、あの叙事詩が人類と異星文明の遭遇を語る正確な記録だったとしたらどうかしら？　へシオドスにも宇宙の起源を歌った作品がありますね。はじめ、世界は原始物質の渦巻く暗黒の虚空、カオスでした。大地と生命の神ガイアと、星降る天空の神ウラノスは、あらゆるものを一つにする親和力の神エロスから生まれました。面白いことに、こういうギリシャ神話の表現は、わたしたちが知っている宇宙の姿を実に巧みに捉えているんですね」

「きみはなかなかよく勉強しているね」ハントは生返事した。

「ちょくちょく姿を現わしてはトロヤ戦争に容喙《ようかい》する神々は実在だったかもしれません。聖書に出てくる奇蹟《きせき》も、本当にあったことかもしれないんですね。考えてみれば、ヴェリコフスキーの言っていることにも一理あるんです。魔術や超能力に対する根強い信仰だって、不思議はないんじゃありません？　事実、霊験《れいげん》あらたかな時代があったんですから」

ハントは内心、ジーナがどこへ話を持っていこうとしているのか首を傾げた。これまでの彼女の話は、多かれ少なかれ一般常識に属することである。

ジーナはちょっと間を置いて軽く手をふった。「最近では、歴史上の人物の誰彼がジェヴレンの工作員だったかどうかについて議論することが一種の知的遊戯にもなっていますね。実はわたし、そういう中で当然槍玉に上げられていいはずであるにもかかわらず、誰も話題にのぼせようとしない人物に興味があるんです」

ハントは真っすぐジーナを見つめ、聞き違いでないことを確かめてからうなずいた。彼自身、まんざらその点に関心がなくもない。

「例えば、キリストとか」ハントは半ば独りごとのように言った。

「あり得ないことではありませんね。でも、どうかしら。わたしは違うと思いますけれど」

ハントはジーナの問題提起に正面から回答を与えたわけではなかった。彼はただ、世界各地でそれぞれの文化の土台として何千年来、人間の心の依《よ》りどころとなっている信仰の体系にジーナが一石を投じようとしているのを見て、溜息をつく思いでキリストの名を口にしたにすぎない。ジーナの言わんとするところは、とりも直さず、あらゆる種類の伝統主義と、その上に成り立つ支配体制の破壊的な否定にほかならない。ジーナの発言が宗教界の逆鱗《げきりん》に触れ、大衆の怒りを買って、彼女が袋叩きに遭うのは見るに忍びなかった。ハント自身、この問題を避けてきたのはそれと意識するまでもなく、もとより面倒な成り行きを見通していたためと言えば言える。

「ああ、なるほどな。とかく議論のある問題に頭を突っ込んでは人の神経を逆撫《さかな》でにする、ときみが話した意味がわかったよ」ハントはおかしくもない顔で言った。

「でも、考えてみると面白いじゃありませんか。だって、ユークリッドからニュートンまで、本来なら二百年足らずでしょう。ジェヴレン人が足を引っ張らなかったら、地球はどうなっていたかしら？　ニュートンが相対性理論を唱えて、ジェームズ・ワットが原子炉を発明したかもしれませんね。ライト兄弟が人類初の星間宇宙船を飛ばしたり……。ところが、現実には、人類はまっしぐらに暗黒時代に突入したんです」

ハントはあらためて好奇心をくすぐられた様子でジーナを見つめた。学者仲間の集まる席ではこの種の仮想が話題に上ることも珍しくない。その道その道の専門家同士であってみれば、とりたてて飛躍というほどのことでもなく、自然に湧いて出る発想である。しかし、ジーナは独自の思考でそこまで辿《たど》り着いたのだ。

彼女が先を続けようとするところへ、コムネットのコールトーンが鳴った。「ちょっと失礼」ハントは寝椅子から起き上がって端末に向かい、ジーナは腰を浮かせて脇へ避けた。スクリーンに灯が入って、灰色の細長い顔が二つ浮かび上がった。碧《あお》い大きな目をして黒い髪を肩に垂らしている。今しがた昏睡《こんすい》から覚めたばかりか、この一年、世間とは交渉を絶って隠遁《いんとん》していたのでもない限り、スクリーンの顔を見てガニメアンとわからない地球人はまずいないはずである。

「やあヴィック」男の方が言った。口の動きと地球人かと紛《まが》う自然な声は同調していない。ガニメアンの咽喉《のど》にかかった音域の低い声では地球人の言葉は話せない。今スクリーンから話しかけた声は通訳のゾラックが合成した音声であることをハントはもとより承知だった。

「ガルース！　ひさしぶりだなあ。シローヒンも一緒だね」

「ごぶさたしています」女の方が挨拶した。

ジーナは物珍しげにハントの隣に立った。当然、その姿は撮像管の視野に入る。

「これはこれは。お客さんがおいでとは知らなかった」ガルースは言った。「お邪魔だったかな？」

「なあに、構わないよ。こちら、わたしの友だちのジーナ。文明評論家だよ。ああ、紹介し

ジーナは一瞬たじろいだが、すぐに立ち直った。「はじめまして。わたし、こういうことにはあまり馴《な》れていなくて……」

ガニメアンの二人は小首を傾げるような特有の仕種で挨拶を返した。

現在、かなりの数のガニメアンがさまざまな目的で地球各地を訪れている。ハントはジーナがスクリーンの二人も来訪中のガニメアンと思っているに違いないと察した。テューリアンの通信ネットワークがヴィザーを介して地球に接続していることは別に秘密でも何でもない。ただ、実際に回線で結ばれているのはゴダード基地をはじめ、ごく限られた一部の施設だけである。ハントが自宅に専用回線を引いているとは、ジーナは思いも寄るまい。ハントはその事実を伏せたまま、スクリーンに向かって気安げに声をかけた。「それで、どうかね、最近のジェヴレンの様子は?」

ガルースは顔の前で手をひらひらさせた。「実は、どうも思うようにいかなくてね。こうして連絡を取っているのもそのためなのだよ。このところ表面化している問題について、少少知恵を借りたいと思ってね」

「ほう、そうかね」ハントは言った。「で、その問題というのは……」ジーナがはっとして額に手をやるのを目の端に認めてハントはふり返った。

「ちょっと待って」ジーナは声を殺して言った。

「済まないが、ちょっと待ってもらえるかな?」ハントはスクリーンのガルースに向き直った。

「どうぞどうぞ。こちらこそ、お邪魔して申し訳ない」

ハントは努めてさりげなくジーナの顔を窺った。彼女は意識にかかった霧を払おうとするかのようにしきりに頭をふった。

「ジェヴレンですって？」ジーナは尋ねた。

「そうだよ。ガルースは〈シャピアロン〉号の司令官。シローヒンは科学調査主任だ」

「二人は今……ジェヴレンにいるんですか？」

「ああ、もちろん」ハントはことさら涼しい顔を装った。「〈シャピアロン〉号は向こうだからね」

ジーナは長椅子の袖にへたり込んで、なおも頭をふりながら空《くう》の一点を見つめた。「信じられないわ。わたし、ここへ来てまだ一時間そこそこでしょう。そこへ電話が鳴って、他所《よそ》の惑星から異星人が直接話しかけてくるなんて。これからいったい何が起こるのかしら？」

「まあ、しばらく見ているんだね」ハントは愉快そうに言った。「どんなことにならないとも限らないからね。火焙《ひあぶ》りにされたり、冥王星《めいおうせい》かどこかへ飛ばされたりすることはないにしても、次の本の書き出しはこの一本の電話かもしれない」

5

テューリアンは極めて理性的、かつ温厚な人種である。彼らにとって、相互扶助と協力の上に成り立つ社会の恩恵は自明の理であって、それについて論ずることはおろか、ことあらためて考えるまでもない。しかるが故に、テューリアンの政府機関は控え目な存在で、もっぱら不和、対立が生じた場合の調停役に甘んじている。それ以外は、民間の組織に委ねることは好ましくないと判断される限られた範囲の機能を果たすのみである。政府は決してその権限において個人を強制せず、逸脱した政策を押しつけることもない。多数の生き方を決定する権力を一握りの専横に任せるなどはもってのほかである。

これに取って代わる制度の概念を知らないテューリアンは、ミネルヴァが破壊された後ジェヴレンに自分たちとそっくり同じ体制を持ち込んだ。地球人から見れば、これはむしろ体制の欠如だった。熾烈《しれつ》な権力闘争とイデオロギー対立が権威主義的政治機構を生み出した地球とは異なり、ジェヴレンでは言わば保護された無政府主義社会が発達した。資源は無尽蔵で窮乏の愁《うれ》いはなく、市民の生活を脅《おびや》かすものも何一つなかった。それ故、生存競争は個人や集団の行動を決定づける役割を果たさず、人間存在の究極の依《よ》りどころたるべき理性はほとんど覚醒を促されることがなかった。

長い歴史を通じて、ジェヴレンには数多くの庶民的な準政治宗教団体が登場し、消長を繰り返した。危険とは無縁の、明確な構造を持たぬ社会にあって信仰は大衆個々に何らかの目的と自意識を与え、批判精神に欠ける蒙昧《もうまい》な民衆の心を捉えた。その中で最大の勢力を誇り、かつ最も闘争的な一派が緑の三日月を表象とする〈アクシス・オブ・ライト――光軸教〉である。指導者は本名をユーベリアスと言い、短命に終わったジェヴレン連邦の支配層と浅からぬ関係にあった人物で、一般には〈デリヴァラー――救済主〉の名で通っている。

　救済主ユーベリアスの信者は数百万。その信仰の根幹は、底知れぬ人間の潜在能力を解き放つ鍵はスーパーコンピュータ、ジェヴェックスの中に秘められているという確信である。それ故、ガニメアンの手でジェヴェックスが遮断された時、彼らが示した怒りは物質的窮乏に対する恐れや独立心を涵養《かんよう》しようとする政策への反感に発したものではなかった。〈光軸教《アクシス》〉の立場からすれば、ジェヴェックス遮断は露骨な宗教弾圧であり、迫害である。

　ジェヴェックスとヴィザーを連結したテューリアンのネットワーク・システムにおいて最も一般的なインターフェース方式は、システムと対話する人間の感覚器官を迂回して、コンピュータと神経中枢を直結するニューロカプリングである。〈アクシス〉の教義は、人間の内奥の精神活動とスーパーコンピュータの高度な知能の相互作用が新次元の現実に意識を解き放つと説いている。覚醒した信者は時空の極限を超えて意識を拡張できるようになり、存在のあらゆる局面において明確な自己認識を抱き、内に秘められた能力を自在に発揚し得るという。

気宇壮大か、厚顔無恥か、とにかく威勢のいい思想だが、信者たちはこれを歓迎し、進んで陶酔に身を任せている。救済主ユーベリアス自身がジェヴェックスを畏敬し、衷心《ちゅうしん》から崇め奉っていることは言うまでもない。全知全能のスーパーコンピュータに対する帰心は揺るぎなく、信心過ぎて狂信の域である。それもそのはずで、ユーベリアスは自分で自分をジェヴェックスの化身と思い込んでいる。

ガルースがハントに連絡した翌日、ユーベリアスはグレヴェッツなる人物と密会した。場所はシバン市から程近い丘陵地帯、サーベランの名で知られる緑の谷の一角に塀を繞《めぐ》らせて人目を隔てたグレヴェッツの別荘である。グレヴェッツはジェヴェックスが遮断されたジェヴレンで、言わば必要悪として生まれた闇市場を牛耳《ぎゅうじ》って急速に勢力を伸ばしている犯罪組織の地元の顔役で、シバンの商売を取り仕切っているグレヴェッツの片腕、シリオもその場に同席した。

組織に対してユーベリアスの影響力は侮《あなど》りがたいものがある。それは多数の信者がすなわち巨額の金の流れや陰然たる政治的圧力を意味するのみならず、暗黒街の派閥抗争がこじれた場合、加勢を恃《たの》んで裏切られることがないためでもあったが、グレヴェッツの組織にとって、何よりもユーベリアスさまさまと彼に足を向けて寝られない最大の理由は、今なお一般市民の間にジェヴェックスのサービスに対する強い要望があることである。遮断されたとはいえ、ジェヴェックスは全面的に機能を停止してはいず、市民の日常生活や公益事業に支障を来《きた》すことがないよう、必要最小限度の機能は残されている。システム自体を監視して保全を図るプログラムも実行されており、加えてテューリアンの専門家集団が何世紀にもわたって蓄積されたジェヴェックスの記憶を分析して、連邦崩壊以前にジェヴレンの支配階級が企んでいた陰謀の真相を究明する作業を続けている。一般庶民の手の届かぬところでジェヴェックスは健在である。惑星全土を覆うシステムの網の目のどこかに開かれた経路を通じて、中核機能を維持しているジェヴェックスに接続する術《すべ》をユーベリアスは知っていた。具体的にいかなる手段によるかは秘中の秘である。

「わたしは啓示を受けたのだ」別荘の裏手の植え込みに囲まれた庭で、ユーベリアスは二人を前にして言った。「わたしの意識はジェヴェックスの霊の奥底に通じている。わたしはこの先、世界のあるべき姿を知っている。予定された世界像は幻となってわたしの前に顕現した。それ故、おまえたち、心してわたしの言うことを聞くがいい。ここに一人の男がいる。彼こそはおまえたちの認識《いしくれ》の範囲を超えた力を体現する者だ。われわれの往く道から……」ユーベリアスは目の前の石塊を摑《つか》んで脇へ投げ捨てる仕種《しぐさ》をしてみせた。「取り除くべき障害物だ」

ユーベリアスは痩せぎすながら骨太で背が高く、項《うなじ》に波打つ金の巻き髪と炯々《けいけい》たる瑠璃《るり》色の目は、信者たちの間では、彼を介して人間《じんかん》に作用する超越的な力の象徴とされている。数ある宗門の導師や伝教者の中では珍しく、ユーベリアスは髯《ひげ》を伸ばしていない。それがために、かえってその顔には厳しく人の心に迫るものがある。高い顴骨《けんこつ》の下で痩せこけた頬は清貧を物語るがごとく、すっきりと直線的な鼻梁《びりょう》は、その鼻筋に沿って信者を見下ろす眼光にひときわ鋭さを加えている。表情豊かによく動く口は、きりりと尖《とが》って引き締まった顎の線と相俟《あいま》って、絶えて自己懐疑に陥ったことのない信念のほどを窺《うかが》わせる。両襟に緑の三日月をあしらったオレンジ色の緩やかな上下に緑のケープを重ね、会衆に向かって嵩《かさ》にかかった弁舌をふるうユーベリアスは、内輪の席でも思い入れたっぷり、身ぶり手ぶりを交えて持ち前の話術を披露する。

もっとも、自分がコンピュータの生身の端末と思い込んでいる男の癖のある物言いには馴《な》れっこのグレヴェッツとシリオはことさらかしこまってしゃちほこばることもない。

ユーベリアスの腹立ちの種はグレヴェッツとシリオが座を占めたテーブルに置かれた一編の文書である。その中身はシバン警察の副署長オベインから惑星行政センターのガニメアン長官ガルースに宛てた報告で、最近ジェヴレン各地で摘発されたジェヴェックスへの違法な接続の実態を述べたものだった。報告は歯に衣着《きぬき》せず、違法行為を厳しく非難していた。当局が本腰を入れて取り締まりを強化するようなことにでもなれば〈アクシス〉は多くの信者を失う恐れなしとしない。彼らを闇商売の上得意としているグレヴェッツが打撃を受けることは言うまでもない。多少とも目先のきく警察の副署長なら、当然そこまで読んでいるはずである。おまけにユーベリアスは今のところまだ人には明かせないある長期計画を練っている。彼にしてみれば畢生《ひっせい》の大事業であって、取り締まりの影響もまた深刻である。何とも腹に据えかねる事態だった。

「それで、副署長を始末して、どうするね？」グレヴェッツは尋ねた。「後へ誰を据えるか、心当たりはあるのか？」

「おまえの方こそ、備えはどうだ？」ユーベリアスは険しく訊き返した。

グレヴェッツはシリオに向き直った。「ランゲリフには最近どのくらい渡している？」

「充分握らせている。文句を言う筋はないはずだ。あの男の働きについては、上がりは山分けにしているからな」

「われわれはランゲリフに目をつけている」グレヴェッツはユーベリアスをふり返って言った。

救済主はうなずいた。「わたしの方で手を回して経歴を洗うとしよう。注文に適《かな》う人物だとわかったら、然《しか》るべき筋に声をかければ就任は問題ない」彼はケープの下で虫を追い払いでもするように手をふると、数歩退《さ》がってグレヴェッツを見据えた。「細かいことはおまえに任せていいな？」

グレヴェッツはテーブル越しにシリオの顔を覗《のぞ》き込んだ。「この仕事はおまえの手の内だ。事故に見せかけてオベインを始末できるか？」

「ここは少々知恵を絞らなくてはならないところだ。なにしろ用心深い男だからな」

「街中で何か騒動を起こしてやってもいいぞ」ユーベリアスは火つけ役を買って出た。「上を下への大騒ぎで、何が起こっても不思議はないような情況を作り出すというのはどうだ？」

「そうなれば、オベインが現場に駆けつけること請け合いだ」グレヴェッツはにったり笑ってうなずいた。

シリオはしきりに顎をさすった。「さっきも言った通り、よくよく段取りを考える必要がある。まあ、何か手はあるだろう」

6

デスクの背後の窓は国連宇宙軍ゴダード・スペース・センターのブロンズガラスの高層ビルや前衛的なコンクリート建築、そして、それらの建物の間を縦横に走る並木道を見下ろしていた。デスクには恰幅《かっぷく》の良い、見るからに頑健な男が坐っている。鋼の青みを帯びた灰色の髪を短く刈って、押しの強そうないかつい顔をした男である。

「われわれにどうしろっていうんだ？」

UNSA（国連宇宙軍）に新設されたASD（先進科学局）の局長グレッグ・コールドウエルは革張りのデスクの天板を指先で小刻みに叩きながら、錆《さび》のあるバス・バリトンで言った。

テューリアン文明との遭遇で、人類の宇宙進出計画はほとんど意味を失った。それも、ようよう国際間の技術協力が実って計画が形をととのえはじめた矢先のことである。直接その計画に携わってきた官僚たちですら、もはや何の役にも立たないと認めざるを得なくなった関連機構を存続させることの無駄を悟ったUNSAは、新たな情況に対応して組織の整理統合を図った。コールドウェルを局長に計画全体の牽引車《けんいんしゃ》の役を果たしていた航行通信局ナヴコムも、今となっては木星探査船に古代の天測儀《アストロラーベ》を積むに等しい時代遅れの機関であって、看板を降ろすことを余儀なくされた。コールドウェルはワシントンに移り、異星の技術を地球の宇宙計画に実用的、かつ効率的に取り入れる窓口を目指した新たな調査研究機関を発足させた。ハントは副長官の資格でコールドウェルのもとに留まった。

ハントは夥《おびただ》しいディスプレー・スクリーンの並ぶ壁を背に、革張りの安楽椅子に体を沈めている。コールドウェルは大きな窓といくつものスクリーンに囲まれていなくては気が済まず、ヒューストンにあったかつてのナヴコム司令センターもここと同じような配置だった。

「ガルースはジェヴレンの行政長官を引き受けたのはよかったがね、ここへ来て遅蒔《おそま》きながら頑張りすぎて嚙《か》み砕けないことに気がつきはじめたんだな。はっきり言ってなあ、グレッグ……土台、無理な話なんだ。ガニメアンは帝王として惑星を治めるようにはできていない。カラザー以下、テューリアンたちが相談を持ちかけてきた時、こっちはそこをもっと強調すべきだったんだ。お互いにあの時点で、これが最善の策とは思っていなかったんだから」

コールドウェルは肩をすくめた。当時は誰もがまるで熱に浮かされたような状態で、とかく判断に冷静を欠いていた。今となってはどうする術《すべ》もない。「今さらそれを言ったってしょうがないだろう。鉄砲は撃ってみなきゃあ、中《あた》りもはずれもないんだ」コールドウェルは言った。「それで、ジェヴレンで何が揉めているって？」

「われわれ地球人から見れば、特にどうというほどのこともないがね。現状を不満とする大衆が抗議行動を起こして、時に乱闘騒ぎになることもあるらしい。ところが、ガニメアンにはこれがとんと理解できないんだな。聞き分けのない子供を扱いかねているようなものだ」

「ガニメアンは今もって、人間のごく当たり前なふるまいをどう解釈したらいいかわからない、ということか」

「どこまで行っても、本当には理解できないのではないかな」

「ガニメアンは、具体的にはどういうところで頭を抱えているのかね？」

ハントは掌《たなごころ》を返して小さく肩をすくめた。「つまり、ジェヴェックスを遮断されている限り、ジェヴレン人はガニメアンの助けなしには何もできない。と、まあ、ジェヴレン側は言うのだな。だから、ジェヴレン人の今の情況は強いられた隷属であって、これは自決の権利を侵すものである。そこでジェヴレン人のふりかざす論理がテロリストの伝家の宝刀だ。われわれがこの情況を不満として殺し合いにまでなったとしたら、それはそっちの責任だ……」

「そう言われて、ガニメアンは返す言葉もない」

「引き下がりはするものの、釈然としないのだよ」

「なるほど、首根っこを押さえているのはどっちか、という話だな」コールドウェルはうなずいた。

「その通り。が、それ以上に問題なのはジェヴェックス遮断から来る禁断症状だ。こいつは予想外に深刻だよ。ガルースの話だと、いかがわしい新興宗教に走るジェヴレン人が急増しているらしい。それはそうだろう。信仰は究極の現実逃避だからね。しかも、悪びれずにその道に入ることができる。テューリアンでさえ、時として信仰が社会問題になることを認めているよ。ところが、ジェヴレンの場合、市民の大半がジェヴェックスを遮断されてどうしていいかわからない状態だろう。なにしろ、自分で物事を判断する必要もなく、完全に受け身に生きることしか知らないんだから、そこへ何か吹き込まれれば、たちどころに染まってしまうわな」

「ふん」コールドウェルはまたひとしきり指先でデスクを叩いた。「国連が、社会学や精神分析の専門家集団を派遣してその方面で貢献できるように態勢作りを進めているはずだろう。それが鳴かず飛ばずとは、どういうことだ?」

ハントはことも愚かと手をふった。「彼らはもともと地球で食いつめて、他所《よそ》に行き場を求めて出ていった社会工学の技術屋だからな。今や地球人は何もかも政府任せではなしに、自分の判断で生き方を選択するようになっている。なるほど、彼らは報告だの統計だの、盛んに送ってはよこすがね、物情騒然となればさっさと安全な場所へ逃げ込んで、群衆と警官隊の小競り合いを見物するばかりなんだ」

「それにしても、ガルースは何でこっちへ相談を持ちかけてきたんだろうか? わたしらの仕事はガニメアンの物理科学を学ぶことであって、ジェヴレン人の心理学はお門違《かどちが》いじゃあないか」コールドウェルは言った。なに、話の筋道は読めている。ただ、ハントの考えを確かめておきたかっただけである。

「ガルースは、このまま事態が悪化してJPCがパニックを来《きた》すようなことになれば、自分は降ろされて、軍政に取って代わられるのではないかと、それを心配しているんだ。これまでさんざん苦労してきたしね」

コールドウェルは引き取って言った。「その苦労が水の泡になったのでは目も当てられない。しかも、やっと努力が実りかけたところとあってはなおさらだな」

「いや……それだけではないらしいんだ」ハントはちょっと空気を掻《か》き回すような手つきをした。「ガルースは、何がジェヴレン人を駄目にしているかということについて重大な発見があったような口ぶりだったよ。ジェヴレン人を腑《ふ》抜《ぬ》けにしたという単純な話ではなしにさ。ところが、ここでブリンプ大佐型の保守反動の政治家がしゃしゃり出ることを許したら、せっかく摑《つか》みかけた何かがうやむやに終わってしまう、ということらしい」コールドウェルが質問を挟みかけるのを、ハントは首を横にふって遮った。「それ以上、詳しいことは話さなかったよ」

コールドウェルは何やら考え込む様子で、沈黙はやや長きにわたった。そのせいか、次に彼の口を衝《つ》いて出た質問は額面通りではない含みがありそうだった。「われわれとしては、どう出るかね？」

本来の筋からいえば、これは彼らにかかわりのないことである。仕事の範囲を定めた正規の法文に照らしても、先進科学局がジェヴレンの社会情勢に頭を悩ませなくてはならないいわれはない。ハントはもとより、コールドウェルもそれを承知しているし、ガルースもまたその点を心得ているはずであることを二人は知っている。彼らは立場上、地球とテューリアン双方の政界に有力な知人は少なくない。事態を憂うるなら、然《しか》るべき相手に好意をもってひとこと問題を指摘すれば済むことである。

ところが、それでは片づかない現実がある。ハントはそのことを口にせず、コールドウェルの方でも暗黙のうちに了解している通り、ガルースは最も信頼する旧知の地球人に助けを求めているのだ。何はともあれ、これを聞き流すことは許されない。そもそも、木星におけるガルース以下ガニメアン一行とのはじめての遭遇も、厳密にいえば「政治上」の出来事だった。にもかかわらず、UNSAの科学者たちはその場の機転で外交使節の役割を立派に果たし、異星人との間に相互理解を成り立たせたのだ。その間、地球上では本職の外交官たちがやれ外交儀礼がどうの、国家間の序列がこうのと徒《いたずら》に空《むな》しい論議を重ねるばかりだった。そんな前例があるからこそ、ハントは今度のことも直接コールドウェルに話した方が早道と判断したのである。コールドウェルは自分に与えられた権限の範囲を独創的に解釈する頭を持っている。管轄を云々《うんぬん》するならば、ガニメアンの出現以前、ルナリアンの謎がはじめて持ち上がった時からしてナヴコムがすべてを抱え込むことは由々《ゆゆ》しい越権行為だったのだ。

ハントは顎をさすって、極めて重大な事柄を思案するにふさわしい深刻な表情を装った。

「しかし、何だな、グレッグ。考えてみるとこれはなかなか容易なことではないぞ。どうやら相手はお天気屋で油断のならない異星人だ。そういう相手とどう付き合っていくか、そっくり地球の将来にかかわる問題だよ。こいつを下手な人間に任せては、たとえ善意ではあっても、取り返しのつかないことになる危険なしとしない」

「ああ、わたしも同感だ」コールドウェルは物々しくうなずいた。

ハントは体を揺すって脚を組み直した。「未経験の手段に訴えて危ない橋を渡るのは、この際、考えものだな。前例があって、すでに安全を試されている行き方がいい。多少、変則ではあってもさ……」

「ここは安全第一だ」コールドウェルは相槌《あいづち》を打った。

「とはいうものの、別に慣例を破ることにはならないだろう。それどころか、かつて成功した唯一の前例を踏襲するまでの話じゃあないか」

「きみの言う通りだ」

ハントはワシントンへ移って地位も上がったコールドウェルが次第にお役目大事の頭の固い官僚になり下がり、かつて人類を太陽系に雄飛させたあの活力を失ってしまうのではないかと密《ひそ》かに案じていた。しかし、こうして向き合ってみると、コールドウェルは少しも変わっていない。濃い眉の下からハントを見返す双眸《そうぼう》は今なお試練を前に一歩も退《ひ》かぬ心意気を示して鋭く光っている。ハントは肩の力を抜いた。「ようし。じゃあ、わたしはどうすればいい？」

コールドウェルは迷わず答えた、「ガルースは助けを求めているんだろう。だったら、きみはそのために何ができるか考えることだ。ガニメアンの科学技術を吸収するのがきみの仕事だな。ガルースは今その科学技術の上に成り立つ文明社会の真《ま》っ只中《ただなか》にいる。断片的に送られてくる情報から学ぶより、その社会をつぶさに観察した方が得るところは大きいだろう」

「社会を、つぶさに?」ハントは目を丸くした。「わたしに……ジェヴレンへ行けということか?」

コールドウェルはこともなげに肩をすくめた。「問題が起きているのはあっちだからな。近く惑星をこっちへ運んでこいというのは、いくらガルースだってできない相談だろう。近く〈ヴィシニュウ〉号がテューリアンへ帰る。途中、ジェヴレンに寄る予定だ。わたしから掛け合って、きみを乗せてもらうようにしよう」

いつものことながら、ハントはコールドウェルの即座の決断に一瞬後《おく》れを取ったような気持ちを味わった。脱帽する口ぶりで彼は言った。「ワシントンへ来ても、きみはちっとも変わらないな、グレッグ」

「きみがこのことに強い関心を抱いてることは、その顔に書いてある。わたしはきみの勘を信じるよ。これまでのところ、きみは常にこっちの期待以上の土産を持って帰っている。異星人の木乃伊《ミイラ》を調べに遣《や》ったところが、きみは一団の生きた異星人を宇宙船ごと連れて戻った。星間宇宙船を出迎えにアラスカへ行ってもらったら、きみは異星文明と修好の扉を開け放った」コールドウェルは撥《は》ね上げるように手をふった。「ああ、そうだとも。今度も期待しているよ。わたし自身、この問題には大いに関心がある」

ハントはコールドウェルが抜かりなく自分の思惑に沿って事を運んでいると知って舌を巻

いた。コールドウェルは発足して間もない彼の帝国に繁栄をもたらすためにはどこへ触手を伸ばすべきか、すでに見当をつけている。機を見るに敏な策士の面目躍如《めんもくやくじょ》といったところだ。そして、ハントは今また領域も権限もはなはだもって曖昧な遊撃手の自由を与えられたわけだった。

「誰を連れていくか、まずそのあたりから考えることだな」コールドウェルはそのことでハントが何やら気兼ねしているのを見抜いた口ぶりで言った。

「となると、どうしたってクリス・ダンチェッカーには一緒に行ってもらわなくてはならないな。異星人の心理にかかわることとなればなおさらだ」

「当然、それはわたしも考えている」

「ダンカンが前々から地球外へ出たがっているのでね、ちょうどよい機会だと思うんだ。これまで、実によくやってくれているしね」ダンカン・ワットはヒューストン時代からずっとハントの助手を務めている。ハントが出かける時は貧乏籤《びんぼうくじ》でいつも留守居役である。

「いいだろう」

「クリスも誰か連れていきたがるのではないかな」

「それは本人の選択に任せよう」コールドウェルは言った。

ハントは椅子の背に凭《もた》れ、手の甲で顎をさすりながら遠慮がちにコールドウェルの顔を窺《うかが》った。「実は、その……ちょっと考えていることがあるのだがね」迷った末に腹を決めたふうに彼は言った。

「ほう。何かね?」コールドウェルは、そら来た、という顔だったが、自分のことで頭がいっぱいのハントはそれを見逃した。「ほんの気紛《きまぐ》れだけれども……つい最近、さるジャーナリストと知り合ってね、これが、世間が話題にしない中でジェヴレンの工作員と目される歴史上の人物について本を書く構想を温めているのだよ」

「ほんの気紛れだって?」コールドウェルはハントの揚げ足を取った。

「うん、まあね」ハントは手を挙げて意味もなく宙に輪を描いた。「とにかく、今ジェヴレンで起こっている問題を研究していくと、地球の歴史を解釈する上でいろいろと有意義な示唆《しさ》があるに違いないんだ。だから、どのみちジェヴレン情勢に関与することになるのであれば……」

「ことのついでに、そのジャーナリストに多少の便宜を図ってやってもいいではないか」コールドウェルは先回りして言った。

「そういうことだよ。ほんの気紛れだけれども……」ハントは遅ればせにコールドウェルの、珍しくもない、と言いたげな表情に気づいて口をつぐんだ。またもやしてやられたという気持ちがじわじわとこみ上げてくるのを覚えながら、彼は探るような目でコールドウェルを睨《にら》んだ。「グレッグ。きみは何か知っているな。いいや、その顔を見ればわかる。どういうことだ? 焦《じ》らすなって」

「そのジャーナリストとやらは、ちょいと毛色の変わった人物じゃあないか?」コールドウェルは何食わぬ顔で言った。「シアトルあたりからやってきたのではなかったかな。なかなかの才媛《さいえん》だ。近頃では珍しく、出来合いの考え方は肌に合わないとかで、何事につけ自前の意見を持っている。それに、まんざら色気がないでもない」コールドウェルはハントの顔色を見てにっこり笑い、すぐさま態度を改めてうなずいた。「向こうから接触してきてね。二、三日前、ここで会ったよ」

ハントはじきに驚愕《きょうがく》から立ち直り、眉を寄せてコールドウェルを見つめた。ジーナの直情径行はすでにハントも思い知らされている。彼女はけろりとした顔でUNSAに乗り込み、最高実力者のコールドウェルに取材協力を要請したのだ。下手をすれば、これは物議を醸《かも》すことにもなりかねない。大手出版社、テレビ局、一流のルポ・ライター、その他ありとあらゆる人種がUNSAの上級幹部のところに日参し、あるいは一席設けて取り入ろうと躍起になっている。何とかしてジェヴレンに関する内輪の情報にありつこうという魂胆である。そうした中で、UNSAがほとんど無名の一ジャーナリストを特別扱いしたとなれば言論界が黙っていまい。遺恨や嫉妬《しっと》からUNSAに中傷が向けられ、どんな醜聞に発展しないとも限らない。とはいえ、そこは策士コールドウェルのことである。身を守る術は心得ていよう。反面、コールドウェルはその気になれば、ハントが個人の自由意思で何をしようと見て見ぬふりでいられるはずだ。

それにしても、ジーナはコールドウェルからハントを紹介されたとはひとことも言わなかった。自分をどう扱うかはハントの胸ひとつ、というつもりだろう。コールドウェルの名前を出せば、ハントは長いものに巻かれて彼女のために一肌脱ぐ恰好である。そんな姑息《こそく》な手段に訴えるくらいなら、ジーナはあっさり取材を断念するだろう。並みの人間にはなかなかできることではない。ハントはこっそり事を運ばず、コールドウェルに話を通してよかったと内心ほっとした。

「UNSAが表立って名前を出すわけにはいかないだろうしね」ハントはだいぶ事情が呑み込めた顔でうなずいた。「とは言いながら、ジーナに機会を与えてやるのも悪くない、という判断だな？」

「テレビに一時間出て一万ドルなんていう偉い先生たちよりよほど言うことがまともだからな」コールドウェルは真顔で答え、デスクの抽斗《ひきだし》から葉巻を取り出した。「もっとも、それだけじゃあない。こんなふうに考えてくれないか。ガルースが相談を持ちかけてきた相手との交渉には、何というか、その、ある種の自由裁量が必要だ。きみはこれから向こうへ行くわけだが、情況は流動的だろう。ごく普通の段取りで話が進むこともあれば、場合によっては多少策を弄さなくてはならないかもしれない。言い換えると、フリーの人間に目をつむって任せた方が話が早いようなこともあるだろう。それも、ああいう無名の人物なら問題にすらならないが、UNSAの一組織の副長官たるきみが……」コールドウェルは火のついていない葉巻でハントを指した。「公然と動くのは考えものだというような場合がさ」

つまり、ハントの一行にはUNSAが公式な立場で動きにくい政治的に微妙な問題が絡んでいるような情況で役に立つ重宝な協力者が加わるということだ。ハントにしてみれば願ってもない。しかし、何よりも舌を巻かずにいられなかったのは、コールドウェルがハントをジェヴレンに派遣することを決めてからほんのわずかの時間でそれだけの計算を働かせたことである。

コールドウェルはチェスの名手に似ていないでもない、とハントは思った。傍目《はため》には何ということもない一手一手を積み重ねて、いつの間にか絶対有利な態勢に持ち込むのがコールドウェルの流儀である。しかも、はじめからすべてを読みきっているわけでもない。ジーナについていえば、コールドウェルは、残念ながらお役に立てない、と彼女を門前払いすることもできたはずである。が、そこをそうはせず、コールドウェルは自分に何の負担もかからない範囲で彼女に小さな親切をほどこした。後に見る限り、それがことのほか早くに大きな収穫をもたらすことになったのだ。

コールドウェルはハントが充分に事情を理解したのを見て取って、満足げにうなずいた。

「きみからは、当人に何と言ってあるね？」

「追って連絡する、とだけ答えておいたんだ。ジーナはマドックスに泊まっている。何はともあれ、まずきみに相談しようと思ってね」

「だったら、一緒にジェヴレンへ行ってもらうと言ってくれ。表沙汰になった時の口実はこっちで用意する」コールドウェルは壁を隔てた秘書室の方へ手をふった。「ミッツィは直通回線で〈ヴィシニユウ〉号と繋がっているから、細かい打ち合わせは任せておけばいい。というわけで、きみの方で何もなければ話はこれで決まりだ」

ハントは腰を上げかけて、コールドウェルの顔を窺った。「今度は、土産に何を期待しているのかな、グレッグ？」

「こっちから注文をつけられるものかね」コールドウェルは両手を拡げて肩をすくめた。「失われた惑星。星間宇宙船。異星文明……。ほかに何がある？　あるとすれば、別の宇宙ぐらいなものだろうが」

「それだけか？　案外、その別の宇宙にわたしは行くことになるかもしれないぞ、グレッグ」ハントはにやりと笑った。「そうやたらにあるわけでもないだろう。どこへ行ったら別の宇宙が見つかるかね？」

コールドウェルは眉ひとつ動かすでもなくハントを見返して言った。「きみが何をしでかそうと、わたしはまず驚かないな」

7

神々はウォロスの世界から顔をそむけた。それぞれの宿る星が消え失せ、暗黒が空を閉ざすにつれて、停滞が地を覆った。かつては嵐を呼び、大地を揺るがした生命の流れはあるかなきかに涸《か》れ細り、森羅万象《しんらばんしょう》ことごとく麻痺《まひ》状態に陥って、来る日も来る日も、どこもかしこも、澱《よど》んだように変化がなかった。作物は実らず、果樹園は不作をかこった。船をも呑む海の怪物どもが浜に寄って、漁師たちは港を出ることを恐れた。群盗は跳梁跋扈《ちょうりょうばっこ》して掠奪《りゃくだつ》を働き、人家に火を放った。人々は餓え患い、ついには疫病が猖獗《しょうけつ》をきわめた。

オレナッシュの王と元老院は事態を憂えて神官たちに伺いを立てさせた。凶兆を読み解いた神官たちは、神々が人間に背を向けた理由を一部の似非《えせ》魔術師らが本来この世に与えられたものではない知識を 翫《もてあそ》んでいるためと説明した。人間が悔い改めて身を浄め、魔術を忌《い》み、魔術に手を染めた罪ある者どもを生贄《いけにえ》として神々に捧《ささ》げれば生命の流れは 蘇《よみがえ》り、星々は輝きを取り戻すであろう。託宣に従って狩り出された魔術師らは鎖に繋《つな》がれて人民会議の前に引き据えられた。スラクスの叔父、ダルグレンもその中の一人だった。

「この者たちは予言者ではない。ハイペリアを知る者ではない」裁判の席で検事役の神官は声を張り上げた。「にもかかわらず、彼らは神々がウォロスにおける寿命が尽きるまでは明かせぬものとしている神秘を、この世で探り求めている。知識を得ることによって己《おの》が身分を高め、神々をも見下《みくだ》さんがためである」

検事役の神官は被告一同を睨《にら》みつけた。「彼らは口を開けば法則と言う。物事はわれわれの理解のおよばぬ不思議な摂理によって予知可能なることを定められている、と彼らは言う。しかし、彼らは予言者ではない。にもかかわらず、彼らはハイペリアを支配するある種の規則について説くことができると思い上がっている。そのような規則は、ハイペリアを覗《のぞ》き見た正統な予言者たちですら目《ま》のあたりにしてはいない。ならばわれわれは、ハイペリアで何が起きているかについて語れるのは神々ではなく、彼ら魔術師たちであると結論しなくてはならないだろうか?

「彼らは自ら神々たらんとする野心に駆られている。さりながら、世界を支える混沌《カオス》の複雑怪奇な成り立ちをそっくり悟るだけの器量はない。それ故、彼ら魔術師たちは自分の知力に合わせて浅薄皮相なる世界像を思い描いたのである。彼らは何事につけ、空間にあまねく一貫性と、時間を超えた予知可能性を求めてやまない。万物は場所と時とを問わず常に同じでなくてはならないとする考えで、これを名づけて不変の法則、と彼らは言う。

「神々は彼らに、彼らの求めるものを与え給《たも》うた。その結果は今われわれが見る通りである。カオスを養ってきた生命の流れはまさに涸れようとしている。彼らのいわゆる不変の法則が地を支配すれば、あらゆる変化は滞り、その澱みの重さに耐えかねて、やがて世界は息絶えるであろう。変化もたらすものはカオスであり、変化こそは命であり、力である。変化とは、それを武器として善が悪を制する、自在なるものである。変化は人の行為に意味を与え、神の審判を正当たらしめるものである」

神官が被告たちを鋭く指さすと、その指先から一条の光が迸《ほとばし》り、花火のように弾けて消えた。

「神々はわれら人間の愚かしさをかく明らかにし給うた。今、われわれは神々の心に従って過ちの償いをしなくてはならない」

判決のために、人民会議場前方に設けられた円形の柵囲いの中で地球の羊によく似たアスキロイの一年子が三度祝福を受けた。神官団の導師七人が声を揃《そろ》えて柵囲いに落雷を誘う祈りを唱えた。神殿前の広場で闇と光が交錯し、稲妻が空を裂くと見る間に、アスキロイはがっくり膝を折って息絶えた。これによって有罪の判決が確定した。

ダルグレンの養子キーヤローはこの判決がそもそものはじめから断固として守り続けてきた自分の立場を裏づけるものであると受け取った。導師たちの歓心を買い、あわせて怨恨と嫉妬《しっと》の根を絶つ好機は今ぞと彼は検事役の神官の祐筆《ゆうひつ》を訪ねて言った。「ダルグレンの家はまだすっかり浄められてはいない。教えにそむいて罪深い魔術の修行に励んでいる者がほかにもいる」

「何者だ?」神官の祐筆は問い返した。

「ダルグレンの甥《おい》、スラクス。やつがダルグレンの手伝いをして怪しげなからくり仕掛けをこしらえたり、いかがわしい儀式を執り行ったりするのをおれは何度も見て知っている。スラクスめも、ハイペリアの法則を盗んでこのウォロスに持ち込もうと企んでいる」

「ならば、その者も裁きを受けなくてはならない」

が、その頃、スラクスは町はずれのさる予言者に会っていた。通力《つうりき》によって、地下牢に鎖で繋がれているダルグレンの心をも読むことのできる予言者である。「スラクスよ、ダルグレンがおまえに伝えたがっていることがある」予言者は言った。「ダルグレンはいたるところに禍いの徴《しるし》を見て、己れが業《わざ》を悔いている。まことに、ハイペリアの道はハイペリアで、ウォロスの道はウォロスで窮《きわ》めるほかはない。魔術師らは教えにそむいた。彼らの思い上がりと厚かましいふるまいが、この世に厄災をもたらしたのだ」

「叔父は法則の追究を諦めた、というのか?」スラクスは愕然《がくぜん》として聞き返した。

「その通り」予言者はうなずいた。「今は悪びれもせず、恥じもせず、心空《むな》しく運命に従うつもりでいる。神々の意志とこの世の現実はまさに、カオスの気紛れによって形を現わす。おまえは才能に恵まれている、スラクス。その才を活かして真の知恵を学べ」

「おれにどうしろというのだ?」

「初心に返って一から出直せ。町を捨てて旅に出るがいい。導師を尋ね当てて道を学べ。地平の彼方《かなた》にハイペリアの真理を求めることだ。このウォロスに法則を打ち立てようとしても、それはしょせん叶わぬ夢だ」

スラクスは仰天した。「道を修めて、おれ自身、導師になれとか?」

「ダルグレンは真《しん》にそれを願っている」

悔恨と新たな決意に促され、スラクスはその足で着のみ着のまま曠野《あらの》を目指した。間違いではなかった。町の執行官が人民会議の令状を携え、捕吏の一団を引き従えてダルグレンの家に向かう頃、スラクスは町を後にして遠い山の端を仰ぎ見ていた。

8

UNSAに移籍する以前、ハントはオレゴン州ポートランドに本社を持つ多国籍企業IDCC(インターコンチネンタル・データ・アンド・コントロール・コーポレーション)のイギリス法人ＭＮＩＣ（メタダイン・ニュークリオニック・インストゥルメント社）の傭《やと》われ理論物理学者だった。当時ＩＤＣＣの研究主任はハンガリー系のアーウィン・ロイトネガーで、八十を超す高齢ながら、孫の世代の二十歳代の青年にもおいそれと引けを取らない明晰《めいせき》かつ柔軟な頭脳の持ち主だった。

ハントはこの老科学者から人生をふり返って何に悔いが残るかという話を聞かされたことがある。一番の心残りは核工学に対する貢献にもかかわらず、ノーベル賞を与えられなかったことでもなければ、一流大学にその名を冠した講座が設けられなかったことでもない。後世の記録に、栄誉殿堂や名士録に名を連ねなかったことなどは物の数ではない。老科学者が今もって断腸の思いを留めているのは一九六八年、パリ滞在の折に知り合ったソルボンヌ出の愛くるしい哲学修士との味な機会をむざむざ逸したことであるという。もう少し物事が呑みこめていたら、また違った成り行きもあり得たはずだと思うと残念でならない。「虹を摑《つか》みそこねて繰りごとを言う惨めな老人になってはいけない」ロイトネガー翁《おう》はハントに忠告した。「ふり返って愉快に笑える思い出を多く持つことだ。こんなつもりではなかったのに、というようなことも含めてだよ」

持って生まれた性格のしからしめるところでもあり、また、気がつくと世の中の常識からおよそかけはなれた生活を強いられている境遇のせいもあって、老先達《せんだつ》の言葉はハントの人生哲学とよく整合した。隣人ジェリーにも話した通り、地球と木星の間を行き来して一年の大半を過ごすような生活と、小ぢんまりした家庭の暮らしは両立しない。常日頃、仕事に忙殺されて命の洗濯も思うに任せないハントにとって、その繁忙の最中《さなか》に時として向こうから転がり込んでくる偶然の機会は歓迎すべきものでこそあれ、とうてい鼻であしらって見過ごすわけにはいかなかった。

知性に勝る媚薬《びやく》はない、とかねがねハントは思っている。ジーナが因習にこだわる性質《たち》ではないと見て取った彼は、その考えを敢えて隠そうとはしなかった。彼女の旺盛《おうせい》な探究精神は捨てがたい。逍遥《しょうよう》学派式の関心がこれまでどんな分野に彼女の足を向けさせたか、ハントは興味をくすぐられた。ジーナの方もまた、太陽系を股にかけ、いながらにして遠い惑星と電話でやりとりをする男にあけすけな好奇心を示した。この先どうなるかは時間の解決に任せるしかない。急《せ》いてはことを仕損ずるというではないか。それに、ものほしげなふるまいは上趣味でない。ただ、情況それ自体が方向を決めかねているところで、軽く弾みをつけてやるとなると話は別だ、とハントは自分に言い聞かせた。

コールドウェルは、ジーナのジェヴレン行きは表向きあくまでも個人的な行動であって、UNSAとはいっさいかかわりがないことを繰り返し強調した。それ故、彼女をゴダードへ呼んで話すのは考えものである。コールドウェルと打ち合わせを終えたハントは夕方マドックス・ホテルに電話して、ちょっと耳に入れたいことがあるのだが、どこかで会えないだろうかと誘いをかけた。

「何なら、ここで飲みながらではどうかしら」ジーナは言った。「小さなホテルですけど、バーは洒落《しゃれ》ていますよ」

「もう食事は済んだのかな?」

「いいえ、まだですけど」

「そうか。じゃあ、食事をしながら話すことにしないか。近くにわたしの知っている、ちょいと気の利いた店がある」

「ええ、でも……」

「迎えに行くよ。話というのが、実はバーで聞かせる中身じゃあないんだ」

ジーナは期待と疑心に揺れる体《てい》に一呼吸間《ま》を置いてから答えた。

「わかりました。お待ちしています」


一時間半後、二人はワシントンの夜景を見下ろす最上階の窓際で蠟燭《ろうそく》を点《とも》したテーブルを挟んで向き合っていた。ジーナがひとしきり、コールドウェルを訪ねてどのようなあしらいを受けたか語った後を承《う》けて、ハントは近々ジェヴレンへ出かけることになったと話した。

「はっきり言って、きみはいい時に来たよ。これほど間がいいことというのはあるもんじゃない」ハントはプライム・リブの皿を前にしてワイングラスを傾けた。ジーナはただ黙って不思議そうにハントの顔を覗《のぞ》き込むばかりだった。ハントは心なしか声を落とした。「実は、ここだけの話だがね。ガニメアン科学の可能性を分析評価するというのは、わたしの立場を正当化する表向きの名目でね、本当の狙いは、ガルースがジェヴレン人との間で抱えている問題について、より深く実地に探ることなんだ。それには地球にいたってはじまらない。というわけで、急遽《きゅうきょ》ジェヴレン行きが決まったのだよ」

ジーナは眉を寄せた。「コールドウェルって、UNSAの科学部門の責任者じゃあないの？　情報部なの？」

「〈シャピアロン〉号のガニメアンたちは個人的に親しい友人だよ。友だちが困っている。知らん顔はできない。グレッグは何よりもまず、それを考えているんだ」

「あらぁ。コールドウェルがそういう物の見方をする人だとは知らなかったわ。じゃあ、今のは取り消しね」

「いや、きみは間違っていない。本来、これは政治の問題でね、なにもグレッグが乗り出さなくたって、その方面の人間に預ければいいことなんだ。ところが、今にはじまったことではないけれども、だいたい、あの男は帝国建設の祖を気取るところがあってね。当面の問題もさることながら、今後のジェヴレン情勢に直接関与することの誘惑は斥《しりぞ》けがたいのだな」

「ヒューストンからワシントンへ移って人が変わったように聞こえるけれど」

「グレッグに関する限り、それはない。あれはよくできる男だよ。こうと決めれば話が早い」

「わたしがとやかく言う筋はないけれど。それで、出発はいつ？」

「三日先だよ。〈ヴィシニュウ〉号で」

ジーナは眉を上げてグラスを手に取った。「そう。何といえばいいのかしら？　とても羨《うらや》ましいお仕事ね。でも、あなたは当分留守になるわけでしょう。わたしの取材はお預けね。いい時に来たって、どうして？　わたしにしてみれば、これほど間の悪いことはないように思うけれど」

ハントは肉をひときれ口へ運んでから言った。「何やかや、いろいろな目的で現在すでにかなりの地球人がジェヴレンへ行っている。政治的には極めて微妙な情勢だ。先の見通しはまったく立てられない」

「なるほどね……」ジーナはゆっくりうなずいたが、ほとんど上の空だった。

「特に今回の場合、あちこち聞いて回って情報を集めなくてはならないようなことも出てくるだろうが、わたしのように任務の性質がはっきり決められている科学畑の人間には、これはちょっと似合わない。下手をすれば疑惑を招いて痛くもない腹を探られるようなことにもなりかねないのでね」ハントは正面からジーナの目を見つめた。「ところが、これがジャーナリストとなると……とりわけ、大勢《たいせい》におもねるのを嫌って自分流を貫くことで知られているジャーナリストだったら、誰も何とも思わない。むしろ当然のことと受け取られるだろう」

「そうね、ええ、わかるわ」

「というわけで、きみの公《おおやけ》の身分は取材旅行中のフリーの物書きだ。ただ、片方で、わたしが表立っては動きにくいところで存分に働いてもらうから、そのつもりで」

ジーナがハントの言う意味を呑み込むまでにはしばらく時間がかかった。彼女はフォークを皿に置き、信じられない顔つきでハントを見返した。ハントは彼女のうろたえを見て無遠慮ににったり笑った。

「ちょっと待って」彼女は声にならぬ声で言った。「わたし、耳がおかしいんじゃないでしょうね。今の話、わたしも一緒にジェヴレンへ行くっていうこと？　三日後に？　そう受け取っていいのね？」

ハントはぐるりとまわりを指さした。「耳に入れたいことがあると言っただろう。しばらく留守にするから、きみのお役には立てない。あしからず、なんて言うためにきみをこんなところへ案内するものかね」

ジーナはふるえる手でワイングラスを口へ運んだ。眩暈《めまい》を堪《こら》えるかのように額を押さえて頭をふると、彼女はようよう声を詰まらせて言った。「ハント先生って……本当に、生きたびっくり箱ね。それとも、わたしがあまりにも世間知らずなのかしら。信じてはいただけないかもしれないけれど、食事に誘われてこんなことになるなんて、はじめてだわ」

「悪いのはグレッグだ。だから、あの男はこうと決めたら話が早いと言ったろう」

「それはわかったわ」彼女はまだ信じられない様子だった。「これ、本当の話なのね？」

「もちろんだよ。そうでなかったら、性質《たち》が悪すぎるよ」彼はしばらくジーナの顔を窺《うかが》った。

「じゃあ、それでいいね？　きみの方で何か具合の悪いことはないね？」

「ええ……別に」ジーナは頭の中でざっと自分の都合をあらため、椅子の背に凭《もた》れると、降って湧いた幸運に夢見心地で小さく笑った。「でも、まだ信じられない気持ちだわ」

ハントはグラスを上げた。「まずは、乾杯」

ジーナは黙ってそれに倣《なら》い、グラスを置いて、ふっと真顔に返った。「でも、わたし、どうしたらいいのかしら？　だって、表向きＵＮＳＡとは関係ないとなると、一緒には行かれないでしょう」

ハントはうなずいた。「ああ、そうさ。もっとも、途中で偶然知り合ったとすれば、話は別だ」

「でも、三日後に出る異星の宇宙船に、どうやって席を取るの？　旅行代理店に電話で予約するの？」

「ヴァンデンバーグから西海岸の団体を乗せて発《た》つTWAのシャトルがある。きみもそれに乗ることにすれば充分間に合うよ。シアトルへ帰って、歯ブラシだの、着替えだの、身のまわりのものを用意して、必要な相手に連絡を済ませて、ほかに仕事で入り用なものを持って出ればいい。〈ヴィシニュウ〉に乗ってからばったり会うように、そこはわたしの方でうまくやるから」

「わたしはシャトルに乗ればそれでいいっていうの？」

「その通り」

ジーナはまだ腑《ふ》に落ちない顔だった。「でも……テューリアンの宇宙船に乗るにはどうすればいいの？　許可とか、査証とか、いろいろ必要でしょう？　その手続きはどうするの？」

ハントはにやりと笑った。「きみはまだガニメアンをよく知らないな。それは無理もない。知らなくて普通だからね。ガニメアンというのは、およそ形式にこだわらない人種なんだ。銀河宇宙広しといえども、あれほどおおらかな人種はいないだろうね。なにしろ、認可、承認、旅券、身分証明、その他もろもろ、世の中をややこしくする規約の考案者たちがひねり出した煩雑な手続きの概念がまったくないんだから。おそらく、わたしら地球人がそれを必要悪と認めていることすら、本当にはわかっていないのではないかな」

「いいわねえ。気楽で、あっさりしてて」ジーナは羨《うらや》ましげに溜息《ためいき》をついた。

ハントはポケットから封筒を取り出した。「ここにUNSAの番号がある。そこへ電話すれば〈ヴィシニュウ〉の管理本部に通じるようになっているんだ。きみはひとこと、乗せてくれと言えばいい。フリーの物書きで、ジェヴレンを取材したいという触れ込みでさ。まず、それで大丈夫だと思うけれど、もし何かあったら、わたしに連絡してくれればまたどうとでもするよ」

「乗せてくれって？」ジーナはきょとんとして言った。「そう言えば乗せてくれるの？」

「空きがあればね。まあ、その点、心配にはおよばない。〈ヴィシニュウ〉号は直径二十マイルの巨大宇宙船だよ」

「だったら、みんな、どうしてもっと乗りたがらないの？」

「知らないからさ。面倒な手続きだの何だのが必要で、誰でも乗れるものではないと思っている。きみだってそうだろう」

「誰でも乗れることがわかって、大勢の人がわっと押しかけたらどうなるの？　テューリアンだって、何か規則を設けなくてはならないのではないかしら」

「さあ、それはどうかな？　いずれわかることだろう。彼らは物わかりの悪い人種については経験が乏しいから、いざとなったらどうするかねえ」

「でも、行きたいというだけで、希望者を誰でも彼でも受け入れるわけにはいかないでしょう？　収拾がつかなくなってしまうわ」

「問題はそこだよ」ハントは待っていましたとばかりに言った。「きみもやっぱり地球人だ。人間は常に管理されていなくてはならないものと思い込んでいる。ところが、ガニメアンは線を引いて人を排除する地球人の考え方が理解できないんだ」

しばらく話が跡切《とぎ》れた。ややあって、彼女は尋ねた。「ほかにどんな人たちが行くの？」

「そう、なにしろ急なことだから、顔触れは限られるだろうな。わたしとしては、はじめからずっと一緒にガニメアンと接してきた生命科学の人間には行ってもらいたいところだ。クリス・ダンチェッカーという男だがね」

「名前はよく見かけるわ。あなたと一緒に木星へ行った人ね？」

「ああ。ガニメアンの精神構造については、おそらく、誰よりもよく知っているだろう。まだ本人には話していないのだが、明日、一番で連絡を取るつもりだよ」

「とても面白い人ですってね。是非お会いしたいわ」

「もちろんだよ。どうしたってきみはクリスに会わずには済まされない」

「行くと思う？」

「まず間違いないね。このところ、ジェヴレンの生物学に没頭しているから、現地へ行けるとなれば二つ返事だよ。クリスが参加してくれれば、一層、科学調査団の体裁がととのって、その意味でも都合がいい。ほかは、ゴダードでわたしの助手をしているダンカン・ワット。おそらく、クリスも誰か自分の手勢を連れていくだろう」

コーヒーとブランデーになる頃には、ハントはすっかり仕事を離れて、ジーナの半顔を形良く縁取る艶《つや》やかな髪に見とれていた。グラス越しに彼を見返す目の奥に謎めいた光が踊っていた。そこに何を読み取るべきか、ハントは迷った。何なりと望み通りの解釈を許す目の色でなくもなかったが、はたしてそれがジーナの思惑かどうか、にわかには判断がつきかねた。

情況に軽く弾みをつけはしたものの、それで方向が決まるまでには至っていない。もうしばらくは様子を見ようというところにハントの気持ちは落ち着いた。こんな時、ガニメアンは迷わず誘いをかけるのだろうか。

9

ジェヴレンの熱帯に、いくつかの大きな島から成るギャリテン群島がある。どの島も内陸の大部分は山岳に占められているが、山麓の広い渓谷や海岸平野には熱帯雨林が鬱蒼《うっそう》と生い茂って緑陰は昼なお暗い。最北二島の下闇に、アンキロックと呼ばれる飛翔能力を備えた珍しい動物が棲息《せいそく》している。

地球の鳩ほどの大きさで、よく発達した強い後脚を持ち、未熟ながら物を摑《つか》むことができる爪のある前脚で木の幹などの垂直なところに止まる。鱗《うろこ》の生えた黒い翼は濡れたアスファルトの路面に似た光沢を放っている。体形は左右相称で、ジェヴレンの動物の分類では地球の脊椎動物にほぼ相当する三対脚類《さんついきゃくるい》の一種である。

アンキロックは顔面に黒色の細長い突起があり、その先端のシュモクザメの頭のようにT字形に膨張した器官は赤外線に感応して燐光《りんこう》を発する。両目の下にある前向きの大きな窪みは反射性と吸収性を併《あわ》せ持つ組織に覆われ、首の動きによってだいたいの方向を定めてビームを放射する可変焦点距離計と、反射を捉える検知機の機能を兼ねている。この体内に備わった自然の赤外線レーダーを駆使して、アンキロックは自由自在に宙を飛び、餌を捕食する。アンキロックが好んで餌食と狙うのは、チフの名で知られる、地球のスズメバチに似た八本肢《あし》の小さな虫である。チフには赤外線を感知する触角があり、これが進化の過程でアンキロックの発する探査ビームとほぼ同じ周波数帯域で働くように調整されていた。その結果、自然界では珍しく、両種の間にいたちごっこの果てしない攻防戦が展開されることになったのである。探査信号を感知したチフの最も初歩的、かつ単純な防衛行動は、咄嗟《とっさ》に翅《はね》を畳み、急降下してビームを躱《かわ》すことだった。これに対してアンキロックはチフの降下速度を計算し、接近針路を下方修正することを覚えた。チフは左急旋回で逃げることで対抗し、アンキロックが追随すると、今度は右旋回を身につけた。アンキロックが左右どちらでも相手の動きをいちはやく読み取るようになると、チフは落下する代わりに急上昇で敵の裏をかいた。さらには上下、左右、無原則に飛び違ってアンキロックを翻弄したが、アンキロックもさるもので、やがてチフのどんな動きをも正確に追尾する能力を獲得した。知恵くらべは際限もなく、チフの行動は千変万化した。新旧の行動形態を取り混ぜて逃げ惑う中からかつてない動作が編み出され、それが有効な間は危険も遠のいたが、アンキロックが追いつけば、また新機軸を開拓しなくてはならなかった。

が、何にもまして驚くべきことに、アンキロックは常に生まれながらにして、チフの最も新しい行動形態に対応する術《すべ》を心得ていた。それは単に統計上、新しく生まれてくるアンキロックが世代交替を通じて獲得されたあらん限りの習性を等しく身につけているというだけでなく、その時々に有効な動作を知らない個体は生き残れないことをも意味していた。

生まれたてのアンキロックは、前の世代が交尾の時までに覚えた行動をそっくりそのまま反復する。チフの防衛行動はいろいろに変わるから、これははじめから遺伝子に組み込まれているのではなく、親が後天的に身につけた習性を受け継いだと考えなくてはならない。地球の遺伝学が何代にもわたる苦労を重ねて打ち立てた理論と真っ向から矛盾することである。ジェヴレンとガニメアンの科学者たちはつとに実験を繰り返してこの問題に結論を与えていた。アンキロックを訓練して特定の作業を習得させ、生まれた子をただちに親から引き離して観察したところ、子は親と同等の能力を示した。アンキロックが後天的に獲得した資質を何らかの形で次の世代に伝えることはもはや疑いの余地もなかった。のみならず、近辺の限られた範囲での銀河系探査から、これはアンキロックだけに例外的に見られる現象ではないこともわかっている。

しかし、地球の生物学者たちにとってこれはすべてを根底から覆す驚天動地の新事実だった。後生大事とすがりついてきた学問を否定され、同じ目に遭った物理学者たちがようよう驚愕《きょうがく》から立ち直りかけている今、生物学界は騒擾《そうじょう》ただならぬありさまである。


クリスチャン・ダンチェッカー教授は分子映像装置の位相ダイアルをまさぐり、視野空間に回転する縦横一フィートほどのホログラムに目を凝らした。コマンド・キーを軽く叩くと、サクランボ大の仄白《ほのじろ》い光球カーソルが画像の中に浮かんだ。ダンチェッカーは再び位相ダイアルを操作してカーソルを動かした。光球は画像のある一点を囲い込んだ。教授は傍らの音声入力グリルへ向けて心持ち声を張り上げた。

「ヴォイス・オン。拡大十倍」光球カーソルに取り込まれた部分が視野空間いっぱいに拡がって細部を鮮明に映し出した。「縮小五分の一……」ダンチェッカーはさらに画像を回転させ、カーソルの位置を微調整した。「拡大十倍……コントラスト増強十パーセント……ヴォイス・オフ」

ダンチェッカーはしばらく満足げに、かつ驚嘆を隠さず、拡大された立体画像を打ち眺めた。彼は長身瘦軀《そうく》で今やほとんど禿頭《とくとう》に近く、頰がこけて骨相が透けて見える顔に古風な金縁眼鏡を危なっかしげにかけている。助手のサンディ・ホームズはもう一つの表示スクリーンに神経系統の組織図を呼び出して教授の指示を待った。

「これでいいぞ、サンディ」ダンチェッカーは画像から目を離さずに含み声で言った。「ベース・シークェンスは変換した。デルタ・シグマのコードを実行して組織図と突き合わせてみてくれないか。結果はもう見えているようなものだがね。鍵はこの中だ。これが伝達の仕組みだよ」

サンディ・ホームズは身を乗り出して拡大された分子構造のホログラムを見つめた。「これは前の状態から累積的に一歩進んだ段階ですね」

ダンチェッカーはうなずいた。「わたしの思っていた通りだ。学習した動作の手順が神経組織に記録されるに従って、メッセンジャーに転写される鋳型《いがた》の暗号量が増大する。わたしらは今まさに、記憶移転の現場に立ち会っているのだよ」

ダンチェッカーの研究室では、ジェヴレンから取り寄せたアンキロックを飼育し、チフの防衛行動を模した赤外線反射信号に対応する訓練をほどこした。習得行動として脳波に刻印された変化は、神経心理学の技法によってこれを読み取り、図式化することが可能である。が、それはともかく、今ホログラムに映し出されている分子は地球の生物学の限界を一歩超えるものだった。アンキロックの神経組織の特殊化した細胞内で生成されたこの分子は、通常の記憶に書き込まれた変化の化学暗号を担っている。分子はメッセンジャーとして暗号を生殖細胞に伝達するが、暗号は細胞の分裂に際して遺伝子制御分子に転写される。これはすなわち、遺伝情報の再設定が可能なDNAを作り出すことにほかならない。

ダンチェッカーはさらに言った。「この能力が進化の過程でますます磨きがかかることを思うとわくわくするね。例えば、きみ、こんなことを考えてごら……」壁際のテーブルに据えられた端末のコールトーンが教授を遮った。「ええ、やかましい。電話というやつは、こっちの都合などお構いなしだからねえ。出てくれないか、サンディ」

サンディは席を立って端末の受信キーを押した。スクリーンに女の顔が映った。四十代の半ばを過ぎてはいまいが、引っ詰めに結った髪のせいで妙に老けて見える。いかにも堅物らしい細面《ほそおもて》で、黒い小さな目がよく光り、頬骨は高く、鼻はやけに大きい。その態度はスクリーンから居丈高《いたけだか》に人を見据えているような印象である。

「ダンチェッカー先生はそちらですか、ミズ・ホームズ?」甲高《かんだか》い声に有無を言わせぬ響きを込めて彼女は尋ねた。「何としても、先生にお話ししなくてはならないことがあります」

「うう、助けてくれ」ダンチェッカーは映像装置のコンソールにすがって唸《うな》った。スクリーンの女性はダンチェッカーの異星生命科学研究所長就任と同時に個人秘書として配属されたミズ・マリングである。今しも彼女は全館を支配する司令部とも言うべき最上階の秘書室から教授に呼び出しをかけてきたところだ。ダンチェッカーは激しく首をふり、壁を塗るような仕種《しぐさ》で自分は今しがた忽然《こつぜん》と惑星地球から姿を消したと訴えた。

が、その大きな動作がサンディの肩越しにミズ・マリングの視線を捉えた。「ああ、先生、そこにいらっしゃいますのね! 予算検討会議は三十分後、M-6号室です。念のため、お伝えしておこうと思いまして」彼女は巻き舌で、立場をわきまえた有能な秘書に許される限り非難がましく言った。

ダンチェッカーはコンソールから腰を上げて端末の方へ行きかけたが、映像ですら迂闊《うかつ》に近寄っては剣呑《けんのん》とばかり、途中ではたと立ち止まった。サンディは気を利かせて脇へ避けた。

「ヤモトに任せておけばいいだろう」ダンチェッカーは苛立《いらだ》ちを隠そうともしなかった。

「転換資産だの、減価償却率だの、そういう面倒臭いことは全部あの男が心得ている。わたしはただの研究者だ。そういう方面には疎いのだよ。ヤモトとは今朝方会った。会議のことは承知したという返事だった」

「でも、四半期ごとの会議はそれぞれの部局の長が議長を務める慣行です」ミズ・マリングは砲弾をも撥《は》ね返す戦艦の外板さながら、頑として譲らなかった。

「慣行?」ダンチェッカーは食ってかかった。「異星生命科学局は発足したばかりだよ。まだ半年そこそこだ」

「UNSAにはUNSAの会議手続きがあります。これは機構改革以前からの決まりで、今も変わっていません」ミズ・マリングはダンチェッカーの頭のてっぺんから足の爪先まで見下ろした。「先生、何ですかその恰好は?」ダンチェッカーに口を開く隙も与えず、彼女は声を尖《とが》らせて言った。ダンチェッカーは彼女の視線を辿《たど》って自分の足に目をやった。今夜はどうしても断れないパーティがある。そのために着替えをする時間を惜しんで、ダンチェッカーは朝から正装の上に実験室用の白衣を重ねていた。ただ、履《は》き物だけはゴム底の白いズック靴だった。

「どうかね、これは?」彼はここぞと反撃に転じた。「世間一般では、これをスニーカーと言っているようだがね」

「存じております。でも、先生、タキシードにまたどうしてそんなものを？」

「どうしてもこうしても、履きやすいからね」

「リパブリカン・ソサイエティの晩餐会《ばんさんかい》にそんな恰好でお出になるなんて、とんでもないことです、先生」

ダンチェッカーは眼鏡の金縁と金歯を光らせてにったり笑った。「ああ、きみ、わたしはこの恰好でディナーに出るつもりはないよ。ちゃんと靴は履き替えていく。そのために、エナメル革の靴がロッカーに置いてあるんだ。何なら、今ここで出して見せようか？」

「いいえ、それにはおよびません。でも、タキシードにスニーカーで会議というのも、ちょっと、どうですかしら？　会計検査次官や計画担当副長官もお見えになることですし」

ダンチェッカーはスクリーンの前に小腰を屈《かが》めて身構えた。白衣の肩を怒らせ、両手の五指を鉤《かぎ》に開いたところは、今にも端末に襲いかかってこれを八ツ裂きにしようとする猛禽《もうきん》の姿に似ていないでもなかった。

「いいだろう」彼はしょうことなしにうなずいた。「じゃあ、済まないが、会議に必要な数字その他の資料をととのえてくれないか」

「全部、揃《そろ》えてあります」ミズ・マリングは眉一つ動かしもせずに答えた。

十分後、ダンチェッカーは建物の反対の端にあるコールドウェルの執務室に、ドアを踏み破らんばかりの勢いで飛び込んだ。「何とかしてくれ！」彼は哀訴した。「あれは人間じゃない。火星の基地なり、ディープ・スペース探査船なり、どこかへ飛ばしてくれないか？　この状態では、わたしはとても仕事どころじゃあない」

「まま、そう思い詰めることもないのではないかね」コールドウェルはデスクの上に指を組んで言った。「実は、ここへ来て少々事情が変わってね……」

「そんなことはどうだっていいんだ」ダンチェッカーはいきり立った。「これじゃあ、怪物ゴルゴン三姉妹のどれかと所帯を持った方がまだましだ。このままでは、とうてい我慢できない。これはわたしの、精神衛生上の問題だ」

「昨日の午後、ヴィックと話をしてね。彼の方でもきみと連絡を取ろうとしているはずなのだが、その話というのが……」

「今やどうしようもない情況なんだ。なにしろ、服装検査までやられるんだからね。こればかりは何としても譲れない。人を替えてもらいたい」

コールドウェルは溜息《ためいき》をついた。「しかしねえ、人を替えるといったって、そう簡単にはいかないぞ。ミズ・マリングは十三年間、ウェランドの秘書を務めた。そのウェランドの推薦でこっちへ回されてきたのだからね。引退したとはいえ、ウェランドは今もって顔が広いし、影響力は侮《あなど》りがたい。やたらに首をすげ替えると面倒なことにもなりかねないんだ。特に、今は誰もがこの新しい組織に割り込みたがっているし、あわよくば、ここに出世の糸口を見つけようとして鵜《う》の目鷹の目だから」

「わたしはそういう小児病の目立ちたがり屋だの、他人の術策なんぞに関心はない。あの女さえ……」

広報部のソロモン・ケイルが戸口に顔を覗《のぞ》かせた。「おっと、これは失礼、グレッグ。人がいるとは知らなかった。ミッツィがきみ独りだと言ったのでね」

「わたしも、ちょっと席をはずしてたものだから」隣の部屋からドア越しにミッツィの声が聞こえた。

「いいんだ、ソル」コールドウェルは言った。「クリスはたまたまここへ寄っただけだから。何か急な用事かね?」

「ちょうどよかった。クリスに話があるんだよ」

「わたしに?」ダンチェッカーは警戒の色を浮かべた。「話というのは?」

「グリーリング上院議員夫人からまたお声がかりでね。夫人がやっている、例の女性討論集会のことなんだ。異星生命科学研究所を案内するというのはかねてからの約束だけれども、所長直々《じきじき》に案内役を引き受けろというご注文だよ。みんなの前で、ちょっといいところを見せようという魂胆だと思うがね」ケイルは掌《たなごころ》を返して肩をすくめた。「迷惑は重々承知だよ、クリス。しかし、大学の研究後援の件ではグリーリング上院議員にずいぶん世話になっているし、なろうことなら、ご機嫌を損ねたくないのだよ。夫人は来月あたり、午後の半日、と言っている」

「参ったね、どうも」ダンチェッカーはうんざりした顔で言った。

隣室でコールトーンが鳴ってミッツィが応対した。たちまち、ミズ・マリングの上ずった声がけたたましく響きわたった。「ひょっとして、ダンチェッカー先生はそちらじゃありません？　これから大事な会議があります。何としても、先生を捜さなくてはなりません」

そこへハントが片手に一綴《ひとつづ》りの書類を抱え、もう片方の手にコーヒー・カップを携えて表のドアから姿を現わした。「やあ、何事かね？　おお、クリス！　これはいいところで会った」

「ソル、ちょっとはずしてくれないか」コールドウェルは言うより早く、ケイルに返事をする暇も与えずデスクを立って彼をミッツィのいる隣室へ押し出した。ハントを奥へ請《しょう》じて境のドアを後ろ手に閉じると、コールドウェルはダンチェッカーがまた何やら言いかけるのを手真似で制した。「いや、わたしも前から気にはしていたんだ、クリス。しかし、無用の波風は立てたくないから、多少は駆け引きが必要でね」

ダンチェッカーは頭をふり、腹立たしげに空気を掻《か》き回すような手つきをした。「今やわたしは親睦会の会計係だよ。品物を数えたり、帳面をつけたりする人間はほかにいくらでもいるだろうに。わたしはね、この機関は科学技術の進歩発展に尽くすところとばかり思っていたよ。それが、ここへ来てみると……」

「わかった、わかった」コールドウェルは手を挙げてしきりにうなずいた。「実は少々事情があって……」

「それが、今度はご婦人方のお茶会の、遠足の案内をしろときた。人を馬鹿にするにもほどがある。そもそも、わたしは……」

「ちょっと静かにしないか、クリス」ハントが穏やかに制止した。「集団を代表する。所長の務めはこのひとことに尽きるんだ。ところが、きみにはもうそんな時間はない。わたしら二人、グレッグから地球外の仕事を言いつけられているからね」

「そこへ持ってきて……」ダンチェッカーは言いかけてはっと口をつぐみ、眉を寄せてハントの顔を覗《のぞ》き込んだ。「地球外？　わたしら二人？」

コールドウェルはふんと鼻を鳴らし、顎をしゃくってハントに先を促した。

「ジェヴレンだ」ハントは言った。「今、軌道上にいるテューリアンの宇宙船が間もなく出発する。どうだね、クリス。ジェヴレンは異星生物学の宝庫だよ。それも、何光年も遠く離れた惑星だ。異星生命科学研究所の所長たる者、このあたりで現地へ出向いて、研究に新生面を開いて然《しか》るべきではないかね？」

それ以上の説得も勧誘も必要なかった。ダンチェッカーは雲間から洩《も》れる一条の光を仰ぐ信仰復興運動家の恍惚《こうこつ》の表情でその場に立ちつくした。

数分後、三人は揃って境のドアから姿を現わした。

「ちょっと相談したいことがあるのだがね」コールドウェルは待ち受けていたソロモン・ケイルに声をかけた。「クリスはこれから最優先プロジェクトで手いっぱいだから」コールドウェルは小さくうなずき、ケイルを誘って自室へ引き取った。

ダンチェッカーはミッツィがミズ・マリングを向こうに回して防戦にこれ努めている端末

の前に立った。「まあ、先生、そこにいらっしゃいましたの」スクリーンの中でミズ・マリングは色をなした。

「予算会議が……」

「会議はヤマモトにお任せだ」ダンチェッカーは生まれ変わったように確信に満ちた声で言い放った。「それから、リパブリカン・ソサイエティの事務総長に連絡して、大変申し訳ないがわたしは出られないと伝えてくれ。ディナーの方も、ヤマモトに言えば喜んで名代《みょうだい》を引き受けてくれるだろう」

ミズ・マリングは呆然としてしばらく声を失った。スクリーンから口をぽかんと開けてダンチェッカーを見返す彼女は、教皇から無神論に鞍替《くらが》えすると聞かされた尼僧院長といったところだった。が、健気《けなげ》にもミズ・マリングはじきに何とか立ち直った。「どういうことですかしら？　先生、どうかなさいましまして？　何か悪いことでも起こりましたの？」

「悪いこと？」ダンチェッカーは浮き浮きして言い返した。「どういたしまして。事実はまったくその逆だよ。たった今から、わたしは本来の仕事に専念する。ブレイディをわたしの部屋へよこしてくれないか。計画書、図表、予算案、その他、部屋の壁を占領しているもろもろの紙屑《かみくず》は残らず処分して、ブレイディには明日の朝から所長代行を任ずると伝えるんだ。わたしは……」ダンチェッカーは大きく両腕をふり上げた。「ここから消え失せるから」

ミズ・マリングは目を白黒させた。「何を言ってらっしゃるんですか、ダンチェッカー先生？　急ぎの用事がたくさんありますのに」

「そんなものに構ってはいられない。わたしにははるかに大事な仕事が山とあるんだ」

「でも……どちらへいらっしゃいますの？」

「ジェヴレンだよ。異星生命科学の研究に、ほかのどこへ行くものかね」ダンチェッカーはカメラの視野にスニーカーの片足を上げ、これ見よがしに揺り動かした。「星の彼方《かなた》の空遠くだ、ミズ・マリング。リパブリカン・ソサイエティの面々が寄ってたかっても想像がつかない、上院議員の奥方たちの話題に上ることもない、遠い遠いところだ。きみの理解ではおよびもつかないだろうが、きみが金科玉条としているＵＮＳＡの標準会議手続きなんぞには縁もゆかりもない世界だよ」

「ジェヴレン？　どうしてまた？　そんなところへいらして、何をなさるんですの？」

すでにダンチェッカーは部屋を後にしていた。ハントとミッツィの耳に、開け放しのドアの向こうから廊下を遠ざかるダンチェッカーの調子はずれな鼻歌が聞こえてきた。

「星の彼方の空遠く……はるけくも、はるけくも……」

10

地球の物理学者たちはガニメアンによってもたらされた新しい知識を吸収して既成の学問体系を再構築する途方もない努力を強いられていた。何よりも地球の物理学界を瞠目《どうもく》させたのは、物質の根元的な性質だった。

地球でも二十世紀末葉から一部の科学者が疑問を抱き、研究に取り組みながら確たる結論には達していなかったことなのだが、ガニメアン科学に接するにおよんで物質の永久性は、古典的な自然現象の予知可能性や絶対普遍時間といった概念と同様、一種の神話として捨て去らなくてはならない考えであることがはっきりした。すべての物質は無へ向けて崩壊の過程にある。ただし、その崩壊の速度は地球の科学によって確立されたいかなる技術をもってしても測定し得ないほどの遅々たるものである。一グラムの水が完全に消滅するには百億年という時間を要する。

物質を形作っている究極の粒子は自然に対消滅《ついしょうめつ》して、通常の宇宙とは別の法則が支配する超次元空間に還る。この任意の瞬間の微小な消滅が物質の重力効果を生むのである。個々の粒子の消滅は微弱な重力パルスを惹起《じやつき》する。絶えず発生しているそのパルスの 夥《おびただ》しい集積が、巨視的には安定した場を形成する。

それ故、重力はもはや物理学において、物質との関連において受動的に認識される静的効果ではなく、物質の変化率が規定するベクトル量などと同じ、場の現象として捉えなくてはならない。この原則と、物質消滅の過程を制御する技術が初期ガニメアン重力工学の基礎をなしている。〈シャピアロン〉号の推進機構はその応用技術の一例である。

微小とは言いながら、物質消滅の比率は宇宙の時間軸の上ではおろそかにはできない。物質が絶えず消滅しているにもかかわらず、宇宙の総体があるがままの姿を保っているのは何故かといえば、一方において、宇宙の全域で物質は絶えず生成されているからである。粒子の消滅が重力を生むことの裏返しで、粒子の生成は「負の重力」を誘起する。粒子は現にそれがある場所からしか消滅し得ないから、消滅はもっぱら物質の内部で起こり、周辺の時空に吸引力のある歪《ゆが》みを作り出す。ところが、銀河宇宙間の果て知れぬ虚空では、消滅するよりもはるかに多くの粒子が生成されている。その結果が宇宙の拡散膨張である。かくの通り、ガニメアンの理論は差し引きの勘定が合ってすっきりと明快に筋が通っている。

究極の粒子は忽然《こつぜん》と現われて、観測可能な現存の宇宙で定められた寿命を送り、また忽然と消え失せる。どこから来てどこへ還っていくかは地球の科学者が絶えて逢着《ほうちゃく》したことのない問題である。ガニメアンですら〈シャピアロン〉号がミネルヴァを発《た》った頃、やっとその解明に取り組んだばかりだった。その後の研究がテューリアンの科学技術に結実して星間文明を可能にしたのである。

仮の世の宇宙へ粒子を生み出す超次元空間は、物質とエネルギーがブラックホールに消えた果てに行きつく世界である。物体がブラックホールに落ち込めば、もはやもとの場所には存在し得ない。このことは地球の科学でも、一つの理論として以前から知られていた。ブラックホールに落ち込んだ物体は、同じ宇宙の別の場所か、ほかの宇宙か、さもなければ、別の時間へ移動するはずである。理論上、それ以外の可能性はあり得ない。が、この三つの可能性についていえば、驚くなかれ、いずれも現実に起こることが判明した。テューリアンはすでに空間内の移動のメカニズムを知りつくしてこれを利用する技術を確立し、さらに第三の可能性、すなわち、時間軸上の移動に関する研究を進めている。

電荷を負って高速回転するブラックホールは次第に扁平《へんぺい》になり、ついには質量が周辺部にかたまってドーナツ状の環《わ》、いわゆるトロイドとなる。トロイドにおいては、特異点は通過不能の遮蔽された点ではなく、ドーナツ環の中央の空隙そのものとして存在する。軸方向からこれに接近する物体は破壊的な潮汐《ちょうせき》効果にさらされることがない。こうして「入口《エントリーポート》」ができると、対称効果によって通常空間のどこかにこれと対をなす突出部、すなわち「出口《エクシットポート》」が生ずる。ドーナツ環に進入した物体は「h－スペース」と呼ばれる空間を潜《くぐ》り抜けて瞬時に出口から現われる。出口の位置はトロイドの大きさ、回転速度、方向、その他いくつかのパラメータによって決まるが、これらは数十光年の距離を隔てて人工的に制御することができる。この技術を使ってテューリアンの宇宙船は星間を自在に航行するのである。

トロイドを発生させるエネルギーは宇宙空間に設置された巨大な変換装置で燃えつきた星の核を処理して産出する。ただし、惑星の軌道に影響を与えたり、その他、周辺の天体に擾《じょう》乱《らん》を来《きた》したりすることを避けるため、出口は惑星系を遠く離れた虚空に開設しなくてはならない。惑星表面とh－スペース・ポート間の往復には、遠い過去にミネルヴァで開発された重力推進機構に改良を加えたシャトルが使われているが、それでも星間旅行には通常、数日を要する。

テューリアンの星間宇宙船はポート発生のエネルギーを供給している同じh－スペース分

配グリッドから動力を得るため、機種によって大きさはまちまちである。中には超大型のものもあるが、直径二十マイルのほぼ球状の宇宙船〈ヴィシニュウ〉号は中型である。

コールドウェルと話し合って三日後、ハントとダンチェッカーはほかの乗客に混じってメリーランドのアンドルーズ空軍基地から〈ヴィシニュウ〉号の独航船《フェリー》に乗り込んだ。ダンカン・ワットも希望が叶って一緒に行くことになり、ダンチェッカーの研究室からはサンディ・ホームズが参加した。

ハントの予想に違《たが》わず、面倒なことは何もなかった。テューリアンの乗員たちは地球人乗客に席を勧めてソフトドリンクやコーヒーをもてなした。乗客はそれぞれに対話装置を渡された。十セント硬貨ほどの弾力性のある円板で、バンドエイドのような粘着面で耳の後ろに貼りつける仕掛けだった。装置は上空二万マイルの軌道を回っている母船の中継機を介してヴィザーに接続している。対話装置は直接、着用者の感覚中枢に接合し、その意思に従って目や耳から入った情報や、口にする言葉をヴィザーに伝える一方、ヴィザーからの情報を同様に直接、神経に伝達する。着用者はヴィザーの情報を自身の体験として受け取るわけである。この装置を着用すれば、宇宙船内のあらゆるシステムと即時に対話できるのみならず、地球人同士はもとより、ヴィザーの通訳でガニメアンとも意思の疎通が可能である。

「ひさしぶりだね」ハントの耳に聞き馴《な》れたコンピュータの声が飛び込んできた。「またそろそろ、じっとしていられなくなったと見えるね」

「やあ、ヴィザー。前にくらべると、ずいぶんサービスが良くなったんじゃあないか」

テューリアンが地球と接触するために最初に派遣した宇宙船はアラスカの閉鎖された空軍基地に着陸したが、ジェヴレンの監視の目を盗むために地球在来の航空機を偽装していた。

「お客さんに喜んでもらえるようにね」ヴィザーは答えた。

独航船はほどなく基地を飛び立った。十分足らず後、フェリーは緩やかな曲面を描いて視界の果てまで拡がる〈ヴィシニユウ〉号の金属光沢も眩《まばゆ》い船殻外板に接近した。ぽっかりと口を開けた洞窟のようなドッキング・ポートに煌々《こうこう》と照明が輝き、複雑な構造物が立ち並んでいる光景は、見た目にマンハッタンのスカイラインを縦向きにした印象だった。周囲には型式や大きさ、機能のさまざまに違った独航船が駐機していた。

テューリアンの乗員が先に立ってアクセス・ランプを渡り、前室を抜けて、遠く左右に延びる広い通路に一同を案内した。天井は高く、手すりのついた歩廊が何層にも壁面を這《は》っていた。ここかしこに待機中のテューリアンの姿が目についた。そこはどうやら宇宙船内の各所を結ぶ交通輸送路が合流するターミナル・エリアと思われた。しかし、どの通路をどう行くとどこへ出るのか、地球人たちには想像もおよばなかった。

宇宙船内には人工重力が働いて上下の方向を定めていたが、重力は局所的で、その場その場の目的にかなうように上下が自在に入れ替わった。それ故、船内は通路やシャフト、壁面、床が複雑に入り組み、交錯して、まさにエッシャーの絵の世界そのままだった。壁だったところがいつの間にか床になり、またあるところでは床が曲面を作ってそのまま壁に繋《つな》がっていた。足下に見えていたものが、気がつくと頭上に移っていることもあった。しかも、歩いている途中で倒立した実感はまるでなかった。そんな中を、方向性を与えられたｇ－フィールド・カレントのコンベヤーに乗ってテューリアンたちが行き来するありさまは、目に見えないエレベーターが縦横斜めあらゆる方向に動いているとでも言うしかない。ハントとダンチェッカーは前にこれに似た景色を見たことがあったが、ほかの者たちははじめてで、ただ呆然と目を瞠《みは》るばかりだった。

「いやあ、クリス。またこういうところへ来ることになったたね」ハントはあたりを見回して言った。「ただ、今度は前よりもはるかに早く向こうへ着く」

「それに、居心地だって多少は前よりいいでしょうしね」サンディ・ホームズが眩暈《めまい》を堪《こら》えて周囲を観察しようと努めながら、半ば独りごとのように言った。サンディはＵＮＳＡの第五次木星探査に隊員として参加した一人だった。一行の乗り組んだ探査船が月の軌道を離れて木星に着くまでは六ケ月を要した。おまけに、行った先の宿舎はガニメデの万年氷の下の科学基地の片隅で、絶えず機械の震動と熱せられた油の臭気に悩まされる劣悪な環境だった。

「ああ」ダンチェッカーはうなずいた。「やっと地球へ帰った時、あんな缶詰みたいなところへ閉じ籠められるのはもうまっぴらだとつくづく思ったことを憶えているよ」彼は思い出すだけでもうんざりだとばかり溜息《ためいき》をついた。「しかし、この宇宙船の設計者は地球の設計技師たちとは流派が違うようだねえ。地球のデザイナーどもは、潜水艦と戦車のほかは経験がないとしか思えない」

「おまけに、こいつははるかに遠くまで、ずっと早く行けるんだ」ハントは言った。

「うん、それもある」

ダンカン・ワットがざっと暗算した。「何と、木星探査船のかれこれ七千万倍の速さですよ」ダンカンは三十二歳。血色が良く、いかめしい面構えで、濃い髪は黒々としている。その見るからに頑丈な体つきは、数理物理学よりもむしろフットボールかボクシング向きだ、とハントはかねがね密《ひそ》かに思っている。

ダンカンの隣に、ティーンエージャーの一団を引き連れた二人の男女が立っていた。子供たちは驚愕《きょうがく》に打たれて声もなかった。「これは宇宙の歴史を通じて特筆に価《あたい》する、記念すべき瞬間ですよ」男の方が一歩ダンカンに近づいて、子供たちへ顎をしゃくった。「こうやって全員が揃《そろ》って口を閉ざすなんて、実に前代未聞です」

ダンカンはにっこり笑い返した。「どういう集団です？」

「高校一年生の遠足ですよ。わたし自身、いまだにわけがわからないんですが、学校で誰かがほんの思いつきで言い出したところが、ガニメアンがどうぞどうぞと歓迎してくれて、あれよあれよという間にこんなことになりましてね」

ヴィザーがハントに呼びかけた。「接待係がお出迎えだよ」

ダンチェッカーの表情から、ヴィザーが教授にも同じことを伝えているのがわかった。

「どこかな？」ハントは訊き返した。

「きみの左手に士官が二人」

ふり向くと、ヴィザーの言う通り、テューリアンが真っすぐやってくるところだった。〈シャピアロン〉号の一団がミネルヴァ時代の典型的なガニメアンだとすれば、長い年月を隔てた現代のテューリアンは歴然と風貌が違っていた。もちろん、全体の姿かたちは変わらないが、テューリアンは祖先にくらべて明らかに肌が黒く、骨格が華奢《きゃしゃ》で、平均していくらか背が低かった。接待役の二人はゆったりした緑のチュニックをはおり、金属性の糸で綾織りした端綱《はづな》のような飾りものを肩から腰のあたりに垂らしていた。

「ハント博士に、ダンチェッカー教授、ですね？」片方のテューリアンが言った。

「ああ、おっしゃる通りだが」ハントはうなずいた。

「わたしはキャラー、こちらはマーグリスです。〈ヴィシニュウ〉号の船長、ファイトムに代わってお出迎えに上がりました」

「本来なら、船長から直《じか》にご挨拶申し上げるべきところですが」もう一人が言った。

彼らは握手を交わした。地球の風習はテューリアンの間でもすでに広く受け入れられている。ハントはサンディとダンカンを紹介した。

「船長からくれぐれもよろしくとのことです」キャラーは言った。「ジェヴレンへはガニメアン科学の視察にお出かけだそうですね。ほんの短い旅ではありますが、当〈ヴィシニュウ〉号の技術者でお役に立てることがありましたら、何なりとおっしゃって下さいますように、船長からもそのように申しております」

「それはどうもご親切に」ダンチェッカーが引き取って答えた。「船長に、わたしらからありがとうと伝えて下さい。お言葉に甘えて、いろいろ質問するかもしれません」

「出発後、司令センターにもご案内を予定しておりますが、今は何かと立て込んでおりまして、もうしばらくお待ち下さい」

「そちらの都合のよい時に、覗《のぞ》かせてもらいますよ。いやあ、楽しみだな」ハントは言った。

「わたしたちも、お供していいですかしら？」サンディが遠慮がちに尋ねた。

「ええ、どうぞどうぞ」キャラーは大きくうなずいた。

「旅は道連れだね」ダンカンは愉快げに言った。

「まずは地球のみなさんの居住区へご案内します。これからは地球人乗客が増えると予想されますので、専用の居住区を設けることにしたのです」

キャラーは前の場所よりいくらか小さな空間に突き出たプラットフォームに一行を案内した。内部から琥珀色《こはくいろ》の光が洩《も》れる隔壁が等間隔に空間を仕切り、そこから左右、上下、斜めとすべての方向に坑道のような通路が延びていた。

キャラーに促されてプラットフォームの端に出たサンディは立往生の体《てい》で言った。「わたし、どうすればいいの？」

「どこへ行くにも、ただそこを潜るだけでいいのです」マーグリスが説明した。「あとはヴィザーが望みの場所へ連れていってくれます」言うなり彼はひょいと空間に足を踏み出した。マーグリスの体は目に見えぬ力のクッションに支えられて宙に浮かんだ。

「そのまま歩いて出るだけのことですよ」キャラーは重ねて促した。

「ニューヨークの地下鉄もこういきたいね」ハントが脇から言った。

サンディは深呼吸を一つして肩をすくめ、勇を鼓してプラットフォームから足を踏み出した。マーグリスは数フィート向こうに宙乗りの恰好で待ち受けていた。一行は順繰りにサンディに倣《なら》い、キャラーがしんがりについた。彼らは隣同士で普通に話ができるほどの間隔でひとかたまりになって迷路を運ばれていった。重力場は安楽椅子のように体をすっぽり包んで支えた。やがて、彼らは何層もの回廊に囲まれた広い垂直なシャフトに入った。行くほどに、シャフトは外壁を美しく飾った各種の店舗やオフィス、ゲームセンター、レストランなどが軒を連ね、窓々から明りがこぼれる街路に変わった。どんなに想像力を働かせても都市宇宙船内の目抜き通りとは思えない、どこか大きな都会の地下街をそっくり持ってきたような景観だった。そこを抜けると広場だった。例によってコンコースや路面が縦横に交錯していた。ハントが何とか保ってきた方向感覚もそれまでだった。近代都市に迷い出たブッシュマン同様、彼は右も左もわからず、距離感も摑《つか》めなかった。

しかし、地球人専用の居住区に着いてみると、そこはすべてが正常で、目を驚かすものは何もなく、上下が反転することもなかった。一同はほっとする思いで床を踏みしめて歩いた。安心して寛《くつろ》ぐことのできそうな個室が並び、UNSAの探査船を模したと思われるキャフェテリアや大食堂もあり、一隅のバーには白いジャケット姿のバーテンダーさえ控えていた。テーブルや椅子はもちろん、その他の什器《じゅうき》もガニメアンではなく、地球人の体格に合わせてととのえられていた。

大食堂から程近い廊下に並ぶ個室は、寝室のほかにロボット調理装置のある居間と浴室が完備していた。「これなら二日間、ゆっくりしていただけると思います」ハントの部屋を案内して、キャラーは言った。

「二日どころか、何ケ月だって大丈夫」ハントはお世辞抜きに答えた。

「それは結構。追ってファイトム船長以下幹部一同にご紹介いたしますが、その前に何かご用がおありですか?」

「いや、別に……。きみはどうだ、クリス?」ハントはダンチェッカーをふり返った。

「何もないね。携行する機材はまだ届いていないようだし、となると、待つよりほかにすることもない」

「ではまた、何かありましたら、ヴィザーにおっしゃって下さい」キャラーはダンチェッカーに向き直った。「先生の部屋はこちらです。どうぞ」

独りになってハントはわずかばかりの手荷物を整頓し、ざっと室内を見回した。ゆったりと落ち着ける部屋だった。バスローブとスリッパも用意されていた。テーブルの鉢に盛られた色とりどりの果物の中には、地球では見かけないものもあった。ほかにキャンディの詰め合わせらしき箱と、ハントの好みの煙草《たばこ》が添えられていた。

「飲みものは何もなしか、ヴィザー」ハントは煙草の封を切って言った。「おいおい、ご自慢のサービスはどうしたね? せめて、クアーズの六本入りかブラック・レーベルくらいは用意してあるだろうと思っていたがねえ」

「冷蔵庫はオートシェフの下だよ」ヴィザーは答えた。

ハントは溜息をついた。いつものことながら、ガニメアンは万端如才《じよさい》なかった。

11

それから一時間あまり、ハントは部屋に閉じ籠もって、h－スペースの特性について述べたガニメアン科学入門書の英訳を読み耽《ふけ》った。入口に当たるトロイドの穴を境に、h－スペースでは通常の時間と空間の関係が逆転することが書かれていた。そこでは三次元空間と一方向の時間がところを替え、三次元時間内の移動は自由だが、空間は常に一方通行であるという。具体的にはどういうことなのか、首を傾《かし》げているところへヴィザーから、西海岸を発ったトランスワールド航空TWAのシャトルが到着したと言ってきた。ほどなく、ジーナが電話をよこし、〈ヴィシニュウ〉号に乗ったことを伝えた。ヴィザーはハントの視覚中枢に、部屋の壁を背景に立つジーナの上半身像を投射した。

「やあ、よく来たね」ハントは挨拶した。「ちゃんと、テューリアンの対話装置を着けているね」

「夢みたい。アメリカの電話会社も見習うといいわ」

「連絡がないから、万事うまくいっていると思っていたよ」ハントは言った。コールドウェルの秘書ミッツィが抜かりなく手を回して、間違いなくジーナが乗れるように計らったことをハントは知らない。

「この二日間は大忙しよ。でも、あなたが言った通り、何もかもとんとん拍子だったわ。万華鏡の世界に迷い込むことになるとは注意して下さらなかったけれど」

「いろいろとびっくりすることがあるだろうが、じきに馴《な》れるよ」

「結局、どういう顔触れ?」

「クリス・ダンチェッカー。どうしたって、この男が行かないことにははじまらないからね。ほかに二人。前にも話した、ヒューストン時代からわたしの助手をしているダンカン・ワットと、クリスの研究室のサンディ・ホームズ。ガニメデへ一緒に行った女性だよ」

「だいたい、あなたの希望通りになったわけね?」

「話が急だったにしては、言うことなしだ。詳しいことはまたあとで」

「どこで会えるのかしら?」

「地球人居住区のラウンジにバーがあるよ。きみの方が一段落したら、そこで会おう」

「どう行けばいいの?」

「ヴィザーが万事心得ているよ」

「わかったわ」ジーナの姿が消えた。

ハントはなおしばらくガニメアン科学の次元論と格闘してから、頃合いを見計らってラウンジへ向かった。最前《さいぜん》、ダンチェッカーたちと通った時にくらべてラウンジにはかなり大勢の地球人が集まっていた。ハントはテーブルの間を縫ってバーへ行き、スコッチを注文した。バーテンダーの胸の名札から、バーはウェスタン・ホテル・グループの直営と知れた。

「それにしても、ニック、きみの会社は何でまた異星の宇宙船でバーなんぞをやりはじめたのかね？」飲みものが注がれるのを横目に見ながら、ハントは尋ねた。

「この先、地球人旅行者はますます増える一方だから、商売になると踏んだんでしょう。今はまだほんのぼちぼちですが、宣伝効果は大きいですよ」

「営業権はどうやって手に入れたね？」

「やらせてくれ、といったら、どうぞ、っていうんで、それで決まりだそうですよ」

ガニメアンをよく知っているハントでさえ、これにはいささか驚いた。「そいつはまた、やけに話が早いね。それじゃあ、さぞかし競争が激しかったろう」

「いや、そんなことはありません。早いもの勝ちですよ」

ハントは頭をふってバーを離れた。あちこちのテーブルで交わされる会話の断片が耳をかすめた。

「一年先には、地球系の人口はどのくらいになるだろうかね。市場としては大いに有望だよ」

「ああ、そうだとも。それに、観光客も増えるだろう。うちではいろいろな企画を練って……」

「何はともあれ、キリストについて話して聞かせるべきですよ」

「将来のために下見でもしておこうと思ってね。とにもかくにも、クリーヴランドよりいいところでなかったらごめんだよ……」

ハントは片隅の空いた席に腰を下ろし、何とはなしにラウンジを見回した。今ここに集まっているうち、はたしてどれだけの地球人が政府筋のお墨つきもなく、手続きにも煩《わずら》わされず、ただ願い出るだけで乗船を許されたのだろうか。もしこれが人類社会の未来図の一端だとしたら、世界の半分が承認、規制、許可、その他もろもろの規制や制度によってもう半分の生き方を支配する干渉過多の体制は早晩もろくも崩れ去り、あるいは笑い飛ばされて消滅する運命であろう。

乗客の多くが、生まれてはじめての譬《たと》えようもない興奮をひた隠しにして、さりげなくふるまおうとするあまり、やたらに早口で話すさまがハントにはおかしかった。地球人は体面を重んじる。ガニメアンは沽券《こけん》にかかわるという発想を持たず、何につけても感情をありのままに表白する。その起源のしからしめるところ、ガニメアンには外見で他を圧倒する考え方も、威嚇《いかく》の衝動もない。

壁面の大型スクリーンに〈ヴィシニュウ〉号からの眺めが映し出されていた。地球の昼側の円弧を背景に、シャトル船団や、貨物船や監視船が浮かんでいる。船団が遠ざかっていくのを見れば、テューリアン宇宙船の発進も間もなくと知れた。

「出発まであとどのくらいだ、ヴィザー?」ハントは尋ねた。

「二時間弱だよ」

しばらくして、ジーナがやってきた。愚かしい感傷と知りつつも、ハントは彼女が思わぬところでばったり旧知に出会ったふりを装ってくれることを願った。ざっとラウンジを見渡したただけでも何人か、ジーナとＵＮＳＡの繋《つな》がりを勘繰られては具合の悪い顔が目についた。一瞬、視線が合ってハントの姿を認めたことは明らかだったが、彼女は真っすぐバーへ行って飲みものを注文した。ハントはほっと胸を撫《な》で下ろした。

彼は隣の椅子の背に肘を凭《もた》せて壁面のスクリーンを眺めやった。ジーナが乗ってきたものと思われるトランスワールド航空ＴＷＡのシャトルが小刻みに姿勢制御ロケットを噴射しながら遠ざかっていくところだった。赤と白のデザインが漆黒《しっこく》の闇に鮮やかな浮き彫りとなって見えた。

ダークスーツの男が両手にグラスを持って席へ戻る途中、ハントの前に立ち止まった。ハントは怪訝《けげん》な顔で男を見上げた。

「失礼ですが、以前、ガニメデへいらしたハント先生じゃありませんか？」男は東欧訛《なま》りの英語で話しかけた。

「ええ、わたし、ハントですが」

「今度はＵＮＳＡを代表してジェヴレンへおいでとか、小耳に挟みましてね。新聞や雑誌の写真でちょくちょくお顔を拝見しますから、すぐわかりました」

「情報が伝わるのはあっという間ですね」

男は軽く会釈した。「ああ、申し遅れましたが、わたし、アレクシス・グロブヤーニンです。ヴォルゴグラード研究所で心理学の方をやっております」彼は奥の壁際に席を占めた一団を顎で指した。「わたしども、ジェヴレンの行政に携わるガニメアンの顧問団として国連から派遣されることになりましてね。ロシア人は、紛争解決に関しては経験豊富だというわけで」

「架空戦争の折に、何人かロシア人と知り合いましたよ。ミコライ・ソブロスキンもその一人です。ご存じですか?」

「ええ、もちろん。今や外務大臣ですよ」

「そうそう、あのソブロスキン」

「現地では、足場は惑星行政センターですか?」グロブヤーニンは尋ねた。

「ええ、そうです」

「わたしらもですよ。じゃあ、またお会いすることになりますね。それでは、向こうでみんなが待っていますから、わたしはこれで」

「いずれまた」ハントは会釈を返した。再び椅子の背に凭れてロシア人を見送りながら、ソブロスキンがハントはロシアでは成功者になれないと言ったことを思い出して、彼は独り顔をほころばせた。「あなたは知恵がありすぎる」ソブロスキンは言ったのだ。「以前のロシアで、優れた考えを抱くとどんな目に遭ったと思います? 最低、懲役五年ですよ」

「ヴィック!」華やかな声に周囲の乗客たちが一斉にふり返った。ジーナだった。「いったい全体(What on earth)、こんなところで何しているの?」ハントは努めてしかつめらしくあたりを見回した。

「それはこっちの言う科白《せりふ》だね。ただ、その What on earth はちょっとそぐわないけれども」

「あなたって本当に、神出鬼没ね」

「誰か一緒かね?」ハントはテーブルに寄ってくるジーナに向かって、意識して声を張り上げた。

「わたし一人よ」ジーナは普通の声に戻って答えた。「本の取材で、ジャーナリスト冥利《みょうり》というか、何というか……。あなたは?」

「なあに、例によってUNSAの役向きでね。物見遊山《ものみゆさん》の旅というわけにはいかないんだ」

ハントは手を差し延べてジーナをテーブルの向かいに請《しょう》じた。「まあ、そこへ掛けないか。いろいろ話を聞かせてもらいたいね。この宇宙船にはいつ乗った?」

「かれこれ三十分前かしら。ヴァンデンバーグからシャトルで来たのよ」

ジーナは腰を下ろすと、いかにも懐かしげににっこり笑った。「ずいぶんいろんな人たちが乗っているのね」彼女は掌《てのひら》をひらひらさせて言った。

「いろんな人、というと?」

「高校生の団体がいるの。知ってる? フロリダの学校で、夏休みの旅行ですって」

「フロリダとは知らなかった」

「ディズニー・ワールドの市場調査グループも乗っているのよ。観光事業の将来を探る、とでもいったところかしらね。ジェヴレン人対策に力を貸すとかで、ロシア人の社会科学者集団もいるわ」

「今しがた、中の一人に会ったよ」

「チベットかどこかのお坊さんまでいるのよ。ジェヴレンの神秘説の霊感を受けて、今朝方、お弟子さんを何人か連れて乗り込んできたんですって」

「税金逃れかね」

「さあ、それはどうかしら」ジーナは肩をすくめた。「デンヴァーの会社の役員もいるわ。来年度の販売計画のことでジェヴレン人に会いに行くんだそうよ。ほかに、何々オロジストを名乗るいろんな畑の学者先生。映画のロケ隊。南米の土地成金で、引退後はジェヴレンで暮らしたいって人もいるわ」

ハントはグラスを置いてしげしげとジーナの顔を見つめた。「乗ったばかりで、よくそれだけ知っているねえ」

「あなたのお薦めに従って、訊いてみたのよ」

「誰に？」

「ヴィザー。でも、ほかの地球人はあんまり訊こうとしないようね。地球人はどこへ行っても、あからさまな態度を取るのを嫌うからだろう、とヴィザーは言うのだけれど」

ハントはこみ上げる笑いを禁じ得なかった。ジーナは当然、ヴィザーから情報を得たことをハントがたちどころに見抜いたと思ったに違いない。彼女にしてみれば、ヴィザーに物を尋ねるのはコールドウェルのところへ乗り込んで取材協力を求めるのと同じ、ごく自然なことであったろう。

ジーナはグラスを空けて声を落とした。「どう、こんな調子で？」

「上等だよ。きみは物書きで行き詰まっても、役者で充分やっていけるな」

「まわりの人たちはまだわたしたちのこと、好奇の目で見ているかしら？」

ハントは首を横にふった。「このまま自然体でいけばいい。後々、誰かがきみとＵＮＳＡの関係に不審を抱いたとしても、ここで偶然出会った場面を見ている目撃証人はたくさんいるんだから、もうマタ・ハリを演じる必要はないよ。食事は済んだのかな？」

「すっかり興奮してしまって、食事が咽喉《のど》を通る状態じゃあないわ」ジーナは言った。「それにしても、素晴らしい宇宙船だわね。出発前にもっとあちこち見て歩けないかしら？」

「ああ、お安いご用だと思うよ」ハントは対話装置に呼びかけた。「ヴィザー。ひと回り〈ヴィシニュウ〉号を案内してくれないか？」

「いいとも。さあ、どうぞ」ヴィザーは二つ返事で応じた。

彼らは常人の感覚で捉えきれない規模と複雑な構造を持つ機械装置群を仰いで立ちつくした。金属光沢を放つ不定形の機械。光の壁。超高層ビルほどもある箱形の装置。内部に灯を点《とも》した水晶塊……。それらの構造や機能はハントですら想像もおよばず、ヴィザーに多少とも筋の通った質問を発するには何をどう考えていいやら思案に窮する始末だった。

「いたく感動しているのね」ジーナはハントの表情を見て婉曲《えんきょく》に言った。

ハントは顰《ひそ》めた眉を開いて小さく笑った。「午後の短い時間では、とうてい消化できないね。こいつはガニメデで発見されたミネルヴァの宇宙船よりはるかに進んでいる。あれは〈シャピアロン〉号と同時代の宇宙船だよ。あれだってわれわれは度肝《どぎも》を抜かれたけれど、この〈ヴィシニュウ〉から見たら、あんなもの、まるで貨物船の機関室だ」

「これが、ええと〝ストレス波〟だか何だかの発生装置、でしょう?」ジーナは言った。「宇宙船を包み込んで、シャボン玉みたいな時空の歪《ゆが》みができるのね。それが宇宙船を抱えて空間を移動するのだけれど、宇宙船はシャボン玉の内部の空間では相対速度ゼロの静止状態だから、光速の壁に制限されることはないわけね」

「その通り。きみの言うシャボン玉が空間を伝播《でんぱ》するところでは、一般とは別の法則が働くんだよ」ハントは感服の体《てい》で頭をふった。「それにしても、きみの探究心にはおそれいったね」

「こう見えても、ジャーナリストの端くれですもの。探究心だけは科学者並みのつもりよ」

ハントはうなずいた。「〈シャピアロン〉のシステムは、質量を超密度に凝縮して、閉ざされた管路空間を相対論的速度で移動する方式だよ。超密度の質量が重力ポテンシャルを大きく変えて物質消滅ゾーンを作り出す。それがストレス場を発生させるんだ。推進機構の馬鹿でかいこととといったらなかったけれど、ここにはあれに相当するものが見当たらないねえ。しかし、冥王星《めいおうせい》を越えるにはあれに類する機構がなくてはならないはずだよ。ジェヴレンへ移動するためのエントリー・ポートが口を開けているのは太陽系の外だからね。ヴィザー、

〈シャピアロン〉とこれとはどこが違うのかな？」

「今はすべて遠隔操作でね」ヴィザーは答えた。「ストレス波は宇宙船外殻に取りつけた小型コンバータで発生させる。コンバータはテューリアンのh－スペース・グリッドに接続している。だから、船体はかなりコンパクトにできるのだよ。アラスカに着陸した、例のやつを見ればわかるだろう」

「もっぱらゴダードで知りたがっていることのようね」ジーナはハントの耳に口を寄せて言った。

「努力はしているのだがね。なにしろ、こっちの知らないことが多すぎて。新しい情報を整理するだけで仕事の半分は占められてしまうんだ」

「何か驚異の新発見はあった？　マスコミに出ている以外に。例えば、宇宙はこれまで考えられていたよりも大きかったとか、小さかったとか。並行宇宙は実在するとか。アインシュタインは間違っていたとか。何かそういうことはないの？」

ハントは凭れていた手すりからジーナをふり返った。「ほう。きみの口からアインシュタインが出るとは意外だね」

「じゃあ、アインシュタインは間違っていたっていうこと？」

「いや、間違っていたわけじゃあないんだよ。ただ、プトレマイオスの惑星仮説と同じで、不必要にややこしいのだな。例えば、速度というものを観察者との関係ではなしに、通過する重力場との関係で捉えれば、相対性理論はもっとすっきりするし、実験結果とも一致するんだ。アインシュタインが仮説として唱えなくてはならなかった空間の歪みは、何のことはない、重力の伝播速度が無限大であるために、光速に近いところではインヴァース・スクウェアの法則が破られるのを補完する方便だった。その点を割り引けば、事実上、相対性理論で扱われる問題はすべて古典物理学の手法で記述できるのだよ」

ジーナは半信半疑の表情でハントを見返した。「誰もそこに気がつかなかったということ？」

「ああ」ハントはうなずいた。「例えば、水星の近日点《きんじつてん》移動。知っているかな？」

「アインシュタインの計算では近日点のずれが説明されるけれど、ニュートンの万有引力では説明できないのではなかったかしら」

「たいていの人間はそう思っているね」ハントは脇を向いてふんと鼻を鳴らした。「前の世紀を通じて地球人は次々により優秀な仕掛けを作り出すことに威信をかけて金を注ぎ込んだけれども、物理学の基礎を見直そうとはしなかった。ヴィザーが古いヨーロッパの文献を漁《あさ》って何を掘り出したと思う？」

「さあ、何かしら？」

「アインシュタインがリーマン幾何学《きかがく》と重力テンソルから導き出したと同じ方程式が、何と一八九八年にドイツのパウル・ゲルベルの手で書かれているのだよ。アインシュタインがまだ九歳の時だ。アインシュタインの理論はとうの昔に知られていた。にもかかわらず、誰も見向きもしなかったということだ」

〈ヴィシニュウ〉号には数十万のテューリアンが乗っている。短期の便乗者もいれば、生涯を宇宙船で送る定住者もいる。船内複合都市の賑《にぎ》わいは、彼らの母星の迷宮のような都邑《とゆう》と変わりない。人工の空の下に擬似風景が広がり、各地の明媚《めいび》な風光や奇観を模した人工環境も楽しむことができる。宇宙船内には市民生活に不可欠な社会基盤が整備され、住民の職種はあらゆる専門分野にわたっている。〈ヴィシニュウ〉号は地球人一般が考えているような単なる輸送手段ではなく、むしろ、高度な機能を備えた可動宇宙植民地である。

「銀河系の遠隔領域探検を目的に建造された宇宙船の一典型だよ」ヴィザーはハントの理解を肯定して言った。「新しい惑星系を発見して、そこに何年も滞留することもある」

テューリアンはどこへ行くにも馴れ親しんだ生活様式を手放さない。

ハントとジーナは、水の表が明らかに球面を呈した湖を見下ろす片丘の草叢《くさむら》の石に腰掛けた。点在する島々の間に小舟が何艘《なんそう》か浮かび、対岸には階層が複雑に入り組んだテラス式の建物が人工の空に伸びていた。空はテューリアンと同じ水浅葱《あさぎ》だった。あたりの草の葉は紫紅色をした大きな楔形《くさびがた》で、扇のように開閉した。ヴィザーの話によれば、その草は地面が乾くと自分から根を断ち、球状の擬足で水辺へ移動するという。

「分類学上、どういうことになるのかしら」ジーナは首を傾《かし》げた。「自分で動くのが動物で、根が生えて動かないのが植物だとしたら、この草は何？」

「分類にこだわることはないじゃないか」ハントは言った。「そういうことにこだわるのは、何が何でも自分の知っているラベルに当て嵌《は》めようとするからだよ。それより、ラベルの方を変えることを考えるべきなんだ」

二人はしばらく黙って湖の景色を眺めた。

「進化って、本当に不思議ね」ややあって、ジーナは言った。「まったく偶然の要因でとんでもない方向にねじ曲がってしまうんですもの。遺伝子の突然変異じゃなくて、もっと別の次元の話よ。動物の種の九十五パーセントまでが二億年前の大量絶滅で姿を消したと考えられているでしょう。異変は無差別だったはずよね。体が大きいとか小さいとか、水棲《すいせい》か陸棲か、単純か複雑か、そういう違いはぜんぜん関係なくて、全地球規模の大破局に適応できる生きものなんていないわけがないわ。だから、生き残ったのは幸運に救われたわずか五パーセント。地球生物のほとんどが、これという理由もなしに死に絶えて、残された一握りがその後の生態系のパターンを決定したということでしょう」彼女は確かめるふうにハントの顔を覗《のぞ》き込んだ。

「その方面はあまり明るくないのでね」ハントは言った。「そういう話なら、クリス・ダンチェッカーのところへ行くといい」彼はジーナの手を取って立ち上がった。「そろそろ帰るとしようか。きみはこれから、ほかのみんなに会わなくてはならないことだし」

二人は湖畔《こはん》へ下ってトランジット・コンベヤーに乗った。エッシャーの絵の世界を抜けて地球人居住区まで運ばれるのはあっという間だった。ラウンジの壁面スクリーンには何も映っていなかった。宇宙船を取り巻くストレス波が電磁シグナルを遮断するためである。宇宙船が重力ドライヴの出力を全開にすれば、光さえも届かない。

「ヴィザー」ハントはジーナに聞こえるように声を張った。「もう飛んでいるのか？」

「十五分足らず前からね」ヴィザーは答えた。いかにもガニメアンらしいやり方だ。出発の儀式もなければ、乗客にひとこと通知するでもない。

「今どの辺かね？」

「ちょうど、火星の軌道を突っ切るところだよ」

UNSAは向こう五十年の計画をご破算にして、はじめから考え直した方がいい、とハントは思った。

12

リンジャシン荒地の山中に踏み迷ったスラクスは、台状の大岩の根方で道が二手に分かれているところにさしかかった。修道僧が一人、岩上の宙に浮いて瞑想《めいそう》していた。肩に掛けた飾り帯には闇の神ニールーの象徴である紫の螺旋《らせん》の紋が染め抜いてある。生命力の流れを引き寄せてこれに乗るための修行の一つとして修道僧が自ら気の流れを祈り出して宙に浮くことはスラクスもかねてから聞き知っていた。待つこと数時間、修道僧は岩におりてスラクスに向き直った。

「何を見ているのだ?」スラクスは尋ねた。

「世界をとくと眺めているのだ」修道僧は答えた。

スラクスは最前《さいぜん》登ってきた峡谷をふり返った。不毛の斜面と岩屑《がんせつ》原の荒涼たる風景が果てしなく広がっているばかりだった。

「とくと眺めるほどの世界はここにはない」スラクスは言った。「してみると、おまえの言う世界とは頭の中のことか?」

「内でもあり、外でもある。ハイペリアの幻を運んでくる流れは人の意識に直《じか》に語りかける。が、その流れはウォロスの彼方《かなた》に発している。それ故、ハイペリアは内であると同時に外でもある」

「おれもハイペリアを尋ね求めているのだ」スラクスは言った。

「何故に?」修道僧は問い返した。

「命の流れに乗ってウォロスから解脱する修験者《しゆげんじや》の務めは、ハイペリアの神々に仕えることだと聞いている。それこそはおれの行く道だ」

「その道を尋ねるに、何と思ってこのリンジャシンへ来た?」

「導師シンゲン－フーを捜しているのだ。たしかこのあたりで教えを説いていると聞いた」

「ここはシンゲン－フーを捜して来るところではない」修道僧は言った。

スラクスはその意味をじっくり考えてから答えた。「ならば、おれの旅もこれで終わりだ。

捜して来るところでないとすれば、導師はここにいるということではないか。捜し当てればそれが最後の場所。その上どこを捜すことがあるものか」

「シンゲン‐フーを尋ねてくる者は少なくない。大方は愚か者だ。しかし、おまえは愚か者とも見えぬな」

「では訊くが、どっちの道を行けばいい？」

「教えてやれぬものでもない」

「だったら、さっさと教えてくれ」

「片方は死に至る道だ。その先を知りたくば、まず、正しい質問をすることだ」

スラクスは、問答をしかけられることは覚悟していた。が、答の代わりに質問を求められるとは、いささか勝手が違う。彼は面食らって二つに分かれた道の行く手を交互に見やった。

「どの道を行こうと、行きつくところは死であることに変わりはなかろう。だとしたら、行くことに意味があるのはどっちの道だ？」

「何をもって意味があるとする？」修道僧は問いかけた。

「それはシンゲン‐フーの判断に任すことだ」スラクスは答えた。

「世は末世におよんでいる。かつて夜空に光り輝いた生命力の流れは涸《か》れ細った。修行を志《こころざ》して来る者は多いが、流れに乗る者は数少ない。シンゲン‐フーがどうしてどこの馬の骨とも知れぬおまえを選ぼうか？」

「それもまた、シンゲン‐フーの判断に委ねることだ。導師の考えをおれは知らない。おれにはおれの考えがあるだけだ」

修道僧は満足げにうなずいた。「なるほど、おまえは仕えに来た。物ほしげな心はないと見える」修道僧はきっぱり言って岩から降りた。「ついてくるがいい。シンゲン－フーのところへ案内しよう」

13

ほかの者たちはそれぞれ雑用を片づけに立ち、テーブルはハントとジーナ二人きりになった。後刻またラウンジに集まってナイトキャップをやる約束である。話が弾めば一杯が二杯になり、さらには何杯もグラスを重ねることになるだろう。

ジーナはコーヒー・カップの底を覗《のぞ》き込みながら無意識に指先でテーブルに軽く?マークを描いた。「ジェヴレンの動物には、地球の神話に出てくる動物にそっくりなのがいるって、本当?」

ハントはじっと彼女を見つめていた。ジーナは絶えて久しく出会ったことのない、実に気持ちのよい女性だった。旺盛《おうせい》な好奇心や、興味を惹《ひ》かれればすぐ探究に乗り出す積極性もさることながら、その態度物腰にこれ見よがしなところは微塵《みじん》もなく、やたらにしつこくない人柄がハントにはありがたかった。彼女は相手との距離の取り方をよく心得ている。これは人に好かれる第一の条件だ。食事の席でもジーナは分をわきまえたふるまいで、たちまち同勢《どうぜい》としっくり融け合った。ダンチェッカーの長広舌《ちょうこうぜつ》に学生のようにおもねることなく耳を傾け、媚《こ》びてダンカンを悩ませず、サンディの対抗意識を刺激するような真似はしなかった。それどころか、ジーナとサンディははじめて会ったその場から、まるで姉妹のように仲好しになった。

「これまでのところ、きみが口を開いてこっちの意表を衝《つ》かなかった例《ためし》がないね」ハントは答える代わりに言った。

「真面目な話。何かで読んだことがあるのよ。スラヴ神話のキキモラとそっくり同じ、角《つの》があって、鷲の鉤爪《かぎづめ》を持った狼とか、イランのシムルグみたいに、ライオンと孔雀《くじゃく》と犬を一つにしたような動物とか。それに、本当かどうか知らないけれど、メキシコ彫刻の羽毛が生えていて丸い大きな目をしたトカゲもいるっていうじゃないの」

「わたしも話には聞いた覚えがあるがね。なにせ、専門が違うので。しかし、それがどうしたかい？」

「別に、大袈裟《おおげさ》なことではないのよ。ただ、神話の動物も、もとをただせばジェヴレンから来ているのではないかって、ふっと思ったものだから。地球に潜入した工作員たちが信仰を広めた時に、ジェヴレンの生きもののイメージを盛り込んだというのは大いにあり得ることでしょう」

「面白い考え方だね」ハントはうなずいて煙草《たばこ》を揉み消した。「つまり、きみの今度の本にそのことがかかわってくるわけだ」

「そうなの。それで、みんなの意見を聞きたいと思って」

「はじめてわたしのところへ来た時、きみはキリストもジェヴレン人だと思うと話していたっけね」ハントはてなと眉を寄せた。「いや、待てよ。その反対だったね。きみの考えでは、ジェヴレン人ではない」

「ジェヴレン人だとしたら、キリストは彼らにとって許しがたい反逆者よ。やっぱり、ずば抜けて意識の進んだ地球人だったんでしょうね。いずれにせよ、ジェヴレンの手先ではないわ」

ハントはコーヒーを注ぎ直しながら、関心を新たにジーナを見た。「そう言う根拠は?」

「だって、考えてごらんなさい。ジェヴレン側の工作の狙いは超自然信仰や非合理な大衆行動を煽《あお》って地球の進歩を遅らせることでしょう。原始宗教の類《たぐい》はみなそれよ。もともとルナリアンは信仰を持たない人種ですもの」

「たしかにその通りだがね」ハントは小首を傾《かし》げた。「しかし、キリストは……」

ジーナは先回りして首を横にふった。「違うの。キリストの人間像は後世、作り変えられてしまったのよ。過去二千年、教会が語ってきたことは間違いなの。教会がキリストの教えだと説いていることを、キリスト本人は何も言っていないわ。ただ一つ、教会が信徒たちに何としても聞かせまいとしたこと、それだけをキリストは語ろうとしたのよ。その辺のところを掘り下げてみたいと思っているの」

ハントは興味を誘われてジーナを見返した。「それで？」

「キリストは人々に、パリサイ人や神官や書写役の言うことを聞くな、と言ったのよ。それ以外にも、権力を笠に着て庶民大衆を弾圧したり搾取したりする人間の言うことを聞いてはいけない、と教えたのよね。自分や世の中を知るには、ただ廉直と誠実を心懸けろ、というのがキリストの教えであって、実に単純明快だわ。儀式も教義も、組織の約束事も関係ないのよ。要するに、人間が自己の本性と自分を取り巻く現実とうまく折り合っていくための道徳律を説いているだけのことなのね。言い換えれば、キリストの教えは人間個々が己《おの》れを知ってその責任において行動しろということで、当時、ジェヴレン人の努力にもかかわらず地球人が目覚めかけていた科学と理性にぴったり適合する思想だったのよ。ジェヴレン側から見れば、当然、キリストは危険人物だわ。地球人が知性を身につけたらそれまでの努力も水の泡ですもの」ジーナは期するところありげに、目を丸くしたハントの顔を覗き込んでうなずいた。「そうなのよ。だから、彼らはキリストを亡き者にしたのよ。そうして、信者たちを根絶やしにして、キリストのはじめたことを自分たちの手の内にして、教義をそっくり書き変えたんだわ」

「それで、地球は暗黒時代に突入した、と」ハントは彼女の言わんとするところを理解して相槌《あいづち》を打った。

「その通りよ。地球の進歩は止まって、ジェヴレン人の工作はひとまず軌道を立て直したわけ。中世の教会が悪名を馳《は》せた異端審問も聖戦も、土地収奪も、ヨーロッパの権力闘争への介入も、キリストの本来の教えとはいっさい関係ないのよね。すべては、ジェヴレン人でさえいずれは避けられないと見越していたルネッサンスを少しでも遅らせようという、なりふり構わずの妨害工作だったのよ。何世紀もの間、本当のキリスト教は闇に葬られていたのだわ」

はじめて会った時、ジェヴレンの介入がなかったら地球はどんな道を辿《たど》っていたろうかと彼女が言ったことと、今の話はよく辻褄《つじつま》が合っている。なかなか勉強しているな、とハントは内心舌を巻いた。多くの権力構造の起源が暗黒時代に溯《さかのぼ》るとすれば、この方面に関して人が口を拭って発言しないのもむべなるかなである。ジーナの書く本がかまびすしい論議の的となるであろうことも想像に難《かた》くない。当然、コールドウェルもそのあたりを見抜いていたはずだ。ＵＮＳＡとして表立って彼女に協力することをコールドウェルが渋ったのも無理はない。それどころか、コールドウェルがジーナを門前払いにしなかったのがハントには驚きだった。

「ただ、一ケ所だけ例外だった、と言えるかもしれないわね」ジーナはふと思い直したように言葉を足した。

「ほう？」ハントは考えの糸を断たれて我に返った。

「わたしの歴史の理解が間違っていないとすれば、ヨーロッパからキリスト教が払拭されてからかなり後まで、キリスト教が本来のあり方を保っていたと言える国が一つだけあるわ」

「それは、どこかな？」

「アイルランド」

ハントは眉を高々と持ち上げて頓狂な声を発した。「へえ！」

ジーナは先を続けた。「そのアイルランド人だって、本当のことは聞かされていないのよ。歴史では、五世紀に聖パトリックがアイルランドを改宗して、それからずっと敬虔《けいけん》な信仰が守られている、と教えているでしょう」

「わたしもそう理解しているがね」ハントは言った。「もっとも、その方面に特に関心をもって深入りしたことはないけれども」

「アイルランドがローマ教会の一員に加わったのは、パトリックから千年以上も後の十六世紀よ。それだって、ヘンリー八世がローマ教皇と訣裂《けつれつ》して国教会を強制したイギリスに対する抵抗の姿勢でしかないわ。以来、ローマ・カトリックはアイルランド民族主義の旗印になったけれど、聖パトリックがアイルランドに持ち込んだのはキリスト教だったのよ」

「つまり、きみの言う、本来の」

「まあ、それに近いと言えるでしょうね。パトリックのキリスト教はアイルランド固有の文化によくマッチして、とても盛んになって、スコットランドからイングランドを経て北ヨーロッパにまで広まったけれど、そこで南の方から伝わってきた、ジェヴレン人が組織的にでっち上げた似非《えせ》宗教と衝突して廃れてしまったのよ。ローマ教会の宣教師がはじめてイングランドを訪れたのは、聖パトリックが死んでから百六十五年後よ」

「やけに詳しいんだね」

「わたし、母方の家がもともとウェクスフォードなの。だから、休みにはちょくちょくアイルランドへ出かけたし、しばらく暮らしたこともあるわ」

「パトリックが死んだのは？」ハントは自分がアイルランドの歴史にまるで暗いことを思い知らされた。

「四六一年。ウェールズの生まれらしいけれど、子供の時、アイルランドの海賊にさらわれたんですって」

「だとすると、アイルランド文化はそれ以前に長い歴史があるわけだね」

「そうよ。学術、文芸に関してはカエサルがイギリスへ渡るはるか以前から西ヨーロッパ随一の水準を誇っていたのよ」

「ええと、それはイギリス人なら子供でも知っているはずだな。カエサルのイギリス海峡横断は、たしか、紀元前五五年、だったね？」

「正解。アイルランド人というのはとてもユニークな民族だわ。ケルト人と、それ以前の東部地中海人種の血が混じっていてね」ジーナはがらんとした食堂を見回して、思うところありげににやりと笑った。「今の人が考えているような被抑圧文化ではもともとなかったのよ。すごく人間臭くて、したたかで、現実肯定的な人種ですもの」

「例えば、具体的には？」

「まず第一は女性の地位ね。アイルランドでは、財産権も含めて男女は完全に平等だったのよ。それだけだって、当時としてはほかに例がないわ。性は健全な快楽と考えられていたし。

事実その通りですものね。性が罪だなんて誰も思いはしなかったのよ」

「安楽な生活の真実、か」

「人間関係も、とても自由でおおらかでね。一夫多妻は珍しくないし、一妻多夫も普通だったのね。だから、一人の男性に何人も妻がいて、その妻たちがまたそれぞれ何人もの夫を持つなんていうこともあり得たわけなの。しかも、その中で特定の夫婦の相性が悪いとなれば、別れるのもまた簡単よ。神殿のようなところへ行って、背中合わせに立って、円満に切れることを誓って十歩あるけばそれでおしまい。だから、子供たちも両親が自分からのめり込んだ人生の墓場で憎しみ合っている家庭で心に傷を負って育つことがないのよ。両親が破局を迎えても、好き合った男女のネットワークに囲まれているから、子供は悲しい思いをしなくて済むの」

「現代社会よりもはるかに進んでいるように聞こえるね」ハントは言った。

「そこへ初期のキリスト教が根を下ろしたのよ」ジーナは話をもとに戻した。「その信仰が人々に何を教えたか、あらかた見当がつくというものだわ」

ハントはジーナのどこか遠くに思いを馳せるような顔つきを見て、わざとらしくにったり笑った。「ははあ、きみの言いたいことが読めてきたぞ。人文主義の哲学とは関係ないんだ。要するに、きみは好きな男を選《よ》りどり見どりというところが気に入っているわけだ」

「だって、男の人だけがその楽しみを占有するという法はないでしょう」ジーナは負けじと切り返した。

「ほうら、ジーナ本性を現わすの図だ」

「わたしは原則を言っているだけよ」

「いいじゃないか。夢を見るのは女の性《さが》だろう」

「ええ、その通り」彼女はハントの目の色に気づいていたずらっぽく笑った。「そうよ。いつかそのうち、あなたの夢を話してくれたら、わたしも、わたしの夢を聞かせてあげるかもしれないわ」

ハントは声を立てて笑い、コーヒーを飲み終えると沈黙がひとまずその話を幕とするに任せた。「今、何時かな?」コーヒー・カップを置いて、彼は言った。「そろそろ、みんなラウンジのバーへ行っているかな?」

ジーナは腕時計に目をやった。「まだちょっと早いわ。ほかに宇宙船のどこか、見るところはないの?」

「いやあ、今日一日、あちこち歩いてもうたくさんだよ。正直言って、動き回るのは苦手なんだ」

「お気の毒さま。わたし、ジェヴレンへ着くのが待ち遠しいわ。だってそうでしょう。なにしろ、実在する本物の異星ですもの。それも、明日にはもう着くのね。まだ信じられない気持ちよ」

ハントは思案げにジーナの顔を覗き込んだ。「何も明日まで待つことはないな」

ジーナはきょとんとした。「あら、どうして? 何のこと?」

「今、きみが言うのを聞いて知恵が浮かんだよ……。ヴィザー、この近くにカプラーはあるかな？」

「そこの戸口を出た右手にずらりと並んでいるよ」ヴィザーは答えた。

「今、二つ空いているかい？」

「何がはじまるっていうの？」ジーナは怪訝な顔で言った。

「まあ、見てのお楽しみだよ」

「がら空きだよ」ヴィザーが言った。

ハントはジーナを誘って腰を上げた。「行こう。ガニメアン通信技術の真髄をお目に懸けるよ。これ以上に速い星間旅行はない。その点はわたしが保証するよ」

14

何の飾り気もない小部屋《キュービクル》に、赤いクッションの寝椅子と思《おぼ》しきものが置かれていた。頭を預ける窪みの両側と、横たわって見上げる位置に色とりどりの液晶パネルがあった。背後の壁にはその機能も想像しかねる見馴《みな》れぬ装置が並んでいた。

ジーナはざっと内部を見回して言った。「つまり、これでテューリアンの仮想移動ネットワークに接続するのね」

「ああ、そうだよ」ハントは耳の後ろの対話装置を指先で軽く叩いた。「宇宙船に乗る時に渡されたこの装置はヴィザーに通じている双方向音声映像通信システムの端末でね、表示スクリーンや感覚器官を介さずに、直接、意識に情報を伝えるヴァイフォーンなんだ」

「神経中枢制御による完全擬似体験ね?」

「自分から情報のあるところへ出向かずとも、このシステムが直接、知覚中枢に情報を伝えてくれる。ただし、こっちが行きたいと思うところにシステムのセンサー網が張りめぐらされていれば、という制限はあるがね。タイムズ・スクウェアやゴビ砂漠の真ん中じゃあどうにもならない。同時にこのシステムは意識の動きや頭の中にある言葉を検出して、フィードバック情報を送ってよこす。それで、本当にその場所で行動したり、人と対話しているのと同じ効果を体験できるのだよ」

ジーナはうなずいたが、まだ釈然としない顔だった。しばらく考えて、彼女は言った。

「双方向の情報移動は、すべてその、ええと、何て言ったかしら……その、何とか次元で瞬間的に実行されるのね?」

「h-スペース」

「ああ、そうそう。この宇宙船も、やっぱりh-スペースを潜《くぐ》ってジェヴレンへ行くのよね?」

「そうだよ」

「そこまではいいわ。でも、宇宙船が冥王星《めいおうせい》を過ぎてh-スペースの入口まで行くのにまる一日かかるんでしょう？　それなのに、カプラーはどうしてこんな手前から情報を送受できるのかしら？　その意味では、ゴダードとジェヴレンの間で交信できるのだって不思議だわ」

ハントは彼女の質問をよく理解していた。「宇宙船を通すような大型のトロイドを惑星系内に開口させると天体の運行に擾乱《じょうらん》を来《きた》す危険があって、惑星間の瞬間移動はできないのだよ。ところが、情報通信となると話は別だ。ガンマ線レーザーに信号を乗せてやればいいからね。これなら極微のトロイドで間に合うので、惑星上だろうが、宇宙船内だろうが、どこに発生させても周囲にはまったく影響がない。テューリアンは日常の仕事はもちろん、旅行もたいていはこれで済ませてしまう。水中り《あた》の心配もないし、他所《よそ》から黴菌《ばいきん》を土産に持って帰ることもない。結構ずくめのシステムだよ」

ジーナは進み出て、寝椅子にそっと手を触れた。クッションは柔らかで弾力性があった。ハントは入口から彼女の様子を見守っていた。「それで、どうすればいいの？」

「そこへ横になれば、あとはヴィザーがやってくれる」

ジーナはいくらか照れたように躊躇《ちゅうちょ》を見せながら寝椅子に腰を下ろし、足を投げ出して仰《ぎょう》臥《が》した。たちまち、ぬくぬくとものうげな気分に襲われて、彼女は柔らかい枕の窪みに頭を沈めた。かつて味わったことのない寛《くつろ》ぎに洗われるようだった。室内のものがどこやら遠くかけ離れて漂って見えた。意識の片隅では、ほんの今しがたまで秩序立ってものを考えていたし、どういうわけか、誰かが傍らにいたのを覚えているのだが、前後の事情はほとんど思い出せず、じきにそんなことはどうでもよくなった。

「どうかね？」ヴィザーとわかる声が尋ねかけた。

「最高。それで？　わたしはただこうやって気持ちよく横になっていればいいの？」

「まず、もう少し詳しくきみの大脳パターンを読み取らなくてはならないのでね」ヴィザーは言った。「なに、ほんの二、三秒だよ」

はじめて対話装置を着用した時、ジーナは体じゅうに一連の不思議な刺激を感じ、眩暈《めまい》と耳鳴りに襲われた。ヴィザーは、脳の感覚領域の広さや活動レベルには個人差があり、それに応じてシステムの微調整が必要なのだ、と説明した。パラメータは一度登録すれば終生変わることがない。指紋と同じようなものである。ヴィザーは彼女の知覚中枢のさらに広い範囲からデータを取って登録情報を拡充しようとしているに違いなかった。

ジーナはクッションで強く体を締めつけられるのを意識した。衣類が肌に貼りつき、呼吸につれて空気が鼻腔《びこう》を流れるのがはっきりわかった。心臓の鼓動が全身に響き、くすぐったいような刺激が背筋を走った。ヴィザーが彼女の感触を試し、反応の大きさを見て神経組織の活動レベルを読み取っているのであった。

ジーナは激しい痙攣《けいれん》に身をよじっている自分を意識した。が、気がついてみると体はぴくりとも動いてはいなかった。痙攣を感じたのはさまざまな刺激がめまぐるしく皮膚に伝わったせいだった。体が熱くなり、芯まで冷えきり、痒《かゆ》みが走り、ちくちく痛み、やがて、全身が痺《しび》れたようになった。甘味、酸味、苦味、そして再び甘味が舌を刺激した。いろいろな臭気が立て続けに鼻腔を満たした。と、いつしか彼女は正常な意識に返って、すっきり目覚めたような気分になった。

「これでよし、と」ヴィザーは言った。「どうだね、わたしの歯医者の腕は？」

ジーナは次に何が起こるかと期待するあまり、ヴィザーの軽口に答えるどころではなかったが、一呼吸あって不審に眉を寄せた。変化が起こる気配もない。

起き上がってみると、ハントは最前のままドアの脇の壁に凭《もた》れて腕を組み、意味ありげな薄笑いに口の端を歪《ゆが》めて面白そうに彼女を見ていた。

「もう降りていいかしら？」

「どうぞ」ハントは言った。

ジーナは足で床を探るようにしながら、そっと用心深く立ち上がった。何も変わったことはない。すべてはさっきこのキュービクルに入った時と同じだった。

「これ、どういうこと？」ジーナは怪訝《けげん》な顔で尋ねた。「何か技術上のミスでもあったの？」

「これはまた、ご挨拶だね」

「じゃあ、これでいいの？」

「テューリアンのやることに間違いはない。その点は絶対に保証するよ」

「でも……ここはさっきのままの宇宙船でしょう。ジェヴレンへ行くんじゃなかったの？」

「いや、きみはすでに擬似世界に入っているんだよ。仮想移動だと話しただろう。実際には、一歩も動くことはないんだよ」

ジーナは額を押さえて頭をふった。「いいわ。言葉尻はとらえっこなしにしてちょうだい。

わたしの言う意味はわかるでしょう。わたしはジェヴレンから知覚情報が伝わってくるものとばかり思っていたのよ」

「ヴィザー。ちょっとさわりを見せてくれないか」ハントは言った。

たちまち場所が変わって、二人は広場を見下ろす円形の大きな階廊のようなところに立っていた。広場を行き来するガニメアンに混じって地球人の姿もちらほら目についた。ジーナのすぐ脇を、数人の地球人が二人のガニメアンを取り囲んだ集団が通り過ぎた。地球人たちはしきりに手をふり回しながら、何やら口々にまくし立てていた。会話は異星の言葉らしかったが、ジーナの耳に断片的に飛び込んできた部分は英語に変換されていた。

「……することもなしに、ただぶらぶらしているのが何千といる。彼らのことを考えてやらなくては駄目だ。何か手を打たなくては」

「どうして自分で自分の面倒を見られないのかね？」ガニメアンの一人が苦りきった様子で言った。

「ずっと行政が面倒を見てきたからさ。彼らには保護を受ける権利がある」

ジーナは信じられない顔でハントを見上げた。彼は愉快げに笑い返した。「ちょっとその辺を歩いてみようか」ハントは先に立って階廊の手すりに寄った。ジーナは頭が混乱して、ただ彼に従うしかなかった。

眼下の広場はここかしこに段差があり、囲いで仕切られている空間もあった。市民たちが行き交い、思い思いの場所に立ち、腰を下ろし、あるいはまた、忙しそうに働いていた。広場は別の場所に通じていると見え、八方から歩道が合流していた。建物は曲線を多用した非対称の設計が目立ち、建築美学と機能の追求が不思議な調和を生んでいると思われた。ようよう動転から立ち直りかけたジーナは真っ先にムーア様式の飛行場を連想した。何もかもが地球人の感覚をはるかに超えて未来的だった。が、それはともかく、テューリアン宇宙船の眩暈《めまい》を誘う錯乱の世界と違って、ここでは上下がむやみに逆転したりすることはなかった。

しばらくあたりを眺めるうちに、ジーナははてなと首を傾《かし》げた。高度な技術を達成した先進文明社会の一景にしては、この全体に薄汚れて寂れた印象はどうしたことだろう。念入りに仕上げられたはずの建物の外装はくすみ、色褪《いろあ》せ、総じて手入れが行き届かず、荒廃に任されているようだった。消えたままの街灯や、外壁の剝落した建物も珍しくなかった。広場の向こう側は立入禁止の柵で仕切られ、一部解体された建造物の脇に作業ロボットと思しき機械がいくつか放置されていた。

ハントは漠然とある方角を指さし、階廊の外周に連なる低いアーチへ向かった。誰も二人には見向きもしなかった。ジーナは、現に今そこにいるのではなく、ただ遠隔地の光景を感知しているだけなのだ、と繰り返し自分に言い聞かせなくてはならなかった。広場を行き交う人々は彼女の存在をいっさい知らない。

アーチを潜ると、そこは窓を広く取った半円形の場所で、バルコニー式に張り出した数階の床にテーブルと椅子が並んでいた。食堂か、それに類する公共の場所と思われたが、例によって飾り気のない殺風景な空間だった。透明人間に等しい二人は階段状の通路を下って壁際に寄った。視野の限りどこにも継ぎ目のない一枚硝子《がらす》の壁だった。ジーナはここではじめて空が青くないことに気づいた。淡緑の異星の空には怪しい雲がオレンジ色の縞《しま》を描き、渦を巻いて流れていた。

淡緑の空の下に、塔やテラスや大小の建物が常人の理解を拒む複雑さで絡み合い、重なり合った市街地が拡がっていた。ジーナは手前の橋の中央の橋桁が二つ崩落していることに気づいた。その向こうの高層ビルは陽光が窓に透けて見え、廃墟《はいきょ》同然の空家であることは明らかだった。真下の集合住宅は屋根が何ケ所か剝がれて中は吹きさらしになっていた。

ひとわたり街の景色を眺めて、ジーナはハントをふり返った。

「わかったろう」ハントはさりげなく街全体を指さした。「ここはシバンと言ってね、ジェヴレン有数の大都会だよ」

ジーナは進み出て再び街に目をやった。二つの高層ビルの間隙《かんげき》を通して、おそらく市域外の空地と思われるところに何やら流線型の大きなものが直立しているのが見えた。下半分は手前の建物に隠れていたが、何度も写真で見たことのある宇宙船がわからないはずはなかった。「あそこに見えているの〈シャピアロン〉号じゃないの?」彼女は二千五百万年前のミネルヴァからやってきたガニメアン宇宙船の方へ顎をしゃくった。〈シャピアロン〉号は全長約半マイルの宇宙船である。それでも船首は二人の位置から見てだいぶ低いところでしかなかった。

「現在はこのシバンが〈シャピアロン〉の母港でね」ハントは言った。「西の町はずれの、ギアベーンというところに駐機している。今、わたしたちのいるここは、ガルースの惑星行政センター、略してPACだよ。以前はジェヴレンの地方政府が置かれていたところだ。テューリアンのシステムがヴィザーに結合しているのはここだけだから、この擬似体験ではほかへは行けない。ジェヴレンはジェヴェックスという別系統のセンサー網でカバーされているんだよ。まあ、それはともかく、異星へようこそ。どうかね、感想は？」

ジーナは遠く市街地のはずれに視線を投げ、手の甲で額をこすりながら頭をふると、ハントに目を戻した。「でも……まだ納得できないわ。わたしはヴィザーと結ばれていないのに、どうしてヴィザーを介してジェヴレンを見ることができるの？」

ハントが絶やしたことのない意味ありげな薄笑いが口の端から頰にまで拡がった。「結ばれていない？」

「だって、そうでしょう。わたし、寝椅子から降りて、あなたと話をして……ねえ、ヴィック。そんな顔でわたしを見ないで。どういうことか説明してちょうだい」

ふいにシバンの街が消え失せて、ジーナはもと通りテューリアン宇宙船のキュービクルに立っていた。ハントも移転する前のまま、壁に凭れて腕組みをしている。

「簡単なことさ」ハントは言った。「ヴィザーにしてみれば、わたしらにジェヴレンを歩いていると仮想させるのも、こうやってここにいると仮想させるのも、まったく同じで何の造作もないんだ」

ハントの言ったことがジーナの胸におさまるにはやや時間がかかった。「まさか！」彼女はなおも信じられずに、声にならぬ声で言った。ハントは首を横にふった。ジーナはドアの框《フレーム》にそっと手を触れた。ひんやり冷たく、硬い金属の感触だった。何かが擦れた傷の跡まで指先で探ることができた。

「ちょっと手を出して」ジーナはハントの掌に指を這《は》わせた。ハントの手は温かく、柔らかで、皮膚の皺《しわ》や線条もはっきりしていた。「何だか気味が悪い」彼女は呆然として呟《つぶや》いた。

「大したものだね」ハントはうなずいた。「さっききみが見たのは、その瞬間のシバンの現状なんだ。ガニメアンも地球人も、事実あの通り行動しているんだよ。ヴィザーは具象の大家だからね」彼はジーナのセーターの袖を指さした。「袖が染みになっているだろう。さっきキャフェテリアで、テーブルに煙草《たばこ》の灰が散ったところへきみは肘を突いたんだ」

ジーナはグリーンのセーターの袖を見やり、片方の手で汚れをはたいた。微《かす》かな跡を残して染みはあらかた消えた。実際に袖についた灰をはたくのと少しも変わらなかった。

ハントは声を立てて笑った。「もっといいことがある。仮想世界では、何だって思いのままだよ。ヴィザー、このセーターの袖、すっかりきれいにしてくれないか」わずかに残っていた染みは跡形もなく消え去った。「ついでのことに、そっくり着替えるか。ヴィザー、赤いセーターはどうかね」たちまち、ジーナのセーターはルビーの真紅に変わった。

彼女は目を丸くした。「へえ。これが全部、わたしの頭の中だけで起きていることなの？　わたしは今ここには立っていないの？　あなたも？」

「ああ、そうさ。わたしはきみの頭の中にいる。そのために、わたしもきみと同じようにカプラーに接続しているんだよ」

ジーナは何とかしてこの状態を理解しようと努めたが、じきに諦めて頭をふった。「駄目。どうしても信じられないわ。あなたの言う通りだということを証明してもらわなくては」

「わたしにはそれはできない。ヴィザーに言ってごらん」

「ヴィザー。証拠を見せて」

気がつくと、彼女はゆったりと心地よく寝椅子に横たわっていた。一度も起き上がった覚えはなかった。

「ほうら！」ヴィザーは得意然として言った。

意識の混乱が去って、ジーナは事実、一度も起き上がってはいないことに思い至った。ずっと横になったままだった……。いや、本当にそうだろうか？ 自分は現に今ここにいるのだろうか？ それとも、これもまたハントに誘われて踏み込んだ意識の迷路の中だろうか？ 体を起こす刹那《せつな》、ジーナは不思議な既視感を覚えた。しかし、今度は戸口にハントの姿はなく、ドアがぴたりと閉まっている。セーターは緑に戻り、その肘は煙草の灰で汚れていた。これこそがあるべき現実と思えたが、はたしてそうか、疑いだせばきりがない。これもまた仮想世界だとしたら、こうしていることに何の意味があろう？ とはいえ、ジーナはただ成り行きに任せるしかなかった。彼女はハンカチを湿して袖の汚れを染み抜きの要領で軽く叩いた。

「ヴィックはどこ？」彼女は大声で尋ねた。

「右隣だよ」

ジーナは廊下に出て、そっと隣のキュービクルを覗《のぞ》いた。ハントは目を閉じて寝椅子に横たわっていた。

「これでいいかな?」ヴィザーは言った。

ジーナはひとまず納得した。「ええ、今のところはね」

「わたしは、いかさま師と思われたくないからね」

ハントはむっくり起き上がった。「なかなか面白いだろう」ジーナを認めて彼は言った。「いながらにして、テューリアンのシステムに接続がある限り、どこへでも好きなところへ行けるんだ。一年でどのくらいバス代の節約になるか、考えてごらんよ」

「今この場としては、きみたちは早くラウンジに戻ることを考えなくてはいけないね」ヴィザーが言った。「顔触れが揃《そろ》って、きみたちはどうしたのかという話になっているよ」

「みんなに、すぐ行くと伝えてくれ」ハントは言った。

15

地球を離れて十二時間、〈ヴィシニュウ〉号は天王星の軌道を過ぎて五億マイルの距離に達していた。

乗客の体内時計では真夜中を少し回ったところで、地球人ラウンジは閑散としていた。ジーナとUNSAの四人がテーブルを二つ付け合わせて談笑しているところへ、フロリダの高校教師ボブと、ディズニー・ワールドの営業担当役員、アランとキースの二人が加わった。

「現代の馬の祖先種について何か発見があったように聞きましたが」ダンカン・ワットがダンチェッカーに話しかけた。「体に縞《しま》があるそうですね。つまり、縞は馬の種類を問わず、どんな馬にも伝わる可能性のある形質であって、シマウマという特定の種族がいるわけじゃあないんですね。ウマは種類の違う同士よりも、それぞれがはるかに祖先種と近い関係にあるということですか」当座の話題の中心は〈シャピアロン〉号が出現する以前、ガニメデで発見されたガニメアン宇宙船の残骸が積んでいた漸新世《ぜんしんせい》後期の地球動物に関するダンチェッカーの研究だった。

「そう、その祖先に当たるのがメソヒップスだよ」ダンチェッカーは言った。「だから、ウマの進化の過程は一般に考えられているほど複雑ではないのだね。途中で枝分かれした種類がそれぞれ独自に縞を持つこともあり得たろう。だとすれば、シマウマは全ウマ属に普通の進化の方向を体現したにすぎないとも言える。さらに興味深いのは染色体数でね。調べてみると、歴然たる相関関係が……」

ダンカンは腕組みをしてダンチェッカーの話に耳を傾けていた。いささか瞼《まぶた》が重くなりかけて、ダンチェッカーの一人舞台に水を差す気はないらしかった。

片方では、教師のボブとディズニー・ワールドの役員二人が政治談義に花を咲かせていた。

「ガニメアンというのは案外、生まれながらにして社会主義者たちが人間を変えようとした時に思い描いた理想像なのかもしれませんよ」ボブは言った。「ところが、ガニメアンははじめからそれが当たり前だから、誰も他人を変えようとはしないし、その必要もない。だから、あれでうまくいくんですよ」

「なるほど、それも一つの見方だね」アランは同役のキースをふり返ってうなずいた。「わたしら地球人は競争心の強い人種だよ。だから、自由競争を土台とした経済システムは性に合っている。好むと好まざるとにかかわらず、わたしらは自分の利益のために仕事をするのであって、他人のことなんぞ考えやあしない。人間、つまり、地球人はもともとそういうふうにできているのだよ。それを変えようとしたら、力によるしかない。ところが、人間は強制されることを好まない。だから、人間を変えようなんていうのは絵空ごとで、うまくいくわけがない。もともと無理な話なんだ」

サンディは椅子の背に凭《もた》れて大きく伸びをした。「この三日間、なにしろ忙しくて、何だか疲れが溜《た》まってしまったわ。お先に失礼させていただこうかしら。それじゃあ、みなさん、また明日。明日はもう、冥王星《めいおうせい》を過ぎているのね」

「ああ、ゆっくり休むといい」ダンチェッカーは言った。「いや、わたしもそろそろ寝なくてはな。突然のことでどたばたしたもので、きみにもずいぶん迷惑をかけてしまったね」

「チップを貸してくれる約束、忘れないでね」ジーナは席を立ちかけるサンディに言った。

「わたしの部屋に寄ってくれれば、すぐに渡すわ」サンディは答えた。

「何だね、そのチップというのは？」ハントは二人のやりとりを聞きとがめ、ダンチェッカーとダンカンとの話を中断してふり返った。

「わたしが集めたジェヴレン音楽ですよ」サンディは言った。「ちょっと凄《すご》いのもありますよ」

「ヴィックも音楽は好きよ」ジーナはサンディと一緒に腰を上げた。「ジェヴレン音楽が趣味に合うかどうかは知らないけれど。はじめてお邪魔した時、壁に貼ってあったの、あれ、ベートーヴェンでしょう、ヴィック？」

「観察が鋭いね」ハントはまんざらでもない顔で、グラスを口に運んだ。「飼い犬の脚が一本、木の造りものだったのを知っているかい？」

ジーナはきょとんとした。「飼い犬って、誰の？」

「ベートーヴェンだよ。その犬が部屋を横切って、それで発想が湧いたんだ」ハントはオーケストラの棒をふる仕種《しぐさ》をしてみせた。「ダダダダーン……ダダダダーン。これだよ」

ジーナは眉を寄せて笑いながら頭をふった。「イギリス人て、みんな調子っぱずれなの？それとも、学校にわざわざそういう変なことを教える講座があるの？」

「いいから、行きましょ」サンディが彼女を促した。「みんな、すっかり出来上がっているんだから」

「講座はないがね、こういうことは勉強しなきゃあ駄目なんだ」ハントはにったり笑って二人に手をふった。「それじゃあ、また明日」ほかの者たちも口々にお休みの挨拶をした。

ジーナとサンディは連れ立って引き揚げた。

「男の人たち、みんな、お酒が入っているでしょう」個室へ向かいながら、ジーナは言った。「あの中に一人きりになったら、わたし、困ってしまう」

「わかるわ、その気持ち」サンディはうなずいた。

「わたしたち、こうやってだんだん薹《とう》が立っていくのかしらね、サンディ」ジーナは冗談めかして言った。「あそこには六人の男性がいるのよ。それなのに、女二人でさっさと引き揚げてしまうなんて。やっぱり、みなさんのおっしゃる通り、わたしたち、あんまり出来がよくないのかもしれないわ」

「あなたがどう思おうと勝手だけれど、わたしはさっきも言ったでしょう。何だかとても疲れているのよ」

「ダンカンはしきりとあなたに色目を使っていたわよ」

「わかってるわ」

「お好みじゃないの？」

「そんなことはないわ。ダンカンはいい人よ。ヒューストン時代からずっと一緒だけど、でも、私事のごたごたを仕事の場へ持ち込むなって、昔からよく言うじゃない。それはまったくその通りだと思うわ」

部屋に着くと、サンディは無言の指示でヴィザーにドアを開けさせた。整理ダンスの上のブリーフケースから記憶チップの入った平たい小箱を取り出して、彼女は言った。「ちょっと寄って、コーヒーでも飲んでいかない？」

「いいわね。ブラックで。お砂糖はいらないわ」

「何か食べる？」

「ううん、夕食があのご馳走《ちそう》ですもの。まだおなかがいっぱい」

サンディはヴィザーに二人分のコーヒーを注文した。「ああ、これがあなたに話した、例のやつ」彼女は箱の中からカプセルを一つ選び出してジーナに渡した。「クラシック音楽もあるのだけれど、この中にはないわね。家に置いてきてしまったらしいわ。とにかく、聴いてごらんなさい。面白いというか、何というか、まあ、なにしろ不思議な音よ」

「ありがとう。楽しみだわ」ジーナはカプセルをハンドバッグにしまった。

キチネットのディスペンサーの蓋が開いて、コーヒー・カップが二つ載ったトレイが押し出された。サンディがブリーフケースを整理ダンスへ戻す間に、ジーナはコーヒーを居間のテーブルに運んで安楽椅子にゆったり腰を下ろした。

「ところで、あなたの愛情面はどうなの？」サンディは対の椅子に掛けて尋ねた。「ジャーナリストは忙しくて、それどころじゃあない？」

「まあ、風の吹き回しで時たまね。でも……」

「深入りはしないわけね？」

「そうなの。わたしも仕事と一緒くたは厭《いや》だから。ところが、わたしの場合、仕事と自分の生活と、ほとんど区別がないでしょう」

サンディはコーヒーを毒味した。「うん、これなら上等だわ。結婚したことはあるの？」

「一度だけ。あれからもうずいぶんになるけれど……四年くらい続いたかしら。カリフォルニアでね。でも、結局はうまくいかなかったわ」

「どうして？　家庭に入って埋没したくなかったから？」サンディはコーヒー・カップの縁越しにジーナの顔を窺《うかが》った。「そうね、あなたがガーデンパーティでパイを配ったり、近所の奥さんがたを集めてタッパーウェアのセールスをしたりしているところなんて、ちょっと想像がつかないわね」

ジーナは他人事のように小さく笑った。「そういうのとはちょっと違うのよ。ラリーはとても社交的で、どこへでも出ていきたがる人でね。いつも新しい人と会って、自分が中心になっていないと気が済まないの。わたしが彼の生活の中で添えものに甘んじている限りはそれでよかったんでしょうけど、でも、そうやって相手に合わせると、自分というものが何もなくなってしまうのよ」

「その人、わたしに紹介してくれたらよかったのに」サンディは自分を指さして言った。「わたしなんて、右を見ても左を見ても、科学者だの技術者だの、ずば抜けて頭のいい人たちばかりでしょう。そういう中で働くのは、ある意味ではとても幸せなことだと思うけれど、優秀な人たちって、常識では理解できないところがあるのよ。だってね……彼らにとっては、男性の勃起も量子《りょうし》力学の問題なんですもの」

ジーナは噴き出しそうになるのをやっと堪《こら》えた。「でも、ヴィックはそんなふうじゃない

「あの人は例外よ。わたしも、素敵だと思うわ。あのイギリス流の英語が曲者なのかもしれないけれど。でも、さっきも言ったように、わたしの方から近づける人じゃあないの。ワシントンDCへ移る前、ヒューストンの航行通信局時代に付き合ってた女性がいたけれど、今はあの人も仕事の場に雑音を持ち込まないようにしているみたいね」

「あなたって必ずしも、超然として冷静な、科学者を絵に描いたような人ではないのね」ジーナは言った。

「わたしだって人間ですもの。科学一点張りじゃあないわ。一年半もガニメデの氷の下で暮らした後だしね。この時間を埋め合わせるのはなかなか大変よ。年取ってから逃した機会を悔やみたくないっていうようなことをヴィックが言っていたけど、それはわたしも同じだわ」

サンディは再びテーブルのコーヒーに手を伸ばした。ジーナはあらためてサンディのととのった体つきや、ジーンズの下のすらりと形の良い脚に目を瞠《みは》った。とりたてて美貌というわけではないが、女臭芬々《ふんぷん》として男の心をそそらずにはいまい。おまけにサンディは知性が高く、大胆で、こだわりがない。ラリー好みだ、とジーナは思った。

サンディは顔を上げた。「それはともかく、科学者は好奇心旺盛《おうせい》でなくてはいけないの。ジャーナリストもそれは同じでしょう。不思議だな、と思うところから何かがはじまるんですものね」

「その通りだわ」ジーナはうなずいた。

自室に戻ったジーナは何故か気持ちが落ち着かず、地球にいればとうに寝ている時間であるにもかかわらず、一向に睡気《ねむけ》が襲ってこなかった。意識の表面下で何やらはっきりしないものが疼《うず》いていた。一日のめまぐるしい体験の中から心の底に澱《おり》のように溜まった何かが彼女の注意を惹《ひ》きつけようとしているふうだった。ジーナは洗面所で歯を磨きながら、いったいそれは何なのか、気持ちの分析を試みた。

どうやら、ヴィザーにかかわりのあることのようだった。より正確には、ヴィザーの機能、ないしはその背後にある設計思想についての疑問と言える。ジーナは服を着たままベッドに上がって枕に凭れ、向こうの壁にかかっているどこか異星の雪山の絵を眺めた。

宵の口にハントと「訪問」したジェヴレンPACの総合ビルも、殺風景で飾り気がないとは言いながら、絵画や装飾がまるでないわけではなく、階廊のガラス壁越しに〈シャピアロン〉号を眺めた食堂のようなところにも絵がかかっていた。階廊には何のためとも知れぬ装置、道具が転がっていた。ジーナはそれらをほかの場所に移そうとしたらどうなるか、試みにハントに尋ねた。ハントは、ヴィザーが彼女に品物を持ち運んだ実感を与えるだろう、と答えた。ならば、明日ジェヴレンに着いたら、その品物はどうなっているだろうか。重ねて尋ねる彼女にハントは、もちろん、もとのままだと答えた。実際には一センチたりとも動いていないのだから……。

これが何とも釈然としなかった。カプラー・キュービクルの扉枠に触れた時、指先に感じた凹凸も、セーターの袖についた煙草《たばこ》の灰が消えたことも、考えはじめると気になって仕方がない。彼女は起き出して、オートシェフにホット・チョコレートを注文し、あらためて首をひねった。いったい、どういうことだろう？

経費と労力に対する見返りを価値判断の基準とする地球人の考え方からすれば、擬似体験は精巧であればあるほど骨折り損のくたびれ儲《もう》けとしか言いようがない。のみならず、擬似体験は仮想と現実の境界を曖昧にするから、利用者は記憶に焼きつけられた意識の混乱を整理する苦労を強いられる。ところが、テューリアンは何ら矛盾を感じることもなく、いとも簡単にこれをやってのけるらしい。それどころか、テューリアンは地球人の想像を絶するばかりに厳密な写実を重視する。システムの描き出す写実がその要求に満たない限り、擬似体験はどこまで行っても仮想の域を出ない。それで彼らは、地球人から見れば無意味かつ無益と思える精度で仮想世界を描出することに執着する。

いくらかわかりかけてた、とジーナは思った。

テューリアンは、なるほど、温厚で柔和で理性的な人種である。いずれも得がたい長所には違いないが、この際、そんなことは問題ではない。ジーナが不安を覚えたのは、わずかな体験からもほとほと驚嘆を禁じ得ないテューリアンの地球人とはあまりにもかけはなれた意識構造である。ハントやダンチェッカーのような専門家たちは、あまりにも長いこと、あまりにも身近に彼らと接し、しかも異星の技術に目を奪われているせいで、その点を見逃している。すでにハントたちは彼らが異星人であることすら忘れているのかもしれない。

事実上、何千年もの間お互いに異星人であった意識の違いをそのままに、コンピュータ・システムによる意思操作の洗礼を受けたジェヴレンの大衆心理に、はたしてどんな混乱が生じたろうか？

ジーナはふり返ってじっとドアを見つめた。しばらくは自分でも何をしようとしているのか判然としなかった。やがて、彼女は勇を鼓して部屋を後にし、テューリアンのニューロカプラーが据えつけられているキュービクルに立ち戻った。

16

寝椅子に横たわると、前回同様、不思議な温《ぬく》もりと解放感が全身を包んだ。ヴィザーの目に見えない指先がジーナの感覚を操った。

「テューリアンでは、個人の秘密はどうやって守られるのかしら？」ジーナは頭の中でシステムに問いかけた。「あなたは知覚データを読み取るだけではなしに、そのつもりになれば人の知識、思想、感情、ということはつまり、人格をそっくりあぶり出すことだってできるわけでしょう。何か、それに対する歯止めはあるの？」

「システムにプログラミングの原則が組み込まれていてね」ヴィザーは答えた。「それによって、わたしの機能はユーザーが意識的に指示する情報処理と対話に限定されるのだよ」

「人の心にまでは立ち入らない、ということ？」

「ああ」

「でも、それはできるんでしょう？」

「技術的にはね」

「何だか気味が悪いわね。テューリアンは心の奥を覗《のぞ》かれて平気なの？」

「気にするほどのことかな？　医者が内臓を見るのと変わりないと思うがね」

「そうかしら？　でも、あなたはそういう考え方なのね。あなたを設計したのはテューリアンだから、なるほど、あなたは彼らと同じように考えるというわけね」

「まあ、そんなところかな」

「原則が破られることはあるの？」

「それにはユーザーから特に優先の指示が必要でね。だから、結局はユーザーの意思がすべてだよ。しかし、個人の秘密というのはそんなに大切なものだろうか？」

ジーナは思わず噴き出した。「テューリアンは感情とか、自分の性格のある側面とか、人に知られたくないと思うことはないの？　自分自身でも意識したくないことってあるのではないかしら？」

「さあ、それはどうかな？　仮にあったとしても、彼らは文字通り秘密を守るから、ないと同じだろうね」

本当に？　ジーナは首を傾《かし》げた。ガニメアンが見上げた自制心の持ち主だとしても、中には地球人と似たような精神構造の個人だっているのではなかろうか。「ジェヴレン人もやっぱり、ジェヴェックスに接続していた時にはあくまでも理性的で、控え目だったの？」

「そうは言えないね」

「それで、あなたは何ができるの、ヴィザー？　わたしはあなたというシステムの機能をもっとよく知りたいの」

「どこなりと、お望みの場所へ案内するよ。自然であると人工であるとを問わず、数十光年四方に散らばっている幾千というテューリアン世界はすべてわたしの手の内だから」

「じゃあ、ずばり母惑星テューリアンはどう？」

調整過程の知覚の混乱はなかった。ジーナは高い塔の頂きに近いテラス式水上庭園のはずれに立っていた。眼下には胸壁のある回廊が重畳《ちょうじょう》して無数の複雑な建造物に連接し、貫入して、一体の構造物となった市街が遠く視界の果ての海にまで続いていた。あたりには大勢のガニメアンが行き交い、あるいは談笑し、あるいは池亭に憩っていた。微風が頬を撫《な》で、池の畔《ほとり》や滝口に咲き乱れる花の香が快《こころよ》かった。空を行く飛行機の影もあった。

「ヴラニクスだよ」ヴィザーが言った。「テューリアンでは歴史の古い町の一つだ」

瞬間移転でジーナは自分が急に小さくなったような錯覚に陥り、気持ちを入れ替えるのにやや時間がかかった。「これが今現在の様子なのね？」彼女は言った。「この人たちはわたしが見ている通り、現にその場にいるのね？」

「ああ、そうだよ」ヴィザーは答えた。「ただし、システムと神経接続していないから対話はできない。きみはただ、現在の様子を感知しているだけだ。これをアクチュアル・モードという」

「ほかには、どういうモードがあるの？」

「インタラクティヴ・モード。きみは今のまま。そこへ、どこか別の場所でシステムに接続している他人の画像が投影される。画像の人物は言語中枢、運動中枢から読み取ったデータを処理して動かすから、本人が口をきいたり、動作をしたりするのと変わりない。同じ理屈できみの姿も相手の知覚に投影されている。だから、直《じか》に会っているのと等しい対話が成り立つのだよ。つまり、完全擬似体験だ。たいていの仕事や面接はこれで用が足りる」

「じゃあ、ちょっとそれに切り替えてみて」ジーナは言った。

周囲の景観はそのまま、人物の配置だけが変わった。大半は消え去り、誰もいなかったところに何人か登場した。全体として人数は大幅に減っていた。

「姿が消えた人たちも、実際はそこにいるのね？」ジーナは尋ねた。

「そうだよ。ただ、わたしの方できみの大脳皮質に送り込むデータを編集しているから見えないだけだ」

「で、今、わたしが見ているのはどういう人たちなの？　どこにいるの？」

「あちこち、いろいろなところだよ。たまたま今この瞬間、それぞれの目的でシステムに接続している者たちだ」

気がつくと、飛行機は最前と同じ空に浮かんだままだった。ヴィザーが編集を加えた前景と、もとからそこにある背景とはどこに境目があるのかわからなかった。

近くのベンチに掛けていた二人連れのガニメアンがジーナの方へ寄ってきた。「失礼ですが、地球からお見えですね。地球人と間近に接するのははじめてだものですから、厚かましいとは知りながら、ちょっと声をかけた次第です」男の方が言った。

周囲でガニメアンが何人か、さりげないふうを装いながらそっとこっちを窺《うかが》っていることにジーナは気づいた。

「いいえ、厚かましいなんて、そんな」ジーナはいくらかうろたえて答えた。

「申し遅れましたが、わたし、モーゴ・イシャル。これは娘のジャシーンです。わたしら、時々こうやってここで会うのです。ジャシーンがまだ子供だった頃、ヴラニクスに住んでおりましたから、娘はここが好きでしてね」

「今どこにいらっしゃるのか、お訊きしていいかしら?」ジーナは尋ねた。仮想世界でガニメアンと言葉を交わしているのだということが、まだどうもぴんと来なかった。

「わたしは今、テューリアンの裏側に当たるところで教師をしております」

「わたしはテューリアンより地球に近いある惑星を回る軌道上の宇宙船に乗っています」ジャシーンがはじめて口を開いた。「いずれ近いうちにご案内したいですね。面白いところですよ。ところで、あなたは今どちらに?」

「わたしですか? ええ、地球からジェヴレンへ向かう途中のテューリアン宇宙船です」

「ヴラニクスへは、何のご用で?」モーゴが尋ねた。

「地球人が一人きりというのは珍しいですね」

「別に、用というわけじゃありません。実は、システムをいろいろ試しているところなんです」

「もちろん、アクチュアル・モードとインタラクティヴ・モードを重ねることもできるよ」

ヴィザーの声がして、消えていたガニメアンたちがもと通り姿を現わし、合成された遠隔地の人物像と混じり合った。ジーナはじきにどっちがどっちとも区別がつかなくなった。

「ああ、ちょっと」彼女はガニメアン父娘に向かって遠慮がちに言った。「馴《な》れるまで少し時間を下さい。なにしろ、こういうことははじめてだもので」

「どうぞ、ごゆっくり」モーゴは心得顔でうなずいた。

「ヴィザー。これじゃあとてもわたしには消化しきれないわ。どこか、人のいないところへ連れていってちょうだい」ジーナはジャシーンをふり返った。「そのうち、是非、案内していただくわ。ご親切に、どうもありがとう。ヴィザーはあなたの連絡先を知っているわね?」

ジャシーンは小首を傾《かし》げるような恰好をした。地球人がうなずくのと同じ、了解の意思表示だろう、とジーナは希望的に受け取った。

ジーナは不毛の岩山に立って、マグマの滾《たぎ》る大きな火口を覗《のぞ》き込んでいた。黄色い蒸気と油を含んだ煙を透かして、熔融したマグマが赤く、また、どす黒く泡立つのが見えた。熱風が顔をなぶり、硫黄《いおう》臭が強く咽喉《のど》を刺激した。火口の向こう側は煙に霞《かす》んで見えず、背後には断層に深くひび割れた峨々《がが》たる岩の山脈が、嵐を孕《はら》む黒雲を噛《か》んでそそり立っていた。

「人間がとうてい生きられない苛酷《かこく》な環境にも、こうしてきみを案内できるのだよ」ヴィザーの声が聞こえた。「今、新しい世界が誕生しかけているところだ。熱とガスの臭気はちょっと臨場感を添える演出効果でね。本当にその場所へ行ったら、きみはたちまち窒息死だ。あっという間に黒焦げになって、二トンの自重に押し潰されてしまう」

「こんなの、意味ないわ。テューリアンは本当にこんなところにまでセンサーを設置しているの？　千年の間に、いったい何人の人がここへ来るっていうの？」

「実は、これ全体が擬似映像でね。軌道上から遠隔探知したデータを補完して合成しているのだよ」

「熱くて息が詰まりそう」ジーナは音《ね》を上げた。

途端に周囲は見渡す限りの氷山に変わった。碧空《へきくう》を背景に純白眩《まばゆ》いばかりの連峰が稜線《りょうせん》を画し、山裾はピンクのぼかし染めだった。

「凍結したメタンの海を素材とする風の彫刻だよ。気温はほとんど絶対零度に近い」ヴィザーが言った。「これも、軌道上の探査体が読み取ったデータを処理して映像化した景色だ。どうかね？　涼しいだろう」

「寒すぎるわ。見ているだけで骨の髄まで凍ってしまいそう。でも、こんなことをするのに、何もセンサーでデータを集める必要はないんじゃないかしら。全部、作りものでいいんですもの」

「その通り。どんな世界でも作ってお目に懸けるよ。何でもござれだ」

「じゃあ、地球へ帰りましょうよ。スコットランドあたり、どうかしら。前々から行きたいと思いながら、まだ行ったことがないのよ。山と湖《ロッホ》の国でしょう。谷間にひっそりと小さな村があって……」

ジーナは丘の裾の岩を洗う小さな流れの畔に坐り、谷を隔てた松林の向こうの緑の斜面を眺めていた。緑が尽きたその上に屹立《きつりつ》する灰色の露岩はさながら堅固な要塞だった。目を転じると、湖岸に民家の屋根が寄り集《つど》い、教会の尖塔《せんとう》が聳《そび》えていた。鳥の囀《さえず》りがあたりを満たし、虫の羽音が耳をかすめた。川面《かわも》を渡る風はひんやりと湿っていた。

「本当にこういうところがあるの?」ジーナは眉を寄せた。あるわけがない。スコットランドはヴィザーに接続していない。

「いいや」ヴィザーは答えた。「これはわたしの創作だよ。きみに聞いた話や、これまでに仕入れた地球に関する知識を寄せ集めてね。さっきも言ったように、わたしはどんな世界でも合成できる」

「ちょっと今ふうにすぎるわね」ジーナはヴィザーの作品を批評した。「あそこを通っているのは自動車道路でしょう。電線が目障りだし、トラクターがトタン板の小屋に入っているのもいただけないわ」とはいうものの、ジーナは目の前の景色にすっかり心を奪われている自分を意識した。住み馴《な》れた地球の風景に気持ちが和《なご》んだことも事実だった。

「どうせ創作なら、もう少し夢があった方がいいわ。ちょっと時代を溯《さかのぼ》って、チャールズ一世の頃なんかどうかしら」

「あまり夢のある時代とは言えないね」ヴィザーは言い返した。「当時、庶民大衆は疫病と貧困に悩まされていたし、無知蒙昧《もうまい》で、おまけに世の中は荒《すさ》んでいた。乳幼児の死亡率が高くて、四人のうち三人までが……」

「そんなことはどうだっていいの、ヴィザー。現実の話じゃあないんだから。歴史的な事実はさて措《お》いて、もっと自由にやりましょうよ」

自動車道路は馬車の通う野中の小径《こみち》に変わり、電線、トラクター、パラボラアンテナ、その他二十一世紀の文明に属するもろもろはすべて消え去った。家々も鄙《ひな》びた藁葺《わらぶ》きやスレート瓦の田舎家になり、小川を跨《また》いでいる鉄橋は素朴な石組みのアーチ橋に変わった。どこかで犬が吠《ほ》えていた。すべてはジーナの注文通りと言ってよかった。

もう何が起きても驚かないつもりでいたにもかかわらず、ジーナはヴィザーの作り出した世界の見事さに目を瞠《みは》った。彼女は立ってあたりを見回し、これは全部、知覚中枢に送り込まれた情報によって頭の中に組み立てられた虚像なのだ、と自分に言い聞かせた。靴底を隔てて小石を踏む感触が足の裏に伝わった。藪《やぶ》の小枝が腕をこするのが不気味だった。どう神経を働かせても、現にその場にいるとしか思えなかった。着ているものが重たく体にまとわりつくのを感じて、見ると彼女はショールをはおり、スチュアート朝時代の 踝《くるぶし》 に達するスカートを穿《は》いていた。

ジーナの好奇心が頭を擡《もた》げた。「ちょっとその辺を歩いてみようかしら」

ジーナは流れに沿って馬車道と落ち合う小径に出た。小径は村はずれに通じていた。小さな広場に市が立ち、粗末な屋台や、木の鎧戸《よろいど》のある店々に、肉や野菜や酪農製品が並んでいた。どれも見るからに新鮮で、量も豊富だった。織物、麻布、陶器、鍋なども売られていた。時代物の舞台を見るように、農夫、商人、職人、女房、馬上の貴族が広場を行き交い、荷車に袋を山と積んだ粉挽《こなひ》きや、陽気な旅籠《はたご》の亭主もいた。キルト姿の高地人が二人、向こうからやってきた。紅い頰をした健康そうな子供たちが家々の戸口で遊び戯れていた。

しかし、広場の光景はいかにも陳腐平凡であまり興味が湧かなかった。定式の大道具を飾った書き割りの舞台に通行人を配したというだけにすぎない。もっとも、事実これが当時のスコットランドの片田舎の情景であったろう。

ジーナはとある家の軒先に腰を下ろしてパイプをくゆらせている白髪交じりの老人の前に足を止めた。傍らに白黒斑《ぶち》のコリーが一頭ものうげに寝そべっていた。

「こんにちは」ジーナは声をかけた。

「やあ」

「いいお天気ですね」

「ああ、いい天気だ」

「ここはいいところですね」

「まあ、悪かあない」

「どうぞどうぞ」

「わたし、この土地の人間じゃないんです」

「そうらしいな」

ジーナは老人を見つめた。彼女を見返す老人のよく澄んだ灰色の目にはおよそ悪気がなく、無関心にパイプを吹かし続ける態度はほとんど痴呆症患者に近かった。焦《じ》れったいのを通り越して、ジーナは腹が立ってきた。

「わたしね、三百年先の未来から来たんですよ」

「そういうのは、めったにいないな」

「ヴィザー。これじゃあどうしようもないわ」ジーナはいきり立った。「みんな、空っぽ頭の藁《わら》人形じゃないの。自分から何か言うことはないの？」

「何をしゃべらせたいね？」

「想像力を働かせなさいよ」

「問題は、きみがどんな想像を描くかだよ」

「だったら、わたしが何を考えているか、意識を読み取ったらどう？」ジーナは食ってかかった。

「それは禁じられているのでね」ヴィザーは自分の立場を強調した。

「いいわ。わたしが許可するわ。構わずわたしの意識を読んでちょうだい。地球人特有の自己欺瞞《ぎまん》に惑わされないようにね」

今度は一呼吸あってから情景が変わった。

どこかで静かな音楽が流れていた。ジーナは地味ながら清楚《せいそ》で趣味のいい、やや古風なロングドレスをまとっていた。生地は上等で、軽くて着心地がよかった。大きな邸宅の広間にたくさんの客が集《つど》っていた。どっしりと重厚な建物で、これ見よがしなところは少しもなく、刳形《くりがた》の装飾をあしらった天井の高い部屋は鏡板の木理《もくり》も美しく、瀟洒《しょうしゃ》な切妻《きりづま》屋根の玄関は海に面している。廊下を隔てて広間の向かいに書庫があり、弧を描く大階段を上がった取っつきの彼女の書斎に立てば、見晴らし窓から眼下の磯場とその向こうに遠く延びる海岸線を望むことができる。どうして屋敷内を隅々まで知っているのか自分でも不思議だったが、ジーナは胸の裡《うち》でにんまりうなずき、ヴィザーに満点をつけた。このような環境で仕事をすることはジーナのかねてからの夢だった。

広間の窓には厚地のカーテンが引かれ、大理石の暖炉と統一の取れた家具調度が上品な雰囲気を醸《かも》している。暖炉の上に紋章を配した楯が掲げられている。一角獣。競《きお》い獅子《じし》。フランス王家の白百合《フルールドリス》。そして、それらを睥睨《へいげい》するかのように、最上段に置かれているのはアイルランドの国章、三つ葉の白詰草《シャムロック》だった。ジーナは最前から聞こえているハープとフルートがケルトの民族音楽だと気づいたが、客たちの装いや態度物腰から時代設定はどうやら現代と考えて間違いなかった。

一隅に小さくかたまって話している客たちの声がジーナの耳をかすめた。「ああ、その通り。しかし、この国が内紛を解決してイギリスに楯突くことがなかったら、情況は違っていたでしょう」声の主は丸々と肥《ふと》って髪の薄い、いかにも押しの強そうな二重顎の男で、片手に葉巻、今一方の手にブランデー・グラスを持っていた。生粋のイギリス英語で、声に錆《さび》があり、わずかながら舌足らずな発音だった。「ヘンリー八世がローマ・カトリックと袂《たもと》を分かった時、アイルランドは完全にローマ側についたかもしれないのです」

「まさか、そんな！」聞き手の一人が大仰な声を発した。

「いや、真面目な話。ひたすらイギリスに抵抗せんがためにですよ。だとしたら、今頃はどうなっているか、それは何とも言いかねることですが。王政復古はなかったかもしれないし、おそらく、イギリスはアイルランドを支配することもできたでしょう。アメリカはプロテスタントの一派、一夫一婦制を規範とするピューリタン系の宗派の手で建国されたかもしれない。しかし、そうなると、今日われわれが当然のことと考えているもろもろの自由はどこへ行ってしまいますかな？」

ジーナははっと目を瞠《みは》った。話しているのは誰あろう、彼女が敬愛する歴史上の人物の一人、ウィンストン・チャーチルその人だった。

暖炉の前の長椅子で二人の女性を相手に何やら思いつめた表情で話し込んでいる眼光鋭い蓬髪《ほうはつ》の男はルートヴィヒ・ファン・ベートーヴェンではないか。

ジーナは身ぶるいして、ほかの客たちの顔をあらためた。

「いや、世間一般に言われているところとは違うのです。わたしが生涯で考えたことはたった二つ。しかも、そのうち一方は誤りでした」

アルバート・アインシュタインがドイツ訛《なま》りの強い英語でマーク・トウェインと話してい

た。

「どうか誤解のないように。わたしは戦争を否定することにおいて人後に落ちません。それどころか、わたし以上に戦争を忌み嫌《い》う人間はいないと言ってもいいくらいですよ。しかし、現実の問題として、悪辣《あくらつ》な人物は後を絶ちません。彼らを抑止するには、確実な報復しかない……」核物理学者のエドワード・テラーだった。

「考えてもごらんなさい。ほとんどの決定は、そのことについて何も知らない人たちが下すのよ」アイン・ランドがメンケンに似た誰かに向かって言った。

背後から話しかける声があった。「また会えて嬉しいよ、ジーナ。いつものように、ご馳《ち》走《そう》を期待していいのだろうね」ジーナはうろたえてふり返った。今ふうのダークスーツ姿でも、一目でベンジャミン・フランクリンとわかった。フランクリンは屈《かが》み込んでジーナの耳もとに口を寄せた。「こっそり教えてくれないか。今日は何のご馳走かな?」

「鹿の肉ですけど……」何とジーナは宴会業者と献立を打ち合わせ、テーブルの席順を決めたことを憶えていた。食堂の配置すら目に浮かんだ。

「それは結構。大好物だよ。ああ、今度の本、読ませてもらったよ。いい仕事だね。おめでとう。また物議を醸すだろうが、あれはいずれ誰かが書かなくてはいけないことだったのだよ。人間は一人一人みな違う。これ以上にわかりきった話はないね。体の大きさ、顔かたち、運動神経、体力、知力、適性、向上心……何を取っても同じ人間は二人といない。もちろん、機会は万人に等しく開かれていなくてはならないけれども、誰に対しても当然のように同じ結果を期待するのはとんでもない間違いだ。何ものも、あらかじめ定められている限界を超えて大きくなることはできない。だから、みんなに同じ結果を求めるなら、一番背の低いのに合わせて木を切るしかないのだね」

驚いたことに、ジーナはフランクリンが何の話をしているのかよくわかった。「嬉しいわ、賛成していただけて」彼女は努力してやっと微《かす》かに頬をほころばせた。

フランクリンはまた屈み込むと、口を押さえるようにして声を落とした。「アインは自分がそれを書かなかったことでむしゃくしゃしているよ。何とか慰める工夫をしてやるといい」

「憶えておくわ」ジーナはうなずき、今度は大胆に、秘密めかして笑ってみせた。

「うん。ところで、ご亭主たちはどうしているね？　変わりないだろうね」

亭主たち？

ゴブラン織りを繰り延べるように新たな記憶が湧き出して、ジーナの笑顔が引き攣《つ》った。

「最後に会った時は……」彼女は言いかけて口ごもった。記憶の中で、空港まで車で送った男の顔はヴィック・ハントだった。

「ええと、それは、どっちの？　イギリス人の方かな？」フランクリンは穏やかに尋ねた。

「ヴィザー。これはいったい、どういうこと？」

「こっちが訊きたいね」

客たちが一斉にドアの方をふり返った。ジーナもみんなの視線を辿《たど》って頭をめぐらせた。運動選手を思わせる均整の取れたしなやかな体にタキシードをしゃっきり着こなした男が底抜けに明るい笑顔で両手を拡げて立っていた。碧眼は涼しく、口髭《くちひげ》が頬にこぼれ、金髪は豊かに波打って両肩に流れている。「やあ、みなさん、ようこそ。間もなく食事ですが、それまでどうぞごゆっくり。ご自宅のつもりでお寛《くつろ》ぎ下さい」部屋じゅうに打ち解けたざわめきが蘇《よみがえ》った。

ジーナは懐疑と当惑の入り雑《まじ》った気持ちで男を見つめた。男は笑った目の奥にいささかの軽侮を浮かべながら、自信に満ちた足取りで近づき、ジーナの手を取った。「失礼。家内をお返しいただけますか?」フランクリンに向かって男は言った。

「どうぞどうぞ」フランクリンは会釈して一歩退いた。

二人は片隅へ場所を移した。

「何でこんなところへ出てくるのよ、ラリー?」ジーナは声を殺して突っかかった。

「きみが呼んだからさ。わたしは言われる通りにしたまでだ」

「あなたは信じられないわ」

「だったら、自分を信じるんだね」

「あなたはどうしてそうやって、いつも軽佻浮薄《けいちょうふはく》なふるまいをしたがるの?」

「そういうきみは、どうして軽佻浮薄な男と所帯を持った?」

「それはずっと前のこと。あなたとは、もうとっくに終わってるのよ」

「きみが勝手にそうしただけじゃないか」

「相性が悪かったのよ」

「それは違うな。もっと楽しくやれたはずなんだ。きみはえらく好奇心が強い。そいつを自分で扱いかねて、問題をすり替えているんだよ」

「あなた、何が言いたいの？」

「そいつはないだろう。なあ、きみだって、ここにいるお歴々に夜っぴて付き合うつもりなんてありゃあしまい。こっちはこっちで、適当にやろうよ」

広間の客たちは消え失せた。ラリーは例によって主導権を握りたがり、ジーナもまた、常の通り反発した。どうしていつもいつもラリーの言いなりにならなくてはいけないのだろうか？

場面は上階の寝室に変わった。ラリーはジャケットとネクタイを椅子の背にかけて、ジーナの傍らに立っていた。ベッドにはラリーのもう一人の妻が枕に凭《もた》れて横たわっている。女は媚《こ》びを含んで笑いかけた。黒髪が羅《うすもの》に透ける乳房と脚の線をことさら際立たせている。ラリーは誘うようにジーナを見てにやりと笑った。意に反して、ジーナは欲情が疼《うず》くのを覚えた。

女はジーナを差し招いた。「この世は夢よ、ジーナ。みんなそれぞれ、好きにすればいいのよ。あなた、何でもやってみる主義じゃなかったの？」

女はサンディだった。

ジーナはラリーが腰に手を回してくるのを感じて後退《あとじさ》った。「厭《いや》よ。こんなの、まっぴらだわ」

「ほう。しかし、これはきみの願望だがね」どこか遠くでヴィザーの声がした。

サンディはローブの紐《ひも》を解きにかかった。

「わたしをここから出して！」

ジーナはカプラー・キュービクルで意識を回復した。寝椅子から跳び起きて逃げるように廊下を急ぐ途中、バーから引き揚げるアランとキースの二人連れとすれ違ったが、ジーナは見向きもしなかった。二人は顔を見合わせ、肩をすくめてそれぞれの部屋へ戻った。

十分後、ジーナはベッドに坐ってトランキライザーの煙草《たばこ》を吸いながら、まだ肩で息をしていた。わかった、と彼女は思った。惑星全土のジェヴレン人が錯乱に陥ったであろうことは想像に難くない。半数が現実を見失ったとしても不思議はない。

17

スラクスは山裾の窪地の〈裁きの岩〉の前に立ち、その身の丈ほどの石柱を見据えながら、突き出した片手に全霊を集中した。導師シンゲン－フーが冷然と見守る背後にスラクスと同輩の若い弟子が三人控え、まわりを取り巻いて立つ年嵩《としかさ》の修道僧たちは思い遣《や》りを示す知恵の光条を放ちながら息を詰めて首尾を窺《うかが》っていた。

「ひたすら信じることだ」シンゲン－フーはスラクスを励ました。「迷いがあってはならぬ。

ただ一念をもって五体を満たせ」

信仰が試される瞬間である。スラクスは学び覚えたすべてを傾けて念力を凝らした。体内に灯《とも》を点したように、スラクスの手が光を発した。

「今だ！」導師が気合いをかけた。

スラクスはきっと身構えて石柱の腹を突いた。無垢《むく》の石は抵抗もなくその手をすっぽり呑み込んだ。石に手を埋めたスラクスは漲《みなぎ》る精力が五体を駆けめぐる不思議な気持ちを覚え、物質が自分の意志に従ったことに舞い立つほどの歓喜を味わった。

力が萎《な》えてきた。ここで通力《つうりき》を失えば、石はその粒子を結合する底知れぬ親和力によって彼の手を押し潰すであろう。スラクスは最後の力をふり絞ってゆっくりと手を横に動かした。石はあたかも流水のごとく、彼の手の前で割れ、後方《しりえ》で閉じた。やがて、彼の手は石柱の側面へ抜けた。かすり傷一つ負うこともなかった。手の光は瞬《また》いて消えた。憔悴《しょうすい》しながらも陶然と立ちつくすスラクスの肩に、シンゲン－フーは手ずから紫の螺旋《らせん》の紋を染めた飾り帯をかけた。スラクスは新たに修行の功を認められた一人として先輩修道僧たちの輪に加わった。

信仰の証しを済ませた若い修道僧たちは、石組みの炉の火を挟んで導師と対坐した。夜空から闇の神ニールーがその光景を見下ろしていた。糸のように細い生命力の流れが幾筋かもつれながら一同の頭上に伸びた。スラクスは今では流れを見ることができる。年配の先達《せんだつ》の話によれば、かつては大きな流れが空いっぱいにうねり、その絢爛《けんらん》たるありさまはさながら錦織を拡げたようであったという。

「われわれはハイペリアでどのようなことに出会うのですか?」修道僧の一人が尋ねた。シンゲン-フーは流れに運ばれてくる幻を見た者の一人である。

「幻化は瞬息の間」導師は答えた。「おまえたちはハイペリアに新しき生を得る。転生《てんしょう》の暁《あかつき》には、見るもの聞くことすべて物珍しく、また不可思議であろう」

「心に隙あらば狂気に取り憑《つ》かれるというのは真《まこと》ですか?」別の一人が尋ねた。

「その危険は常にある。おまえたちは試されよう。今あるままのおまえたちは、かくあらんと目指す存在を威服しなくてはならぬ。狂気は修行の功を達せずして流れに乗る者のうちに宿る。意識が分裂して矛盾に悩む者には用心せよ。悶着《もんちゃく》が起きた時はニールーの力を恃《たの》め」

「何と?」スラクスははっと顔を上げた。「ならば、ニールーはウォロスを脱した先の世界にも存在するのですか?」

「紫の螺旋を徴《しるし》に尋ねるがいい」シンゲン-フーは言った。「徴の下に信徒は群集《くんじゅ》する。群集は同類。おまえたちの頼るべき力の源と知れ」

「その群集がハイペリアの魔法を教えてくれるのですか?」もう一人が尋ねた。

「ハイペリアのことはハイペリアに学べ」

「不思議な法則について知ることができるでしょうか?」スラクスは質問を重ねた。「同じことを何度でも繰り返すからくりや、回る仕掛けについても?」

「おまえたちの考えもおよばぬ働きをするからくり仕掛けがいたるところ無数にある」

「いたるところ? ならば、ハイペリアの魔法は世界にあまねく広まっているのですか?」

「世界はおろか、世界の果てを越えた別の場所にも、またその間の虚空にもだ。ハイペリア人たちは、それらすべてをひっくるめたもう一つ大きな世界を縦横に飛び回る」

18

紫の螺旋《らせん》を表象に掲げるジェヴレンの宗教団体〈スパイラル・オブ・アウェイクニング──覚醒螺階教〉の指導者、アヤルタがシバンを訪れた。南の大陸の首都バルージで反政府デモを組織し、ガルースをしてハントに支援を求めることを余儀なからしめた、あのアヤルタである。

覚醒螺階教、略してSoAは二百年余り前、サイハという一人の女性によって創始された。名もない吏員であったサイハは、ある時、狐憑《きつねつ》きのように人が変わって教祖になったのである。この宗派の教義の大もとは複雑難解な輪廻転生論《りんねてんしょう》で、人は存在の階梯《かいてい》をなす相《フェーズ》を一つずつ登ることによって物質的、機械的な次元から自我の覚醒、精神的な個の確立に向かうとする考え方である。それ故、現世の生涯とは、つまるところ、次の相へ移行するための準備過程にすぎない。人はみな別の姿で低位の相から転生を重ねて、ようよう今ある階梯に達したのである。人間次元の生活環を生き終えて、人はさらに高位の相へ転生するが、人がその生涯に体験する内的外的変容はSoAの教えをどれだけ忠実に守り、かつ実践するかによって千差万別である。初期の理論家たちはテューリアン科学におけるh－スペースと通常空間の粒子移転のメカニズムを援用してＳｏＡの宗旨に一見科学的な裏づけを与えた。

アヤルタのシバン圏巡察は宗徒の大会を皮切りとしていたが、これはまた、同市西部に完成したばかりの総合スポーツセンターで催される記念すべき最初の行事で、スポーツセンターとギアベーン宇宙港を結ぶ三層のハイウェーに面するアリーナがその会場に当てられていた。スポーツセンターは惑星の行政を引き継いだガニメアンの呼びかけで官民共同の事業として建設されたもので、ジェヴレン人の自力更生を奨励するガニメアンの政策を象徴する施設と言えた。

共同事業の成功を広く一般に宣伝するために、覚醒螺階教の大会に先立ってスポーツセンターの落成式が予定されていた。ところが、来賓に名を連ねていたシバンの警察署長が昼食のサラダに入っていたチーズの腐敗が因《もと》で急病にかかるという、あり得べからざる椿事《ちんじ》が出来《しゅったい》し、落成式には副署長のオベインが代わりに列席することになった。

式の前日、一台の灰色のリムジンが高架道路を降りてスポーツセンターの入口に臨む未完成のアクセス・ランプに停まった。

シバンの中心街から西郊外を縄張りに組織の闇商売を取り仕切っているシリオは、眼下の高速道路から分岐してスポーツセンターの正面、アリーナと体育館の間の車寄せに通ずる二車線の高架橋を指さした。

「こういう段取りだ」彼はリムジンの後部コンパートメントに並んで坐っている地域のボス、グレヴェッツに向かって言った。「オベインが到着する十分前に、正面のランプでトラックが故障する」

「トラックはあそこを通れないぞ」グレヴェッツは眉を寄せた。「お歴々が来る時は通行止めだ」

「落成式のすぐ後に、例の螺階教とやらのお祭りがあるからな。そのために何だかだと運び込むんで、指定業者のトラックが来る」シリオは心得顔で説明した。「運転手は通行証を渡されているし、念のために明日ここで交通整理に当たる警部にそこそこのものを握らせて因果を含めてあるんだ」

グレヴェッツは無表情にうなずいた。「そうか。それで？」

シリオはまた向こうを指さした。「あっちの一階から立ち上がっているランプはまだ工事中だ。だから、トラックは中層から高架橋へ迂回する。正面へ出るにはそれしかないからな」

「なるほど」

シリオは肩をすくめた。「こいつは手抜きの杜撰《ずさん》工事だぜ。ガニメアンどもは新聞に見た目のいい写真を載せたいばっかりにやたらに工事を急《せ》かしたから、下請けは丁寧な仕事をしていない」彼は片側の橋台から張り出したカンティレバー構造の鋼鉄の橋桁を指さした。「夜のうちに、あそこへちょっと細工をする。指定とは違った鋲《びょう》を使って、それも、設計の半分の本数しか打っていない。そのために、橋桁がそっくり落ちるという筋書きだ」彼は橋桁の下の地面に道路を潜《くぐ》ったランプのトンネルが口を開けている方へ手をふった。「コンクリートの地べたまで、落差は百フィート以上あるし、落ちる時は橋もろともだからな。やつは下敷きになって細切れだ。拾い集めたところで靴一足分にもなりゃあしまい。世間じゃあ、悲惨な事故で、それっきりだ」

グレヴェッツはしばらく無言で現場の配置を眺めていたが、まだ納得しかねる顔つきで言った。「誰か別のおっちょこちょいが先に橋を渡ったらどうする？　落成式は十時半だぞ。その間、夜のうちに細工をするやつらは、遅くとも六時までには引き揚げなくてはならない。その間、四時間半もあるじゃあないか」

「真夜中から、ランプは通行止めの標識灯を点《つ》けておく。指令所の技術屋が、オベインが到着する直前にそいつを消す手筈《てはず》になっているんだ。おまけに、それまでは工事現場に立入禁止の柵がしてある」

グレヴェッツは満足げにうなずいた。

その夜、グレヴェッツは光軸教がシバン市内に所有するさる家で救済主ユーベリアスと計画を話し合った。「明日の朝は相当な人出だろう。多少の怪我人は避けられまいな」

「死傷者が出たとしても、そのほとんどは螺階教だろう」ユーベリアスはこともなげに言った。「たまたま何人かが巻き添えを食ったなら、アヤルタはわれわれに感謝して然《しか》るべきだ。殉教者を送り出してやるのだからな」

19

何もかもが物珍しく、ほとんど理解を超えることばかりだった。〈ヴィシニュウ〉号のドッキング・ベイで着陸船に乗り込んだ地球人乗客たちは、はじめてこの宇宙船内の光景に目を瞠《みは》ってからまだほんの二日しか経っていないことがすでにして信じられなかった。一行は地球時間で約二十時間前、ジェヴレンの母星アテナから五十億マイルのところで通常空間に再突入した。今は惑星上空の軌道を回っている。はじめにＵＮＳＡの代表団を出迎えた〈ヴィシニュウ〉号の上級士官、キャラーとマーグリスが見送りにやってきた。ハントのグループは前日の朝食後、二人の案内で〈ヴィシニュウ〉号の司令センターを見学した。

着陸船はやや扁平《へんぺい》な卵形で金色の光沢を帯び、静かな船室はまるでホテルのラウンジで、とても乗りものとは思えなかった。テューリアンの設計思想には、限られた空間を効率よく、できるだけ広く利用する省スペースの考え方はない。ディズニー・ワールドの営業担当役員の一人、アランはダンチェッカーと向き合って坐り、話の糸口を捜す態度で話しかけた。

「あのヴィザー・システムというやつは大したものですね。あれには驚きました。ディズニー・ワールドにもああいったものを導入したら面白いと思いますよ」

フロリダの学校の生徒の一人、そばかすだらけで歯列矯正中の少女が近くの席から口を挟んだ。「蟻《あり》みたいに小さくなって、蟻の目でまわりを見ることができるのよ」

「そうそう。あれ、凄《すご》いな」隣の席の少年が言った。

「この通り、子供たちは大喜びですよ」アランは自分の発想に悦に入《い》った。

「ううむ」ダンチェッカーは首を傾《かし》げた。「その次元の世界をありのままに再現するのではなしに、ただ観客が蟻のように小さくなった擬似体験を味わうだけだとしたら、まあ、それはそれで面白いでしょうが」教授は一歩譲る口ぶりで言った。「ディズニー・ワールドの狙いは科学知識の啓蒙《けいもう》でしょう？　観客に誤った知識を吹き込むことではありませんね？」

「何がおっしゃりたいんです？」アランは眉を寄せて問い返した。

ダンチェッカーは眼鏡をはずしてレンズを明りに透かした。「つまり、物体が小さくなると、その体積、ということはすなわち重さは、面積にくらべてはるかに減少するのですよ。従って、物の大きさは取るに足らない要因となって、表面の特性がその物のあり方を決定するのです。この基本的事実が才能豊かな大衆娯楽映画の製作者たちにはどうしても理解できないらしい」

「今のはとても大事な話だよ」教師のボブが後ろの席から生徒たちに言った。「どうだ、きみたち。この旅行で早速一つ勉強しただろう」

「あたし、よくわからないんですけど」少女は困ったような顔をした。

「昆虫がどうして壁を這《は》ったり、自分より何倍も重いものを引っ張ったりできるのか、みんな今の話で説明がつくんだ」

「蟻のように小さくなると、わたしたちが普通こうして感じている重力はほとんど作用しないのだよ」ダンチェッカーはいつもの伝《でん》で講釈をはじめた。聞き手がいるとなればひとくさり論じなくては気が済まない性分である。「そこでは粘着作用とか、静電気とか、重力以外の表面効果がすべての行動を左右する。例えば、蟻ほどの大きさになったらきみはコート一つ脱ぐこともできない。歩く動作にしても、通常とはまるで違ってくるはずだよ。弾みをつけようにも、エネルギーがほとんど蓄えられないのだからね。同様に棍棒《こんぼう》やハンマーは何の役にも立たない」教授はアランに向き直った。「わたしの言う意味はおわかりですね?」

「ええ、まあ……」アランは口ごもった。「後でゆっくり考えることにしましょう」

ジーナはハントと並んでいたが、朝食の時から何か気に懸かることがある様子でむっつり黙り込んでいた。

「世の中というのは、変われば変わるものだね」ハントは言った。午前中、ジーナの気持ちをほぐそうとしていろいろ話しかけてみたが、いずれも徒労だった。ここ数日の考える暇もないあわただしさや、驚異驚嘆の連続でストレスが溜《た》まっているのだ、とハントは推量した。

「わたしがはじめて地球圏外へ出た時は木星へ行って帰ってきただけで、何のことはない、ちょっと裏庭へ出た程度の話だよ。それが、きみはいきなり何十光年を一跨《ひとまた》ぎだからね」

ジーナの顔を微《かす》かな笑いが過《よぎ》って消えた。「何事につけ、わたしたちアメリカ人は極端なのよ」

着陸船はシバン西郊の飛行場に隣接するギアベーン宇宙港に降り立った。異星の大地を踏みしめる実感に心の霧も晴れたか、ジーナは元気を取り戻し、添乗してきた二人のテューリアン士官に挨拶をすると、昇降ランプのガラス壁越しに、銀色の塔さながら半マイルの空に聳《そび》えたつ〈シャピアロン〉号を眺めやった。前の日、ヴィザーを介して彼方の宇宙から瞥見《べっけん》した通りの光景だった。

「人類が誕生するはるか以前からあんな宇宙船が恒星間を飛んでいたなんて、信じられないわね。本で読んだり、写真で見たりするのとは大違い。こうやって実物を目の前にすると……」ジーナはみなまで言わずに口をつぐんだ。

「何はともあれ、いくらかきみらしさが戻ってきたね」ハントは言った。「少しばかり心配になりかけていたところだよ。h-スペース酔いなんていうのがあるかどうかは知らないけれど、どこか具合でも悪いのではないかと思ってね」

ジーナは溜息《ためいき》をついた。「わたし、朝から何だかおかしかったでしょう。どっちを見てもびっくりすることばかりで、それが神経に応えているんだと思うの。でも、大丈夫よ。じきに馴《な》れるわ」

ハントは同行の地球人たちでごった返す到着ロビーを見回した。フロリダの生徒一行が整列する傍らで、ダンチェッカー、サンディ、ダンカンの三人がグレーのスーツを着込んだ身だしなみの良い二人連れの男と言葉を交わしていた。いかにも屈強らしい肩幅の広い二人を見て、ハントはディック・トレイシーを連想した。やや離れたところで、金の紐飾《ひもかざ》りに金ボタンの焦茶のチュニックを着た女性が団体を呼び集めていた。ディズニー・ワールドのアランとキースをはじめ、デンヴァーの会社役員、UNSA代表団と朝食の席が一緒だったハネムーンのカップル、ロシアの心理学者グループがその集団に加わった。カップルはかつて二度別れては縒《よ》りを戻し、これが三度目の結婚であるという。

「あれはきみのホテルのお迎えじゃあないか」ハントはジーナに言った。

ベスト・ウェスタン・ホテルはアメリカ流の企業精神を存分に発揮して早手回しにギアベーンに地所を確保し、今や同ホテルは地球の飛び領土の観を呈している。表向きUNSAとは無関係で、ただちに惑星行政センターPACを訪ねる理由もないジーナはフリーのジャーナリストとして個人の名前でホテルを予約した。ハントとは後にまた理由を構えて合流する手筈《てはず》である。

ハントはジーナに付き添ってベスト・ウェスタン・ホテルの案内係のところへ行き、予約を確認した。ジーナがしんがりで顔が揃《そろ》い、焦茶のチュニックの女性は羊の群を追うように一行を高速輸送管路《チューブ》に通じる上りエスカレーターに案内した。後を見送って同勢の方へ戻りかけるハントをフロリダの学校教師ボブが呼び止めた。

「ちょっと挨拶とお礼をと思ってね。いろいろと話を聞けて楽しかったよ。こっちにいる間にはまたどこかでばったり会うようなこともあるだろうけれど」ボブはすっかり打ち解けて親しげに言った。ボブの背後のガラス越しに、生徒たちがはしゃぎながらバスに乗り込むのが見えていた。ピンクの車体に緑の線の入ったバスで、地球の自動車とは違い、碗《わん》を伏せたようなハウジングに半分抱かれた球形車輪で走行する構造だった。屋根の中央の丸みを帯びた突起は、その形といい、車体に占める大きさの比率といい、女の乳房を連想せずにはいられなかった。

「じゃあ、ここのホテルには泊まらないんだね」握手しながら、ハントは言った。

「ああ。のっけからジェヴレン社会に飛び込もうというわけで。この旅行のことで折衝した当市のジェヴレン人学校が宿舎を提供すると言ってくれたものだから、渡りに船と厄介になることにしたんだ。ここの地球人村を覗《のぞ》いた方がいいという考え方もあるだろうけれど、なあに、ベスト・ウェスタン・ホテルの中なんぞはいつだって見られるからね」

「おっしゃる通り」ハントはうなずいた。「それじゃあ、お達者で。いい旅行を」

「そちらもね。きっとまた会えるよ、ヴィック」

ハントは一足遅れてUNSAグループに加わった。出迎えの二人はアメリカ人だった。そのこと自体は別に異とするには当たらない。今では地球人が大勢ジェヴレンに出入りしているのだ。とはいえ、ハントにはいささか意外だった。

一人はコバーグ、もう一人はレバンスキーと名乗った。しかつめらしく肩肘を張った態度物腰から、軍部の人間に違いないとハントは睨《にら》んだが、果たせるかな、二人は憲兵上がりのシークレット・サービスで、現在はジェヴレンPAC保安部付きであるという。

「保安部？」ハントは眉を寄せた。「合同政策評議会JPCは保安部設置の提案を却下したのではなかったかね」

「ええ。いいや、あれはつまり、国連軍の出動に反対したまでですよ」コバーグが事情を説明した。「こっちではいろいろと、地球には伝わらないことも起きています。察しはつくだろうと思いますがね。とにかく、評議会の地球勢は控え目ながら以前よりは強硬な態度に出ることにしたのです。専守防衛といいますか」

「本部長の方から詳しい話があると思いますよ」レバンスキーが脇から言った。

一同は二人の案内で出口へ向かった。生徒たちのバスが走りだすところだった。同じく球形車輪のマイクロバスが待機していた。運転手とドアの傍らに控えた男はジェヴレン人だった。二人とも地球の言葉はいっさい話さなかったが、ハンドマイクを握った運転手の口ぶりから、地球人一行の到着を保安部へ報告しているのがわかった。

「今日は少々時間がかかります」マイクロバスが走りだすとコバーグが言った。「普通は市街直通の高速輸送チューブを利用するのですが、現在不通だもので」

「普通もへったくれもあるものか」レバンスキーが横合いから混ぜ返した。「高速チューブはもともと動いていないんだ。だから、これが普通じゃないか」

「いや、今日は特別だよ。例のお祭りがあるからな」コバーグは言い返した。「螺階教とやらいう妙な宗派ですよ。ご存じですか?」

「話には聞いているがね」ハントが一同を代表する形で答えた。

「今日はわんさと集まりますよ」レバンスキーは他所事《よそごと》のように言った。

ジェヴレンはテューリアン文明社会に帰属しながらジェヴレン人の固有の世界として発達した。それ故、まったくの異星と違ってどこか地球人の感覚に一脈通じるものがある。ガニメアンの影響が顕著であるのは当然としても、建物の構造、外観は地球人の目にさほど違和感を与えない。〈ヴィシニュウ〉号で度肝《どぎも》を抜かれ、それを上回る衝撃を覚悟して惑星に降り立った者たちにとっては大きな救いだった。

とはいえ、大都市のスカイライン一つ取ってみても、その規模と高さにおいて現代の地球はジェヴレンの足下にもおよばない。高層建築や高架橋、回廊などが有機的に繋《つな》がり合い、重なり合って全体が一本の巨石柱のように聳《そび》えたつ中心街の複雑にして、かつ息を呑むばかりに壮大な結構《コンセプト》にくらべたら、地球の近代都市などはまるで箱庭でしかない。が、それはともかく、高架道路を潜《くぐ》り抜け、またあるところでは跨ぎ越え、重層して四通八達《しつうはったつ》する街路はどこまで行っても街路であることに変わりなく、場所によって上下が逆転する気遣いもなかった。景観は視覚を裏切らず、角一つ曲がった先の空間に線と面が作り出しているであろう構図は充分に予測できた。

何はともあれ、都市には時間の流れに左右されることのない不易《ふえき》の顔があった。地下の岩盤が風景の基調を支配すると同様、それは都市計画の基本構想が決定した街の特色、ないしは個性というべきものに違いなかった。さりながら、奔放《ほんぽう》に空を切る線や、視野に余る広大な眺望に盛り込まれた理想は遠い過去から微かに谺《こだま》する虚ろな声にすぎない。計画者たちが夢に描いた都市はついに未完成のままだった。

前日、ハントとジーナがPACから目にした荒廃と衰微の徴《しるし》は至るところに現われていた。街の一区画が水没して、わずかに廃墟《はいきょ》と化した数軒の建物が沼沢《しょうたく》の池塘《ちとう》のように水面に頭を出しているだけの場所があり、またあるところでは、明らかにもう何年も放置されている車の残骸の山を恰好の遊び場に子供たちが群がっていた。何もかもが真新しく小ぎれいな〈ヴィシニュウ〉号の船内を見た後では、そんな街の情景は目をそむけたくなるほどだった。ハントは二人のアメリカ人のはなはだ頼りない通訳で質問を試みたが、添乗のジェヴレン人はおよそ無関心で、現状とは違う街の模様など想像したこともない様子だった。

市民たちはいかにも無気力な表情で街角にたむろし、あるいは当てもなく通りや広場をうろついていた。黄緑色の空の下で草原にただぼんやりと坐っている姿もあった。ジェヴェックスがほぼ全面的に遮断されて以後、多くの市民が中心街を捨てて市域外縁の仮小屋に移り住んだ。粗末な小屋の入口に所在なげに坐り込んでいる者もあれば、幹線道路から溢《あふ》れ拡がって日に日に数を増しつつある大道商人と声高に取り引きをする者もあり、また、路地に張り渡した縄に洗濯物を並べ干し、その下に急ごしらえの日除《ひよ》けをしつらえて料理をする光景も見かけられた。総じて市民たちは活力に乏しく、ただ漫然と誰かが方向を指し示してくれるのを待っているふうだった。

「一握りの煽動家《せんどうか》が騒ぎを起こしたところで、そんなのは物の数でもないのよ」窓外を流れる景色を見やってサンディが物思わしげに言った。「大衆がこう無気力じゃあ、ガルースは苦労するわけだわ」

「だいたい、ガルースのやり方で物事がうまくいくんだろうか?」ダンカンはすこぶる懐疑的だった。「あれでどうにかなるのかね?」

「まずは一般大衆が現実を知ることですよ」コバーグがわけ知り顔に言った。「中には物わかりの悪いのもいます。ああやってのらくらしてるのがその口ですが、片方にはちゃんとやっているのも大勢います。まあ、一般がこの体制に馴染《なじ》むまで、成り行きに任せるしかないでしょう」

「多少時間はかかるでしょうが、ここで投げ出すわけにはいきませんからね」レバンスキーが合いの手を入れた。「ガルースはよくやっていますよ。立派なもんです」

「ああ、まったくだ」コバーグはうなずいた。

道路は何層も重なり合って大きく弧を描きながら山塊のような市の中心部に通じていた。ハントは着陸船のスクリーンに映し出された景色が必ずしもこの都市のありのままの姿を伝えてはいないことに気づいた。両側に迫る建造物の谷間から前方を見通すと、街の一角を天蓋が覆って人工の空を作っていた。そそり立つ建物の外壁が天蓋を支え、さまざまに景観の異なる市街地が空中回廊や高速輸送チューブで結ばれて有機的に配置されていた。あるところでは連接する建物が塔状に層を重ねて立体区画をなし、その上階は自然の空に向かって開けていた。天蓋を突き抜けて超高層建築が空に伸びている箇所もあった。着陸船から見た映像は、この人工環境と露天の街区が一つになって作り出したスカイラインだった。

行くほどに、紫の服をまとい、黒地に紫の螺旋《らせん》を染め出した小旗を持って行進する集団が数を増した。「さっき言っていたのは、あれのこと?」サンディが付き添いのアメリカ人に尋ねた。

「そうですよ。本日の呼びものでしてね」コバーグが答えた。「偉い導師がこの街へ来ているんです。ちょうど、総合スポーツセンターが落成したところで……ああ、あの右手に見える、あれです。教団があのスポーツセンターで……」マイクロバスが急に減速した。「おい、何だ？　どうしたっていうんだ、ピート？」

前方で事故があったと見えて、追突を避けようとした車が列を乱し、車線からはみ出して、てんでに勝手な向きで停まっていた。上段の道路も渋滞が激しかった。いずれも本線を離れて各方面へ分岐する複雑なインターチェンジを指す車である。二車線の出口は長い渋滞の列で身動きも取れないありさまだった。高架道路は細身の橋脚に一端を支えられ、少し先で大きく建物を跨いでいる……いや、跨いでいるはずのその道路橋がぽっきり折れて崩落し、中空に無残な断面をさらしていた。人々は車を降りて防柵に群がり、口々に何やら叫びながら真下の地面を指さした。

レバンスキーは進み出ると、身ぶり手ぶりをまじえながら小声で運転手に指示を下した。マイクロバスはギアベーンからの遠隔操作で走行するから、運転手はずっと手持ち無沙汰《ぶさた》だったが、ここで手動操作に切り替え、路肩に出て渋滞の列を縫うようにじりじりと前進した。「事故らしいですね」レバンスキーは肩越しにふり返って、窓に顔を押しつけている一同に言った。「おお、こいつはひどい。橋がもろに落ちている」

マイクロバスが防柵の手前まで行きつくと、そっくり抜け落ちた橋脚と、二台分と思われる車の見る影もない残骸が飛散しているのが見えた。破壊はそれだけに止まらなかった。橋桁は崩落の弾みに大きく横に振れ、高架道路の本線を支えている橋脚を二本へし折った。そのためカーブの内側の車線の一部が引き裂かれ、よじれ傾《かし》いで、破断した船の甲板のように宙に張り出す恰好になった。二百フィートあまりの傾斜の終端にトラックが一台、鼻面を突き出して立往生していた。そのトラックに小型車が追突し、さらに後方十五フィートほどの斜面の途中に見覚えのある車輛《しゃりょう》が危うげに止まっていた。ピンクの車体に鮮やかな緑の線の入ったバスである。屋根の中央の丸い盛り上がりが妙に生々しく見えた。

「宇宙港にいた、おっぱいの大きなバスじゃないか」コバーグは素早く前方に視線を配り、情況の把握に努めながら悪態まじりに言った。

「まあ、大変！　子供たちはどうなるの？」サンディは上ずった声を発した。

「子供たち？」コバーグはきっと彼女をふり返った。レバンスキーが運転手に向かって噛《か》みつくように何か言い、マイクロバスは止まった。

「地球の子供たち……」サンディは口ごもった。「〈ヴィシニュウ〉号で一緒だったの。フロリダの学校から遠足で来ているのよ」

「当市のジェヴレン人学校が宿舎を提供するという話だったね」ハントが脇から言った。

またしても鉄骨のどこかが破断して、道路の末端が二フィートほど崩れ落ちた。トラックがぐらりと揺れた。路肩の集団から叫喚が上がった。運転台から男が二人転がり出て、路面にへばりつくようにしながらへっぴり腰で危なっかしげに斜面を登りだした。トラックに追突した車からも人が這《は》い出した。車内に怪我人がいる様子だった。後方から緊急車輛がライトを点滅させ、サイレンを鳴らして路肩を突っ走ってきた。マイクロバスの後ろに止まった車から、白い帽子に黄色いチュニックの、警官と思《おぼ》しき男が二人降り立った。

コバーグがマイクロバスを降りて対応した。二人は興奮して腕をふり上げ、コバーグがそれをなだめている様子だった。運転手の隣でレバンスキーが端末のパネルを操作し、スクリーンに映った保安部の上官と対話していた。

破断した道路がさらに傾いて、トラックはついに転落した。マイクロバスの下の路面が橋桁もろとも激しく振動し、群衆の恐怖の叫びはトラックが地面に叩きつけられるけたたましい音をも呑み込むほどだった。ピンクのバスは後進で脱出を試みたが、球形車輪は路面を噛まず、傾斜した高架道路の上でバスはまるで雪にハンドルを取られたように蛇行した。

「慌てるな！」ハントは思わず叫んだ。「あれじゃあ子供たちを乗せたまま転落するぞ。止めろ！　子供たちを降ろすんだ！　早く！」

コバーグは邪険に警官二人を追い払い、救助の指揮をとりにバスの方へ走った。レバンスキーが対話しているスクリーンの相手は声の響きからアメリカ人と知れた。「それで、周囲の情況は？」

「紫螺旋の信徒でいっぱいです」レバンスキーは答えた。「この分では何が起こるかわかったものじゃあありません。警察が来ていることは来ていますが、ぜんぜん頼りになりません。ミッチがバスの救助に向かっていますが、一人では無理でしょう」

「きみはそこを動くな」スクリーンの男は言った。「ＵＮＳＡの一行はヘシェクとムーに送らせればいい。そっちが一段落したらまた連絡しろ」

「了解」レバンスキーは交信を切ってジェヴレン人の二人と短く言葉を交わした。ジェヴレン人はうなずいた。レバンスキーはコバーグを追ってマイクロバスを降りた。黄色い制服の警官二人が待ち受けていたように腕をふり上げて彼に食ってかかった。レバンスキーはバッジを示して怒鳴り返し、ハントらの乗ったマイクロバスと道を塞いでいる車の列を指さした。警官は鼻白《はなじろ》んで小さく会釈すると、道路の中央に取って返して車の整理にかかった。もう一人の警官は興奮した群衆の間を駆け足で行ったり来たりしはじめたが、かえってそれが混乱を煽《あお》るばかりで何の役にも立たなかった。喧噪《けんそう》を圧してピンクのバスの運転手に指示を飛ばすコバーグの胴間声《どうまごえ》が響きわたった。

レバンスキーはドアから首を突っ込んで言った。「間が悪いというのはこのことですよ。転落して潰れた一台は警察の副署長の車だそうです。こいつは騒ぎが大きくなりますね。みなさんはここにいる二人がPACまで送ります。それではまた後ほど。お気をつけて」彼は乱暴にドアを閉め、マイクロバスの横腹を叩いて運転手に合図した。前方で、警官が道を開けて手をふった。

「止まったようね」サンディが後ろの窓をふり返って言った。「子供たちが降りてくるわ」

「何はともあれ、これでひと安心だね」ずっと唇を堅く結んで押し黙っていたダンチェッカーがここではじめて口を開いた。

「旅行案内にはこういう予定は載っていなかったがね」ダンカンは冗談めかして言ったが、

顔は真《ま》っ蒼《さお》だった。

シバン市の建物が周囲に迫り、やがて繋がり合い、重なり合って、街路や大量輸送機関を抱き込んだ巨大な一体の建造物となった。高速道路は大きなトンネルに変わって真っすぐに中心部に通じていた。

20

どうする術《すべ》もない。ハントは自分に言い聞かせた。事故というのは、起こる時には起こるものなのだ。学校の生徒たちがどうなったところで、ハントが責任を感じなくてはならない理由はない。一行が落ち着く先へ落ち着けば、いずれ様子も伝わってくるだろう。彼は、事故のことはひとまず意識から締め出して、窓外の景色に気持ちを集中させることにした。車内の沈黙から察するに、ほかの者たちも同じ気持ちと闘っているに違いなかった。

が、一難去ってまた一難。マイクロバスがガラス壁と幾層にも重なる回廊に囲まれた広場にさしかかると、またもや前方で混乱が生じていた。紫の服を着た集団が車道に溢《あふ》れて交通を妨害している様子だった。ジェヴレン人の一人がマイクロバスのモニター・パネルに指示を音声入力した。マイクロバスは迂回路を選択して斜路を捜し、一階下の車道に下りた。

「今度は何だ?」ハントは眉を寄せて呟《つぶや》いた。

「まさか、わたしらのせいでこんなことになったんじゃあないでしょうね」ダンカンは言った。

上の道よりもっと大勢の群衆がスローガンを叫びながら前方を塞いでいた。車の警笛も気勢を上げる群衆にはまるで通じなかった。マイクロバスはまた迂回を余儀なくされ、今度は商店と人家が入り雑《まじ》って並ぶ脇道に乗り入れたが、迷路のようなところを何度か曲がるうちに再び群衆の溢れ返る大通りに出て二進《にっち》も三進《さっち》もいかなくなった。デモ隊は旗をふり、スクラムを組んで歌いながら通りを席捲《せっけん》した。マイクロバスはたちまち人の波に呑み込まれ、後続車に阻まれて戻ることもならず、どうにも動きが取れなかった。

ダンカンが席を立って不安げに窓から通りを見渡した。「また別の一団が来るな。今度は緑の服だ」彼は誰にともなく低く言った。

「こういう時は車の中にじっとしているのが一番だ」ダンチェッカーは膝の上にブリーフケースをしっかり抱き込んで持久戦の覚悟を見せた。

「そいつはどうですかねえ」ダンカンは反対した。「ここはとうてい乗り切れそうもありませんよ」

ジェヴレン人の判断も同じで、一人がしきりにマイクロバスの進行方向を指さして言った。「PAC、これ真っすぐ。遠くない。歩いた方がいい。人たくさん、よくない」

ハントはうなずいた。「行こう」

ダンチェッカーは尻込みしたが、渋々腰を上げた。

マイクロバスを降りた一行はたちまちもみくちゃにされた。群衆は口々に何か叫んでいたが、ジェヴレン語でまるで意味がわからなかった。付き添いの一人が先に立って人波を押し分け、もう一人がしんがりを固めた。一行は離ればなれになるまいと努力したが、群衆の激しい動きに翻弄されて次第に間隔が開くのをどうすることもできなかった。ダンチェッカーとサンディは、それでも何とか先頭のジェヴレン人にくっついていた。ハントはやや後《おく》れ、ダンカンともう一人のジェヴレン人はさらに離れて脇へ押しやられた。

「あっちだ！」ダンカンと一緒のジェヴレン人が手を上げて、群衆の頭越しに通りの向こうを指さした。通りを見下ろす多層回廊に階段が立ち上がっていた。「あの階段を……」ジェヴレン人は群衆の波に呑まれ、その声は叫喚に掻《か》き消された。

誰かが押されて後退《あとじさ》り、ハントの足をもろに踏みつけると同時にふり回した拳が彼の横面に当たった。ハントは相手を突き飛ばした。男は別の通行人にぶつかり、二人は折り重なって転倒した。ハントは背後の集団に押されて二人の上に突っ伏した。

そこへ頭上の回廊に緑の三日月の旗を掲げた一団が登場し、デモ行進中の螺階教徒らをめがけてビラを撒《ま》いた。騒乱は一挙に爆発した。周囲の野次馬たちはあたかも共通の本能に急《せ》き立てられたかのように傾《なだ》れを打って走りだした。ようよう片膝を突いて起き上がりかけるところへ、赤と黒のジャンプスーツを着た太った女にのしかかられて、ハントは再びどうと俯《うつぶ》せになった。女もよろけて彼の脇に膝から落ちた。悲鳴とも悪態ともつかぬ甲高《かんだか》い声が女の口から迸《ほとばし》った。ハントはもう一度起き上がろうとしたが、女が吊革に摑《つか》まるように彼の襟にすがっていた。

「こら、放せ」ハントは怒鳴りつけた。女は猛然と何やら言い返した。意味はわからなくとも露骨な悪罵であることは明らかだった。ハントは女をふり払って立ち上がった。仲間たちの姿はどこにもなかった。彼はジェヴレン人に教えられた階段に視線を据え、かけ声もろとも騒乱の只中《ただなか》に飛び込んだ。が、通りを三分の一も渡らぬうちにデモの波に呑まれ、十字路の方へ押し流された。紫の頭巾《ずきん》をかぶってシュプレヒコールを叫んでいる男がハントをスクラムに引き入れようと腕を絡めてきた。

「触るな、馬鹿者!」ハントは悪態をついてその腕をふり解《ほど》いた。

反対側からまた誰かが腕を摑んだ。ふり解《ほど》こうとしても相手は力が強く、ちょっとやそっとでは放しそうになかった。「今の声は国者《くにもの》だな」耳もとで叫ぶ声がした。アメリカ人らしかった。ふり返ると、赤ら顔に獅子鼻《ししばな》の男と目が合った。霜降りの髯《ひげ》がうっすらと頰を覆い、灰色の眸《ひとみ》はよく澄んで、この騒乱の最中《さなか》でもこみ上げる笑いを堪《こら》えきれないとでもいうように口の端を引き攣《つ》らせている。かぶっているのはパナマ帽で、そのリボンがまた黄色の地に赤と白のポルカドットというけばけばしさである。ハントは無理にも引きずり込もうとする男の力に抵抗して叫び返した。「あいにくだが、バットマン大会に出ている暇はないんでね」

「こっちも同じだよ。あたしは家へ帰るんだ。しかし、どうやったってこの流れには逆らえない。身を任せて、どっかで頃合いを見て飛び出すまでだ」

「そううまくいくかね?」

「まあ、あたしについてこいって」

デモ行進の波にもまれながら半街区ほど行くうちに、男は巧みに人を分けて外側へ出た。鎧戸《よろいど》を鎖《さ》した店と回廊の支柱の間の路地口にさしかかると、男はぐいとハントの腕を引いて合図した。「ここだ！」

二人は減速した貨車から飛び降りる無賃乗車の放浪者のように人間の川から抜け出し、鉄製の登り階段へ向かった。高架歩道に野次馬が群がって通りの混乱を眺めていた。何はともあれ、そこは無風地帯だった。二人は歩道に上がって足を止めた。

「ところで、きみは？」息が静まって、ハントは尋ねた。

男は気さくげに灰色の目をきらりと光らせた。「あんた、イギリス人か、え？　あたしはね、仲間内じゃあマレーで通ってる。土地者たちはいろいろと勝手な呼び名を考えてくれるがね」彼は周囲のジェヴレン人たちを顎でしゃくった。「まあ、堅苦しいことは抜きにして、ひとまずこの騒々しいところから退散しようか」

マレーは先に立って迷路のような裏街を歩きだした。アーケードを抜け、階段を昇り、エスカレーターに乗り、歩道橋を渡っていくうちに、ハントはいくばくもなく来た道がわからなくなった。外洋客船とスーパーマーケットと上海の大道市場を一つにして、ニューヨーク市街か東京の鉄道路線図をすっぽり覆う範囲に拡大したような街並みだった。門戸を閉ざした商店や空家が多く目についたが、いたるところに人が大勢たかっていた。この人出が常のことか、今日は特別なのか、ハントは知る由《よし》もなかった。

ハントの見る限り、典型的なジェヴレン人は必ずしも地球人と同じではなかった。ジェヴレン人は総じて皮膚がオレンジ色がかり、髪は赤銅から黒に至る茶系統が普通だった。顔は大きく扁平《へんぺい》で、目は丸い。染みやそばかすを美容の敵とする考え方はないらしく、服装もまた流行に支配されず、その多様なことといったら実に目を瞠《みは》るばかりである。平均して地球人より長身だが、筋肉にやや締まりを欠いているのはジェヴェックスに依存して体を動かさぬ生活が長きにわたったためであろう。もちろん、背の低いのもいれば、色浅黒いのもいる。色白や桜色の例もないではない。どことなく地球人とは違うように感じても、まったくの異星人とも思えない。

何もかもがあれよあれよという間のことで、ハントは自分がどこでどうなったのか筋道立てて考える暇もなく、その場その場の断片的な印象を記憶に留めるだけで精いっぱいだった。あるところでは仰々しく着飾って偉そうにふんぞり返っているジェヴレン人の姿を見かけた。側近の一団を引き従えて威勢あたりを払うばかりの大物もいれば、ぼろをまとって道端で物乞いをする落魄《らくはく》の姿もあった。レストランと思《おぼ》しきある場所では、主人以下、店の者たちが居並んで運転手つきのリムジンから降り立つ数人連れを出迎える一方、少し先の別の店の裏口からは誰かが抗議の叫びを発しながら文字通り道路に投げ出されるところだった。道行く市民たちはそのいずれをもふり向こうとさえしなかった。

飲み屋と商売を畳んですでに久しいとわかる店の間の薄汚い路地を入った。微《かす》かながら鼻を衝《つ》く悪臭が漂っていた。似たような構えの門口が続いているうちの一つを潜《くぐ》ると、大きな甕《かめ》に投げ込んだ花が枯れきったまま放置されている玄関から長い廊下が奥へ延び、両側にペンキも剝げ落ちて傷だらけのドアが並んでいた。ひと回り大きいドアはエレベーターに違いなかったが、マレーは何かを放り投げるような手つきをして「故障だよ」と肩越しに言い捨て、素通りして裏手の階段へ回った。

踊り場に男が一人、酒に酔ってか麻薬のせいか、高鼾《たかいびき》で正体もなく眠りこけていた。二人は男を跨《また》いで階段を上がった。取っつきのドアは開け放しで、小さな子供が二人、入口の床に玩具を拡げて遊んでいた。子供たちはマレーを見上げてにっこり笑い、マレーは二人の頭を撫《な》でてジェヴレン語で話しかけた。部屋の内から母親が面白くもない顔で黙ってその様子を見ていた。向かいのドアの奥から強烈なリズムの無調の音楽がこぼれ、その合間を縫って激しく諍《いさか》う怒声と悲鳴が聞こえた。今にも殺し合いになりかねまじき雲行きだった。が、マレーはそんなハントの懸念を見透かしたようにふんと鼻で笑った。「なあに、そこまではいきゃあしない。ジェヴのやつらは何をやらせても、どっかピントがずれていやあがるんだ」

さらに階段を二つ上がって、白で縁取りをした紫のドアの前に立った。マレーがドアに向かって何か言うと、どこかで女の声が答え、ドアが横滑りに開いた。マレーがハントを請《しょう》じ入れるところへ、奥の一室から女が顔を出した。浅黒く艶《つや》やかな肌にサクランボのような紅毛の女で、体に貼りつくようなオレンジ色のTシャツに、光沢のある藤色の七分丈のスラックスという姿だった。ジェヴレンの尺度からいえば、容姿風貌ともに十人並み以上であろう。

いや、それどころか、地球人の目から見ても、どうしてなかなかの容色だった。彼女は抑揚の大きな明るい声でマレーに話しかけ、マレーはふたことみこと、ぶっきらぼうなジェヴレン語でそれに答えた。

「こいつはニクシーっていうんだ」女の言葉が跡切《とぎ》れたところでマレーはハントをふり返った。「今のはジェヴのこんにちはだ。同じことを言うにも、こっちじゃあやたらに口数が多くてかなわない。ニクシー、新しい友だちを紹介しよう。こちら……」彼は眉を上げてちょっと首を傾《かし》げた。

「ヴィックと呼んでくれないか」ハントは言った。マレーはニクシーに向き直って紹介を続けた。ハントには自分の名前しか聞き分けられなかった。

ニクシーはよく揃《そろ》った白い歯を見せてにっこり笑い、臆するふうもなくハントの手を取った。「よろしくね、ハント。すぐ寝る？　あたし、よくしてあげるから」

「違う違う。わからないやつだな」マレーは溜息《ためいき》をついた。「この人は商売の客じゃない。おれのお客さんだ。わかるか？　お客さまだ。ちゃんと挨拶しなきゃあ駄目だぞ。だいいち、今日はおまえ、商売は休みだろうが」

「ああ」ニクシーはこともなげに肩をすくめた。「まあいいじゃない」

「じゃあ、一杯やるか」マレーは言った。「おまえに任せて大丈夫か？　飲みものの用意、できるか？」彼はグラスを傾ける真似をしてみせた。ニクシーはにっと笑ってうなずき、すぐ脇のキッチンへ引っ込んだ。キッチンからは地球のジャズが流れていた。マレーはすれ違いざまニクシーの尻を叩いてハントを応接間に案内した。「さあ、脚を投げ出して、楽にしてくれや。遠いところから来て、さぞかし疲れているこったろう」

室内は見事なまでに雑然として、悪趣味を恥じるふうもなくどぎつい色が氾濫《はんらん》していたが、それでも界隈《かいわい》の印象からハントが覚悟していたよりははるかに清潔で居心地がよさそうだった。全体にマレーの帽子のリボンがよく似合うけばけばしさである。赤とグレーのふかふかの椅子は坐ると体がすっぽり嵌《は》まるように窪む構造で、それは対《つい》の長椅子も同じだった。壁際の大きなテーブルにジェヴレンの花を活《い》けた花瓶が置かれ、道具箱や雑誌や、その他こまごまとした雑物が散らかっていた。ピンクの厚いカーペットは地球のモヘアに似た素材だった。棚や龕《がん》には不揃いな置物の類が所狭しと並び、壁面のほとんどはポスターや写真で埋まっていた。ジェヴレン人と地球人の女性の露出過多な写真が目立った。旅行者が各地で記念に買い求める縫い取り模様の布地も何枚か下がっていた。片側の壁はゴールデン・ゲート橋の写真が中央を占め、星条旗、シカゴ大学のバンパー・ステッカー、額面のさまざまなドル紙幣などが貼り雑《ま》ぜになった全体を、バドワイザー、ミラー、ミケロブ、クアーズのコースターが縁取っていた。

マレーは帽子をテーブルに放り出すと、椅子に沈み込んでフットストゥールに片脚を預けた。髪の毛は頰髯と同様に白いものが交じり、頭のてっぺんはすでにかなり薄かった。ハントは向かいの椅子に腰を下ろし、クッションがよく馴染《なじ》む位置を捜していろいろな姿勢を試した。

「あいつ、本当はニカシャっていうんだ」マレーは言った。「見てくれに騙《だま》されちゃあいけない。あれで結構、頭は働くんだ。世の中をよく見ているよ。この星の女にしちゃあ隅に置けないというもんだ」彼は手を伸ばして脇の棚から銀の箱を取り、蓋を開けてハント に差し出した。箱の中は二つに仕切られ、一方は色や太さ長さのさまざまなマリファナ・タバコ、もう一方には各種のピルやカプセルが入っていた。「かっと来るのと、ゆっくり効くのと、どっちがいい？　マリファナをやるかい？　地物《じもの》にはh－スペースへ舞い戻れるやつもあるよ」

ハントは首を横にふった。「その手のものはやらないんだ。わたしはもっぱら旧弊を捨てずにいる口でね」彼はポケットの煙草《たばこ》に手をやった。

マレーは箱の蓋を閉じて棚に放り上げ、心得顔にうなずいた。「ああ、そりゃあいい。ヤクなんぞは下らないもんだ。正直言って、あたしも有難味《ありがたみ》がわからない」

ハントは今もって気持ちが転倒したままだった。しばらく両の目を押さえてから、彼は曖昧に手をふって言った。「こう見たところ、この惑星にはだいぶ長いようだけれど……」

「ああ、そうともさ」

「しかし、政府関係ではないね」

「最初にやってきたテューリアン宇宙船が帰る時、便乗したんだよ。ジェヴどもの化けの皮が剝がれてからすぐ後だ」マレーは言った。「テューリアンはこっちが頼めば何だって二つ返事だ。こいつはまだあまり知られていないこったろうと思うがね」

ハントは頭をふった。マレーがいかにも当然と思っていることの多くは必ずしも当然ではない、と言いたげだった。「何かこっちに見込みがあって来たのかな?」

マレーはひと癖ある顔で、灰色の目を光らせながら髯をつまんだ。ハントの当惑を楽しんでいるふうだった。「見込みなんぞありゃあしない。言うなれば、食い詰めた末の高飛びさね。連邦政府が、自分たちの割り前が不足となるとどんなあざとい真似をするかはあんたもよく知ってるだろう」

「割り前というと、具体的には?」

「そりゃあ、つまりその、あれやこれやさ。あたしは、何と言うかな……生産的輸出入業の方面でね。精神療法に役に立つ薬だの、まあ、いろいろと扱っていたんだが、もともと国が認可していない品物だから、商売を独占できない」

「なるほど」ハントはうなずいた。あらかた、そんなことだろうとは思っていた。「それで、こっちには……」

「かれこれ、半年以上になるかねえ」

「郷里《くに》は?」

マレーは壁のゴールデン・ゲートを指さした。「生まれも育ちもサンフランシスコ。ほかはどこも知らないんだ」

「ここでは何をしているね?」

マレーは気まずい顔で肩をすくめた。「そりゃあ、まあ、いろいろな。売ったり買ったり。

需要と供給で、商売になりゃあ何でもやるさ。その点、ジェヴレンは気楽なところだよ。やかましいことは言わないからな。テューリアンは放っといたって世の中がうまくいくようにできているから、このジェヴレンについても実におおらかなもんだ。ナポレオン気取りの反動勢力が一掃された今は、こっちの才覚次第で儲《もう》け口はいくらもある」

ニクシーが酒壜《さかびん》とグラス、氷、それに幾品かつまみものを盆に載せて運んできた。「ヴィックはいつジェヴレンへ来たの？」彼女は尋ね、盆を置いてマレーの隣に坐った。

「今日だよ」ハントは答えた。「というより、ほんの今しがた。まだ一時間と経っていないのではないかな」

「今日かい」マレーはおうむ返しに言い、何やらジェヴレン語で付け足した。「ラムは飲むかね？」

「たまにはね」

「こいつは地酒だが、ラムみたいなもんだ。ちょいと薄荷《はっか》の味がする。こっちじゃあ、アシユティと言っているな。試しにやってみないか」マレーはハントのグラスになみなみと注いで氷を押しやり、自分とニクシーのグラスに半分ほど注いだ。

ハントはストレートで一口飲んだ。なかなかいける酒だった。彼は氷を一片グラスに入れた。

「じゃあ、ヴィックはまだこっちの女の子は知らないんだ」ニクシーが言った。「世話してあげるよ。たくさん知ってるから。いい子がいるよ。可愛《かわい》くって、好きなのが」

「参ったね、どうも。おまえ、ほかに考えることはないのか？」マレーは眉を寄せて言い、ハントに向き直ってグラスを上げた。「それで、そっちはどういう用向きかね？　今日、テューリアンの宇宙船で着いたって？」

ハントはうなずいた。「わたしはガニメアンの科学技術を視察に来たＵＮＳＡ代表団の一員だよ。地球はこれから大きく変わる」

「ほう。というと、あんた、科学者か」

「ああ」

「専門は？」

「もともとは核物理だがね、ガニメアンと接触して以来、だんだん何でも屋になってきた」

マレーはグラスを口に運ぶと探るようにハントの顔を覗《のぞ》き込んだ。「しかし、何だってまたジェヴの狂信者のデモに巻き込まれたんだ？　宇宙船を降りて一時間と経っていない人とも思えないじゃあないか。騒ぎを嗅《か》ぎつける誘導システムでも身につけているのかね」

「いや、そういうわけじゃあない。市街直通の高速輸送チューブが不通で……」

「毎度のこった」

「……迎えのマイクロバスに乗せられて、ＰＡＣへ行く途中だったのだよ」

「ああ、以前の惑星政庁な。それで？」

ハントは肩をすくめた。「そのバスが迂回しようとして、あの人込みに乗り入れてしまったんだ。案内のジェヴレン人が歩きで行った方がいいと言うんで、バスを降りたところが人波にもまれて仲間とはぐれてしまってね。そこへきみが来合わせた、とこういうわけなんだ」

「ふん、そりゃあ、ちょうどよかった。やつら、騒ぎだしたらどうなるかわかったものじゃあないからな。ほとんどは憑《つ》きものにやられていて、とうの昔に夢想と現実の区別がつかなくなっている。もっとも、はじめからその区別がわかっていたかどうか、はなはだ覚束《おぼつか》ないがね」

「それだけじゃあないんだ」ハントは言った。「ギアベーンからこっちへ来る途中、事故現場を通ったよ」

マレーはわざとらしく眉を顰《しか》めた。「アメリカの州間高速道四〇五号線みたいなことはよくあるからな。大きな事故かい?」

「渋滞で玉突きなんていうのとはわけが違う。高架になっているインターチェンジの橋桁がそっくり崩落したんだ」

「ひどい話だ」マレーは低く吐き捨てるように言った。「人が死んだか?」

「そんな様子だったね。詳しいことはわからないが、中の一人は警察の副署長らしい。ちょうどインターチェンジへさしかかったところで、車もろとも転落したという話だよ」

「そいつはえらいこった。まあ、追い追い事故の模様も伝わってくるだろうが」

ハントは指先で小さくテーブルの端を叩きながらひとわたり部屋の中を見回すと、再びマレーと目を合わせて言った。「いや、付き合いの悪い人間だとは思われたくないし、地球人と久しぶりにゆっくり話したい気持ちもわかるがね、あまり長くなるとほかの者が心配するだろうから、そろそろ失礼しなくては。ＰＡＣへ行かなくてはならないのだが、ここからだいぶ遠いのかな？」

「ああ、そりゃあもっともだ。今度またゆっくり飲もう」マレーはニクシーをふり返ってジェヴレン語で話した。彼女は長々と答えてうなずき、誰にともなく声を張り上げた。どこかで別の女の声がそれに答えた。

「ローラ。ハウス・コンピュータだよ」マレーがぶっきらぼうに言った。

ニクシーはローラと短いやりとりを交わした。さらに別の女の声がニクシーとコンピュータの対話に割り込んだ。

「ニクシーとオセイヤが案内するそうだ」マレーはハントをふり返って、対話の中身を取り次いだ。「オセイヤはこの上の階の女だよ。あたしが案内できるといいんだが、あいにく十五分ばかり後に仕事の客が来ることになっているのでね」

「なあに、その気遣いにはおよばない」ハントはグラスを空けた。「こいつはなかなか悪くないね」

「口に合ってよかった。是非また寄ってくれや」

しばらく沈黙があって、ハントは尋ねた。「さっききみが憑きものと言ったのは、あれはどういう意味だね？　ジェヴェックスの影響のことかな？」

「ああ。だいたいにおいて、ジェヴというやつは疑問を持つことを知らない。人の言うことは何でも真に受ける。広告屋だったら涎《よだれ》を流すようなカモばっかりだ。いや、真面目な話、テューリアンはそろそろ目を覚まして地球人の受け入れを制限しないと、おめでたいカモを狙う詐欺師だの蝦蟇《がま》の油売りだのがわんさと押しかけて始末の悪いことになるぞ」

ニクシーはコンピュータとの対話を終えると両手の爪をざっとあらため、シャツの前をはだけて乳首に顔料を塗りはじめた。

「それにしても、街中《まちなか》のこの騒ぎはいったい何事だね？」ハントは重ねて尋ねた。「紫の螺旋の旗を持った群衆は、何を騒いでいるのかな？　偉い導師がこの街を訪問しているという話は聞いたけれども」

マレーはうんざりした顔で溜息まじりにうなずいた。「一頃《ひところ》、カリフォルニアのことをグラノーラ・ステートと言っていただろう。調子の狂ったのや、ホモや、落ちこぼれだのはみだし者だの掃き溜めというんでさ。でもなあ、あたしに言わせりゃあ、このジェヴレンにくらべたらカリフォルニアのあの情況は判事と司教の寄り合いだよ。なにしろ、こっちはいんちき宗教だのいかさま団体だの、まあよくもこれだけあるものだと呆れ返るくらいだからね。魔術、神霊、念力、通力《つうりき》、霊媒……思いつきで看板を上げりゃあ、必ず信者が集まるんだ」

「テューリアンの指導者たちはそういうジェヴレン人の精神構造をついに変えられなかった……」

ハントは思い当たる節がある顔で言い、深々と煙草を一服した。

マレーは掌《たなごころ》を返した。「まあ、そういうことだ。中でも大きな勢力を誇る宗派の一つが

〈スパイラル・オブ・アウェイクニング――覚醒螺階教〉。紫の渦巻きがこれだよ。言わば輪《りん》廻《ね》転生を教義の中心とする信仰でね。その導師というのがアヤルタだ。宗教界のヒトラーといったところだな」

「アヤルタ、人をたくさん気狂いにするよ」ニクシーが導師の名を聞きつけて言葉を挟んだ。

「あたし、嫌い。地球人は狂ってない。地球に住みたいな。地球人、シバンの女を可愛がると思う、ヴィック?」

「それはまあ、憎からず思うだろうね」ハントの返事をマレーが通訳した。ニクシーは満足げにもう一方の乳首に取りかかった。

「アヤルタは旧体制こそが諸悪の根源だと主張している」マレーは解説を加えた。「ジェヴエックスに罪はないというわけだ。ガニメアンは出ていけ。ジェヴエックスを復活しろ、とアヤルタは言うのだが、実は、これは何もアヤルタの専売特許じゃあない。ありとあらゆる宗派、集団がみなそれぞれの理由でジェヴエックスの復活を求めているんだからね。一般大衆は見た通りのありさまだ。各派とも、指導者は強気だよ。押して出るところは心得ている」

「もう片方の、緑の鎌は?」ハントは尋ねた。

「〈アクシス・オブ・ライト――光軸教〉……これも似たり寄ったりだが、一つ違うのは教祖が自分は生身のコンピュータだと思っている点だ。なあに、よくよく見りゃどれもこれもいかさま宗教さね。ところが、あの手の神がかったやつらというのはどうでもいいことをさも意味ありげにもったいつけて信者をだまくらかすのがうまいからな。ほら、どっちの手で印を結べとか、どっちの手で十字を切れとかいう類《たぐい》のやつさ。聖典のどこそこにああ書いてあるとか、こう書いてあるとか、下らないことをさも有難《ありがた》そうにね。もっとも、正直な話、あたしはまともに関心を持ったことがない」

「そうだろうね」

調子はずれのチャイムが鳴って、ニクシーが応答した。インターフォンから女二人のはしゃいだ声が聞こえた。ニクシーは胸をはだけたまま玄関を開けに立った。マレーは眉を高々と持ち上げ、グラスを干して腰を浮かせた。「大層な供揃えだ。オセイヤが友だちを連れてきやがった。ここの女どもは、地球人となると興味津々《しんしん》だからな」

「結構じゃないか」ハントはもはや長居は無用と席を立った。「おかげで助かったよ。やっぱり恃《たの》みは騎兵隊だ。本当に、いいところへ来てくれたよ」

マレーはジェヴレン文字の名刺を差し出した。「これが住所と呼び出し番号だ。落ち着いたらまた寄ってくれよ」

「約束するよ」

玄関で三人の女が待っていた。オセイヤと呼ばれる女は六フィートの長身で、スカートの丈は一フィートそこそこだった。もう一人の紅毛の女は、光線の加減で透明に変わるスラックスを穿《は》いていた。並んで歩くと目のやり場に困る。

「こいつは参った」ハントは胸中で呟《つぶや》いた。「どうしてこういうことになったのか、説明のしようがないからな。こんなところを、クリスにだけは見られたくないもんだ」

21

ハントは三人のジェヴレン人女性に囲まれて惑星行政センターＰＡＣへ向かった。アーケードを潜《くぐ》り、貨物輸送ベルトウェーを跨《また》ぐ陸橋を渡って、歩いて十五分ほどの距離だった。ＰＡＣの建物は市街低層部に連接していたが、上階からギアベーンの〈シャピアロン〉号が見えたことを考えれば、全体は市の西郊に臨んで聳《そび》えたつ超高層建築に違いない。

商店の飾り窓が並び、オフィス・ビルが軒を連ねる広場に面して観音開きのドアを切った透明の壁があった。突き当たりの階段とエスカレーターは屋内交通網のターミナル・コンコースに通じていた。正面ロビーのデスクにジェヴレン人の受付が控え、やや離れて警備官が二人立っていた。到着以来の見聞から統率の乱れを懸念していたハントは、警備官のきりりとした身なりや隙のない態度を見てほっとした。少なくとも、義務や責任がすっかり忘れ去られてしまったわけではなさそうである。警備官は丸腰で、ヘッドバンドとマイクとイヤフォンが一つになった対話装置を着用していた。リスト・ユニットは〈シャピアロン〉号のコンピュータ・システム、ゾラックに接続するための通信用アクセサリーと知れた。神経中枢に直接データを伝送するニューロカプリングは後世テューリアンの手で開発された新しい方式である。

警備官は女たちに気を取られてハントには目もくれなかった。ヘッドバンドの撮像管を通してハントの姿を認めたゾラックが注意を促したか、受付の男が手を上げて警備官にジェヴレン語で声をかけ、それからハントに向き直って片言の英語で言った。「迷子になったハント先生ですね？　みんな、シバンじゅう捜してます。ガニメアン、すごく……」男は空気を掻《か》き回すような手つきをした。

ハントはうなずいた。「ああ、ハントだ。この通り、わたしは無事だよ」

「これをどうぞ」受付の男はデスクのしたから対話装置を取り出してハントに渡した。装着すると、懐しい声が聞こえてきた。

「やあ、ヴィック。はるばるようこそ。いや、それにしても、早速、歓迎委員会のきれいどころが一緒とはおそれいったねえ。手が早い、と言ったら怒られるかな」

ニューロカプリングと違って頭の中ではなく、耳から聞こえる声だった。ハントは長旅を終えて故郷に帰ったような気がした。ある意味で、〈シャピアロン〉号のガニメアンはテューリアンよりも地球人に近いと言えなくもない。

「ゾラック。きみはちっとも変わらないね」ハントは挨拶を返した。「これにはいろいろとわけがあってね。きみの考えているようなことじゃあないんだ。仮にそうだとしても、きみには関係ないことだよ」

「とにもかくにも、無事で何よりだね」

ゾラックと接続して、受付のジェヴレン人とも自由に話ができるようになった。

「無事にお着きで安心しました、ハント先生。各方面に捜索の手配をしたところです。ガニメアン一同が非常に心配いたしまして」

「ほかの者たちは大丈夫だったかね？」

「ええ、みなさんお揃《そろ》いです」

「ギアベーンから来る途中、事故があってね」ハントは言った。「橋の一部が落ちたんだ」

「情報が入っています。シバン警察の上級幹部が死亡しました。ここも一時は大騒ぎでしたよ」

「わたしらと同じ宇宙船で着いた地球人一行のバスも巻き込まれてね。最後に見た時は非常に危険な状態だったけれども……」

「学校の生徒たちですね」

「ああ。わたしらを迎えに来た地球人二人が救助に手を貸したのだが、その後の情況は何か伝わっているかな？」

「全員無事です。コバーグとレバンスキーはついさっき戻りました」

ハントはほっと安堵《あんど》の溜息《ためいき》をついた。受付の男は警備官と話し込んでいる三人の方へ顎をしゃくると、あたりを憚《はばか》るように声を落とした。「あの人たちは何ですか？」

「空港でチャリティの募金活動をしているグループだよ」

オセイヤが警備官の一人に言った。「いいわよ。電話ちょうだい」

「七時に交替なんだ。その頃でどうだ？」

「いつでもいいわ。地球人の制服って素敵……」ゾラックは女たちの他愛ないおしゃべりまで律義に通訳した。

ロビーを隔てた向こうのドアから男が一人つかつかとハントの方へやってきた。四十がらみで、中背ながら運動家を思わせる逞《たくま》しい体つきをして、髪は黒く、髯剃《ひげそ》り跡は青々としている。純白のシャツにグレーのスラックスが精悍《せいかん》な印象を与えた。近づいたところでよく見ると、マイクロバスのスクリーンでレバンスキーが対話していたあのアメリカ人だった。男は屈託のない笑顔で手を差し出した。

「UNSAのハント先生ですね？」

「ああ」

「はじめまして。デル・カレンと申します。無事で何よりでした」カレンは怪訝《けげん》な顔で女たちの方を見た。「ほう。もう知り合いができましたか」

「市長が赤い絨毯《じゅうたん》を敷いて出迎えてはくれなかったからね。自分から積極的に行動しなくては」

女たちはカレンに案内されて奥へ行きかけるハントに手をふった。「また来てね、ヴィック」ニクシーが言った。「道がわからなかったら電話して」

「夜討ちをかけるかもしれないよ」ハントは肩越しにふり返って答えた。「いろいろありがとう」

カレンとハントは並んでロビーを歩きだした。「イギリスの方ですか」

「ああ。ロンドンの生まれだよ。そちらは?」

「東部です。ボルティモア」

「ここでの立場は?」

カレンは声を殺して言った。「つまり、その、ここの人間に治安の何たるかを理解させるのがわたしの務めです。これがなかなか生易《なまやさ》しいことじゃありませんが、徐々に成果は出はじめています」

「ここの人間、というと、ジェヴレン人かね? それとも、ガニメアンの方か」

「両方です。ガルースの組織作りに知恵を貸すという名目でわたしは派遣されてきました。ガルースは呑み込みが早いですね。とはいうものの、ガニメアンがどんな人種かはご存じでしょう。情報活動をやるようにはできていませんよ。これまで市内で情報収集の努力を何一つしていないんですから。このPACでただじっと坐ってジェヴたちの言うことに耳を傾けてるだけです。わたしら、今では一般のジェヴレン人を情報屋に雇っていますよ。ちゃんと相手を選べば、結構これが役に立つんです」

二人はエレベーターに乗った。「わたしらを迎えに来たコバーグとレバンスキーの二人は、つまり、きみの部下というわけだね?」

「そうです。こっちで仕事をするのに芯になる玄人《くろうと》を連れてきました」

エレベーターはシャフトもゴンドラも全周透明で、昇るにつれて各階のギャラリーやオフィス、広い廊下などを見通すことができた。新築の清潔な明るさはなかったが、外の市街にくらべれば、どこもはるかにましだった。

ハントはカレンの話がもう一つ腑《ふ》に落ちなかった。ギアベーンにハントらを出迎えた二人のどちらかが、ここでは地球に伝わっていないことも起きていると話したことが記憶に蘇《よみがえ》った。「しかし、どういうことなんだ？」ハントは疑問を口にした。「だから、そもそもガルースはどうして治安の目的で情報機関を設けることにしたのかね？　きみはいったいどういう身分なんだ？」

「テューリアンと地球がＪＰＣを発足した時、地球側はジェヴレン人が戦争の痛手から立ち直ればきっと問題が起きると予測したんですよ。それで、アメリカ代表がジェヴレンの警察とは別個に保安部を設置することを提案しましたが、テューリアンはこれを拒みました」カレンは肩をすくめた。「そこで誰かがガルースに、万一の場合に備えて準公式の組織を設けておいても悪くないだろうと入れ知恵したんです。用心が過ぎたところで害はないですからね」

ハントはうなずいた。彼個人に関する限り、障害物は避けて通れば済むことである。「結果から見れば、それがよかったのだね」

「どうも最近、何か世の中の様子が変なんですよ。いかがわしい人物が不気味な動きを見せていましてね。何がどうということはまだ今のところはっきりしませんが。それについては、後でガルースと会った時に突っ込んだ話をしましょう」

ハントはうなずいて話題を変えた。「わたしらはどこに泊まることになるのかな？」

カレンは漠然とエレベーターの外を指さした。「このPACに場所を用意してあります。表が多少騒がしくなっても心配ないですよ。ほかの人たちも、もう各自の部屋で荷物を解いています。あなたの鞄《かばん》も貨物用チューブで真っすぐこっちへ届きました」

ハントは宇宙港で別れたきりのジーナのことが気懸かりだった。「ギアベーンに泊まっている人たちは？　危険はないだろうか？」

カレンは首を横にふった。「あのあたりはテューリアンが目を光らせていますから。ジェヴレン人はあの地域では面倒を起こしませんよ。ジェヴェックスの復活をお預けにされたらことですからね。心配ありません」

エレベーターを降りて、市街を見下ろす広いフロアに出た。廊下が八方に延びていた。ジェヴレン人たちがデスクやコンピュータの端末に向かっているところを過ぎた。ガニメアンやテューリアンの姿もちらほら目についた。広場のようなフロアが尽きるところに高官の執務室が並んでいた。

ガルースは広々としたほぼ円形の控え室で彼らを待ち受けていた。中央の一段低い床に面して椅子をあしらった、ホテルのラウンジのような場所だった。奥に通じる廊下の脇にデスクを据えて、カレンの部下の一人がひっそりと控えていた。

ガルースがハントに連絡してきた時も一緒だった女性科学者のシローヒン、それに、これまたハントにとっては懐しい〈シャピアロン〉号の機関長、ロドガー・ジャシレーンが同席していた。ガニメアンたちは持ち前の気さくな態度でハントを歓迎したが、途中ではぐれた彼に何事もなかったと知って心から喜んでいることは顔に書いてあった。

「到着の様子はゾラックの再生で見たよ」ガルースはハントの手を握って言った。

「もう、シバンはすっかり手の内のようですことね」シローヒンはガニメアン特有のにやにや笑いを浮かべて当てこすった。この先何度そのことで皮肉を言われるだろうかと、ハントはいささかうんざりせずにはいられなかった。

「旅はどうでした？」順番を待ってハントと握手しながらジャシレーンは尋ねた。

「何はともあれ、制動がきかずに減速に二千五百万年かかるようなことはなかったよ」ハントはにったり笑ってシローヒンの当てこすりに一矢報《いっし》いた。かつて長期間太陽系を留守にした〈シャピアロン〉号が惑星ミネルヴァに帰る途中で起こした事故のことである。相対論的時差と同号の重力推進機構の時空変形効果が相俟《あいま》って、船内の二十年が実に二千五百万年の延引を招いたのだ。

「どうです、テューリアン宇宙船の感想は？」ジャシレーンは言った。

「凄《すご》いのひとことに尽きるね。見るものすべてに圧倒される思いだったよ」ハントは正直に答えた。「しかし、何だね、ロッド。あれこれ足し算、引き算してみると、わたしはやっぱり、ギアベーンに駐機している旧式の宇宙船の方がいいな」

「わたしもですよ」ジャシレーンはわが意を得たりと大きくうなずいた。「どうしたって、自分がそれで育った技術の方が愛着が深いですからね」

「まったくだ」

「それでわたしらは、このPACではこれ以上ヴィザーのセンサー・ネットワークを増やさないことにしているのだよ」ガルースが口を挟んだ。「一部で実験的に使ってはみたけれども、わたしらのように旧《ふる》い世代のガニメアンはどうしても馴染《なじ》めなくてね。テューリアンは仮想移動で好きなようにやったらいい。わたしらは今もってゾラック一辺倒だよ」

「よくわかるよ」ハントはうなずいた。

ガルースはぐるりと手をふってフロア全体を示し、それから警備官のデスクがある通路を指さした。「これがわたしの城だよ。職員たちはここをただガニメアン・オフィスと言っている。わたしはほとんどいつもここにいる」

「われわれの仕事場は？」ハントは尋ねた。「わたしらはUNSAの科学者集団という触れ込みだから、事務局のようなものがなくてはまずいだろう。なにしろ急な話で、グレッグからは何も聞かされていないし、こっちも準備不足なのだがね」

「わかっています」シローヒンが言った。「下の階に、あなたがた地球人の場所を確保しておきました。わたしたちも同じ階を一部使っていますが」

「そこは後でゆっくり覗《のぞ》いてもらえばいい」ガルースが気遣いを見せて言った。「デルが居住区へ案内するから、一休みしてもらって、それから一緒に食事にしよう。ああ……」彼は曖昧に手をふった。

「一時間後でどうかな」ハントがみんなの都合を考えて言った。

「うん、それがいい。顔が揃ったところで研究室をお目にかけよう」

ガニメアン行政機構は多岐にわたる仕事の必要に応じて適宜ジェヴレン人とテューリアンの科学者を職員に採用し、その一部はPACに常駐していた。UNSA研究室はオフィスや各種の作業場がかたまった複合ビルの低層部の一階で、ドア一つでほかの区域と遮断されていた。

広い一室の中央に実験用の大きな作業台をしつらえ、二方の壁に沿って一回り小ぶりな実験台とワークステーションがいくつも並んでいた。大型の表示装置がもう一方の壁面の半ばを占め、そのほか、画像データ処理の端末は何台とも数知れなかった。いくつかの個室に通じる短い廊下の突き当たりのドアを潜ると、その向こうは壁を隔てて隣接する第二の研究室だった。廊下を通らずに二つの部屋の間を直接行き来できる別のドアもあった。設備は万全で、装置機材をゆったり並べるスペースがあり、収納場所も広く、研究室としてはまず文句なしの環境だった。

「どうです？」地球人一行を案内しながらガルースは有望な買い手に不動産の物件を薦めるような口ぶりで言った。

「こいつは驚いた」ハントは嘆声を発した。「いったい、何人の予定でこれだけの設備を用意したのかね。この広さなら、ゴダードの半数の人間が楽に入れるじゃないか」

「あなたがたは、ガニメアン科学の実情を調査する建前でしょう」デル・カレンが脇から言った。「だったら、それにふさわしく、設備のととのった場所で気持ちよく仕事ができるに越したことはないじゃありませんか。人数だってこの先まだまだ増えるでしょうし」

「いやいや、わたしは何も文句をつけているわけではないのだよ」ハントは恐縮して言った。

広い研究室と境を接して第二の研究室に向き合うもう一つの部屋に、テューリアンと交信するニューロカプラーの寝椅子が何台か設置されていた。「これでいつなりと自由にヴィザーと対話できます」シローヒンが説明した。「PACは直通のh－スペース回線でテューリアンと結ばれています」

「しかし、PAC周辺の公共施設はゾラックが管理しているわけですね？」ダンカンが質問した。

「そうです。〈シャピアロン〉号にも回線が通じています。船内にh－スペース端末がありますから、ゾラックもまた直接ヴィザーと対話できるのです」

カプラー室から出ると、サンディは小さい方の研究室の端末に向かってゾラックと対話を試みた。ダンチェッカーは中央に実験台のある広い一室を歩き回って戸棚や抽斗《ひきだし》を覗き、スクリーンの電源を入れた。「至れり尽くせりだね」教授は満足げに言った。「わたしらのためにここまで気を遣ってくれて、本当にお礼の言葉もない」

「どういたしまして」ガルースは軽く受け流した。

ダンチェッカーは両の掌《てのひら》を擦《こす》り合わせながらあたりを見回した。「いやあ、素晴らしい。四人で使うにはもったいないくらいだよ」

「いずれ助手を雇うようになっても、この広さなら充分でしょう」カレンが言った。

ハントはダンカンがまた例の現地人の女性たちのことで当てこすりを言い出しかけるのを見て取って、目顔で制した。

境の戸口からサンディの声が聞こえた。「みなさん、そちら？」

「何かね、サンディ？」ハントが答えた。

「ゾラック経由でダンチェッカー先生に電話が入ってますけど、そっちへ回します？」

ダンチェッカーはきょとんとしてハントをふり返った。「ええ？　もう電話だって？　まだ着いたばかりじゃあないか。誰だっていうんだ、いったい？」

「出てみればわかることさ」ハントは言った。

ダンチェッカーは眉を寄せて戸口の方へ行った。ダンカンはハントの怪訝《けげん》な顔を見て、首を横にふって小さく肩をすくめた。「わたしに訊かれても……」

「ううぅーっ」

開け放ったドアの向こうから聞こえる叫び声は、まるで怯《おび》えた獣の咆哮《ほうこう》だった。ダンチェッカーは顔面蒼白《そうはく》となって駆け戻るなりハントにすがりついた。「あんまりだ！　それはない！　ヴィック、何とかしてくれ」

ハントはつかつかと隣室へ向かった。表示装置の傍らに、サンディがなす術《すべ》もなく立ちつくしていた。スクリーンから刺し貫くような目でこっちを睨《にら》んでいるのはほかでもない、ゴダードの鬼女ミズ・マリングだった。

「ああ、ハント……先生」ミズ・マリングは眉一つ動かすでもなく言った。「今、たしかにそこにダンチェッカー先生がいらっしゃいましたね。おそれいりますが、もう一度お出になるようにおっしゃって下さい。ダンチェッカー先生が置いていらした書類についてお訊きしたいことがあります。何としても、先生とお話をしなくてはなりません」

ハントは噴き出しそうになるのを必死で堪《こら》えた。「ああ、クリスは用事で席をはずしているようだよ。ここに助手がいるけれども、サンディでは用が足りないかい？」

ミズ・マリングは蔑《さげす》みを露《あらわ》にふんと鼻を鳴らした。「そうですか。では、サンディと代わって下さい」

ハントは目くばせをしてサンディに場所を譲り、広い方の研究室に取って返すと椅子にへたり込んでいるダンチェッカーに明るく声をかけた。「大丈夫だよ、クリス。こういうことが度重《たびかさ》なるようなら、何か手を打とう。地球へ帰るのはまだだいぶ先だろうしね」

「わたしに地球へ帰る意思があると思うか、きみは？」ダンチェッカーは泣きべそをかきそうな顔で言った。

22

ハントの一行はジェヴレン時間に体が順応するのを待ちながら、のんびり寛《くつろ》いで半日を過ごした。翌朝、ハントとダンチェッカーはガニメアン・オフィスでガルースとシローヒンの二人と膝を交えて話し合った。地球から別送した研究用の機材が届いてサンディとダンカンはUNSA研究室の設営に忙しかった。ジェヴレンの行政に携わるガニメアン二人は過去半年の間にこの惑星の住民について知り得たことをこもごも語った。

「地球における社会主義の崩壊に学ぶところ少なくないように思うのだがね」ガルースは高度なシステムの制御卓を兼ねた大きなデスクに座を占めて言った。「この惑星のジェヴェックス依存は、社会主義国家の過保護が生んだ極度の他力本願と一脈通じるものがあると言えないこともないのだから」

「地球でも、大勢の人間がその点を指摘しているよ」ハントは心得顔でうなずいた。

「それはともかく、ただジェヴェックスを遮断しただけでは彼らの意識は変わらないのだね」ガルースは言葉を続けた。「必ずしも荒療治の効果は挙がっていない。ごく少数ながら、自立心に目覚めた者たちがいることはいるのだよ。この情況で何が必要かを見極めて、そのために自分から行動を起こそうとしている。われわれとしては、大多数がそうなることを期待していたのだがね。地球の場合は多かれ少なかれ全体がその方向に進んだわけだし」

「ところが、案に相違して、目覚めたのはほんの一部です」シローヒンが言った。

ガルースが引き取って先を続けた。「ジェヴレンの一般大衆は、何と言うか……古代の地球とは比較にならないほど不条理に傾く性向に毒されているのだよ。早い話が、彼らは可能なことと不可能なことを識別する判断力がない。理非曲直《りひきょくちょく》についてもまた然《しか》り。それだから、ジェヴレンには無数の似非《えせ》宗教が横行している。どう扱ったものか、これにはほとほと弱っているところだよ」ガルースは拇指《おやゆび》が二本ある灰色の手を顔の前でふった。「かつては先進技術文明に成熟することが確実と思われた知性の衰退を今、わたしらは目《ま》のあたりにしている。どこか他所《よそ》の世界から伝わった疫病のようなものだけれども、人間の意識を冒す病気だから始末が悪い。病菌の発生源を突き止めるのに、知恵を借りられるとありがたいのだがね」

「それだけじゃあない。ほかにも問題があるのではないかね?」ハントは水を向けた。「ワシントンに連絡してきた時、きみはJPCからはずされることを懸念している口ぶりだったじゃないか」

「一部の地球側代表は、ガニメアンの行政はうまくいっていない、情況は破局に向かっている、と批判的だ」ガルースは言った。「決してテューリアンの政策に反対するものではないが、その政策を押し進めるには何らかの形で力の裏づけが必要だというのだね」

つまり、地球型の軍事力だ、とハントは了解した。地球軍を駐留させれば話は簡単だが、それはガニメアンの精神構造にはないことである。

「あながち間違っているとは言えないな」ハントは真顔で言った。「ジェヴレン人はテューリアンの技術を盗める限りは非暴力主義を装っていた。ところが、それはあくまでも見せかけであって、お互いに知っての通り、いずれは力ずくで覇権を摑《つか》む考えだった。それも、まさに間一髪というところまで行ったのだからね。今では、彼らは非暴力を装うこともない。この混乱がおさまって、彼らが精神的に立ち直ったら少々厄介なことにもなりかねないのではないかな」

「たしかに、おっしゃる通りだよ」ガルースは浮かぬ顔で言った。「ガニメアンと地球系人種はどこが違うか、それはわたしも承知している。地球の歴史を調べて、権力主義というものがいったん動きだしたら必然的に修正のきかない硬直した体制に向かうこともわかっている。ジェヴレン人問題についていえば、原因を探ることにさして意味はない。重要なのはその影響が波及するのを食い止めることだ、というのが地球人の考え方だね。しかし、そうやって力でジェヴレン人を押さえつけるのは感心できない。というのは、現在の集団的狂気の底には何かわたしらの理解していない大きなものが隠されていて、掘り起こされるのを待っている。そう、わたしらは確信しているからだ。数千年以前、地球を不条理に追いやったものが何であったかは今や周知のことだけれども、ジェヴレンの場合は、それとはまったく事情が違うのだよ」

ガルースは席を立って部屋を横切り、レマン湖畔《こはん》に駐機する〈シャピアロン〉号の額入りの写真を見やった。一呼吸あって、彼はハントに向き直った。

「おかしな話に聞こえるかもしれないが、わたしは今ジェヴレン人に対して、いろいろな意味でこの宇宙船の同胞に対すると同じ気持ちを抱いているのだよ。宇宙を漂流している間、わたしは絶えず司令官としての責任を意識していた。それと同じで、今はジェヴレン人の将来に責任を感じている。情が移った、と言ってもいいだろうね。ちょうど地球人が自立を目指して歩きだしたように、わたしはジェヴレン人にも胸を張ってテューリアン依存を脱してもらいたいと思っている。そのためにも、何が彼らの覚醒を妨げているのか知る必要があるのだよ。それには、わたしらよりも人間をよく知っている地球人の知恵を借りなくてはならない。デル・カレンは実によくやってくれている。しかし、悲しいかなわれわれガニメアンはどう頑張ってみたところでマック……マキ……」ガルースは口ごもった。「ゾラック。権謀術数について著書を残した例の有名な地球人は何と言ったかな？」

「マキアヴェリ、ですか？」コンピュータは即座に答えた。

「ああ、そうだ。あれはスコットランド人かね？」

「いえ、イタリア人です」

「名前の綴《つづ》りがＭａｃではじまるのはスコットランド人ではないのか？」

「そうとは限りません」

「ふん」ガルースは溜息《ためいき》をついた。「いったい、地球でいっさい例外のないことというのが何か一つでもあるのかね？」

「わたしの記憶する限り、それはありません」

ガルースはハントとダンチェッカーに向き直った。「というわけで、わたしの懸念はざっとこんなところだ。わたしらが今の立場を追われることになるとすれば、もうあまり時間はない。それでわたしらは背に腹はかえられず、変則を承知でヴィックに直接連絡したのだよ」

短い沈黙の後、ダンチェッカーは椅子の袖に肘を突いて両手を組み、咳払《せきばら》いして発言した。

「きみの言うその社会的な病害にはこれと特定できる原因があって、突き止められるのを待っているという話だが、たしかにそう断言できるのだね？　地球の場合は数千年の昔、ジェヴレン人が故意に迷信を吹き込んだことがわかっている。加えてジェヴレン人は超常現象を演出して地球人の迷信を煽《あお》った。これにくらべて、ジェヴレン人はテューリアンの科学的合理主義を範としてきたから、間違っても地球と同じ道を辿《たど》るとは考えられない。ところが、現実には、かつての地球以上に不条理に傾いている、ということだね」

「当然、わたしたちもその点に疑問を感じています」シローヒンが言った。「先生はこれをどう解釈なさいますか？」

ダンチェッカーは眼鏡をはずしてハンカチで拭きながら話した。「きみたちはあまりにもガニメアン流の考え方にこだわっているのではないかな。それ故、人間がどこまで頑迷固陋《がんめいころう》か、いかに融通のきかない石頭か、計算が足りないのではないかと思うがね。例えば、地球で社会主義が失敗に終わったのはその理想がもともと実現不可能だったからではないのだよ。現にガニメアンはほとんど自明の理として何の苦もなくこれを達成しただろう。地球で失敗したのは、そもそもにおいて社会主義は人間の本性とは相容《あいい》れない、異質なものだったことが原因だ。社会主義の首唱者たちは理論に合わせて人間を変えようとしたけれども、一般大衆はこれに抵抗した。社会工学者たちは物理学の世界と違ってニュートンの第三法則が人間社会には通用しないことを理解していなかったのだね」

「それで？」ガルースは膝を乗り出した。

ダンチェッカーは眼前の事実をありのままに受け取るほかはないという思い入れで肩をすくめた。「ジェヴレン人であれ、地球人であれ、人間がテューリアンのやり方に対して、かって社会主義を拒否したと同じ反応を示すというのは、わたしにはよくわかる」彼は真っ向からガルースを指さした。「きみもやはり人間を変えようとしているのだよ。別の言い方をするならば、現在、きみが直面している問題というのは要するに、変えようとして変えることのできない人間の本性以外の何ものでもないのではないだろうか？　きみの言う隠された何かが本当にあるかどうか、わたしはもう一つ釈然としないのだがね」ダンチェッカーはポケットから手帳を出して何やら走り書きをはじめた。

ガルースはデスクに戻って腰を下ろした。「それについてはわたしらも考えたよ。しかし、どう見ても人種の資質というだけで片づく問題ではない。明らかに、ある一部のジェヴレン人がこの情況に関与しているのだよ。一部というのは、取りも直さず、数ある宗派の教祖とその取り巻きの煽動者《せんどうしゃ》たちだ。ありとあらゆる問題の出どころさね」

「例えば、昨日から紫の衣裳《いしょう》で騒動を起こしている一派とか？」ハントが口を挟んだ。「あの指導者は何と言ったっけね。アヤトラとか、何とか……」

「アヤルタです」シローヒンが脇から言い添えた。

「ああ、そうそう」

「彼らは極めて特殊でね」ガルースは眉を曇らせた。「人間の一般的な性格が極端な形で表われたというだけでは説明できない、何とも不思議な行動形態を示すのだよ。単なる奇行や異常とは違って、彼らの思考や行動にはそれなりに一貫した筋がある」

ゾラックが電話を取り次いだ。「お話し中ですが、ダンチェッカー先生にお電話です」

ダンチェッカーの手にした鉛筆の芯が折れ、その顔から見る間に血の気が失せた。

「誰からだ、ゾラック?」ハントが訊き返した。

「UNSA研究室のサンディですが」

「繋《つな》いでくれ」

「お邪魔して済みません。でも、先生の私物はどうしたらいいかお訊きしたくて」サンディは屈託のない声で言った。「先生の席は広い部屋にしますか? プライバシーの点では個室の方が何かと都合がいいと思いますが」

ダンチェッカーはこっくりして唇を舐《な》め、上ずった声で答えた。「ああ……うん、個室の方にしてくれたまえ。どうも、ご苦労さん」

「わかりました」

「こっちの話が済むまで、不用不急の電話は取り次がないように」ガルースがゾラックに指示した。

ハントはガルースに向き直った。「アヤトラたちの思考、行動は極めて特異だという話だったね」

ガルースはうなずいた。「何はともあれ、彼らは実に非科学的だよ。それはもう、話にならないくらいでね。科学的な思考能力に欠けるなどというのとは次元が違う。物質世界を合理的に説明する科学の基本的な概念がそっくり欠如している。宇宙を理解するのにまず必要な因果律《コーザリティ》や、公理系の無矛盾性《コンシステンシー》についてもまるで常識がない。どこか別の宇宙からやってきたのではないかと思いたくなるほど彼らは精神構造が違っているよ」

「例えば、具体的には?」ハントは話を促した。

「六歳の子供でさえ知っているような、ごく初歩的なことが彼らには理解できないのだね」ガルースは乞われるままに話を続けた。「例えば、物体は位置や方向が変わっても、形や大きさはもとのままだ。物の大きさが朝と夜で変わることはない。同じ原因は常に同じ結果をもたらす……。いずれも常識に属することで、小さな子供だって当然のことと理解している。ところが……ああ、きみは彼らのことを何と呼んでいたっけ?」

「アヤトラ」ハントはダンチェッカーをかえりみて肩をすくめた。「彼らには似合いの呼び名だと思ってね」

「彼らは物事の予知可能性を、とうてい自然にはあるまじきことと受け取るのだよ。彼らにとっては、それはすでにして神秘であって、機械の原理などは遠く理解がおよばない」

「彼らは科学を拒んで、もっぱら魔術や神秘主義について語るのです」シローヒンが言葉を挟んだ。

ガルースは理解に苦しむ思い入れで手をふった。「彼らは魔術や神霊現象を信じている。彼らの現実認識はそういうものを通して形作られてきたのではないかとさえ思えるほどなのだよ。そこでわたしの疑問だが、地球に迷信を広めた魔法、呪術の類《たぐい》が何者の仕業《しわざ》であったかはすでに知れている。ならば、ジェヴレン人に迷信を植えつけたのは誰か……?」

ダンチェッカーはガルースを見返した。「見当もつかないね。きみは答を知っているのかね？」

　ガルースは一呼吸置いてうなずいた。「はっきりそうとはまだ言いきれないけれども、どうやらジェヴェックスが何らかの形でかかわっているらしい。具体的にどうかかわっているかは今もって謎だがね」

「ジェヴェックスはテューリアンと地球の滅亡を謀《はか》った勢力の影響下で発達しました」シローヒンが説明を補った。「設計者の性格や思想がシステムに投影されているというのは充分考えられることです。アヤトラはともすれば過激な行動に出るし、もともと情緒不安定の気味があります。その上、彼らは猜疑心《さいぎ》が強くて性格も病的です。自分の意思を押しつけて他者を支配しようとする執念は異常です。彼らの説く信仰は、すなわちその執念の表われ以外の何ものでもありません。彼らの情緒不安は富に対する底無しの欲望にも示されています。我欲妄執《がよくもうしゅう》の強いことといったら、それはもう、常人の想像を絶するばかりです」

「ああ、そういうのが地球にもずいぶんいるよ」ハントは架空戦争の後に正体をあばかれて崩壊した組織を思い出して言った。ことによると、把握された数字よりもたくさんのジェヴレン人工作員が地球に潜入していたのではあるまいか。

「これでは話がどうどう巡りだよ」ダンチェッカーは納得できない顔で言った。「ジェヴェックスに原因があるとする仮定にはじまって、結論がジェヴェックスを開発したのはジェヴレン人であるというところへ溯《さかのぼ》ったのでは、議論が後先《あとさき》になってしまう。それよりも、地球とジェヴレンの情況を見くらべて、両方に共通する人間の性質を分析する方がこの際、当を得ているのではないかね」

「きみの言う通りかもしれないな」ハントは一歩引き下がった。

ガルースは譲らなかった。「ほかにも外因が働いていることを物語る明らかな証拠があるのだよ。それは何かと言うと、アヤトラがある日突然変貌することだ。アヤトラになる者は生まれながらにして因子を持っているわけではないし、それまでの生涯を通じてそういう性質を身につけるのでもない。ある時を境にがらりと人が変わるのだよ。神懸かりとか、狐憑《きつねつ》きというのはまさにこれだろう」

「ある一定の時期に？」ハントは尋ねた。

「いや、年齢はまちまちだよ」

「ただ、現実には子供の例は記録にありませんが」シローヒンが正確を期して言った。

「ああ、それはその通りだ」

ハントはしばらく考えてからさらに質問した。「その狐憑きなり、神懸かりなり、人格の変容がまったく突然の、不連続的なものであることを示す何か具体的な証拠はあるのかな？それとも、信仰に入って人が変わることを一般にそう言っているだけかな？」

「ジェヴレン人の間では広く知られている事実でね、記録が残されている限りの古い時代から、アヤトラは例外なく、ある日突然、何かが乗り移ったように別の人格に変わっている」ガルースは言った。「これについてはシローヒンが詳しく記録を調べているよ」

これを受けてシローヒンが説明に回った。「宗派、教団によってその説くところはいろいろですが、よく調べてみると、すべてに共通するいくつかの事柄が浮かび上がってきます。いずれの場合も、宗教の歴史は非常に古い時代に溯ります。人種や地域、文化の歴史、その他もろもろの違いを超えて、古くから各地にアヤトラが登場しているのです。彼らに共通することの一つが先程から話に出ている狐憑きのような突然の変貌です。この点に限っては誰の場合もみな同じでしてね、ある時を境にがらりと人が変わっています。価値観も世界観も変わって、当然、生き方もそれまでとはまったく違います。まさに神懸かりになるのです」

「今にはじまったことではないね」ハントは言った。

「おっしゃる通りです。それが証拠に、ジェヴレンに何通りもある言葉のどれを取ってみても、必ずそのように神懸かりになった人物を特殊な身分として区別する語彙《ごい》があります。地球で言えば〝現われ出た者〟とか、〝立ち上がった者〟とか、まあ、だいたいそんな意味に当たる言葉です。そうやってアヤトラに変身をとげた人物はみな〝内界〟からの〝解脱《げだつ》〟とでも言いましょうか、ざっとそれに近い体験を語るのです」

シローヒンの話を聞き終えて、ダンチェッカーはハントの万年筆を指の間で翫《もてあそ》びながら自分の落書きを見つめていたが、ややあって、重苦しげな溜息《ためいき》とともに頭をふった。「どうもきみたちは何でもないことからありもしない意味を読み取ろうとしているとしか思えないねえ。似たようなことは地球にいくらでも例がある。煎《せん》じつめた話が、信仰というのはおしなべて人間の本性に根ざす希望、不安、懐疑の表現であって、きみたちの求めている統一的な解釈を必要とするものではないのだよ」

「ゾラック！　これまでの話を分析評価するとどういうことになるね？」ガルースはコンピュータに問いかけた。

「論理的には教授の言われる通りですが、過去の体験に照らして考えると、ヴィックの勘は捨てきれません」

「それでは、もう一つ問題点を挙げましょう、教授」ガルースはあらたまって言った。「実を言うと、これはジェヴレンの初期の歴史にはないことなのです。ルナリアンの歴史にも例がない。ミネルヴァから移ったランビア人の子孫にアヤトラが出現したのは、はるかに下ってジェヴレンが自治権を獲得した後のことです」

シローヒンが話を締め括《くく》った。「第一世代のアヤトラたちが神秘思想や魔術信仰を説きはじめた頃、ジェヴレンはすでにジェヴェックス網が惑星全土を覆ってかなりの時間を経ていました。ジェヴェックス以前には、その種の信仰は知られていません。かてて加えて、ジェヴレン人はアヤトラ信仰から地球の進歩を妨げることを思いついたのです。現在の情況にジェヴェックスが何らかの形で関与しているのではないかという根拠はそこです。そう考えれば、数ある宗派が表面上の些細《ささい》な違いで激しく対立していながら、ジェヴェックスの復活を求める点では見事に足並みが揃《そろ》うことも説明がつきます」

そこへ再びゾラックが割り込んだ。「お話し中ですが、デル・カレンから電話です。緊急事態だと言っています」

「繋いでくれ」ガルースが応答した。

スクリーンの一つに厳しい表情のカレンが映った。「アヤルタが暗殺されました」前置き抜きで彼は言った。

オフィスの一同は思わず息を呑んだ。ガルースはもつれる舌で問い返した。「いつだ？ 情況は？」

「ほんの今しがた、チンゾーの集会においてです。詳しい情況はわかりませんが、とにかく、これを見て下さい」

カレンの顔が消えて、聴衆を前に熱弁をふるうアヤルタの映像が出た。今しも説法は山場にさしかかり、アヤルタは芝居気たっぷり両手を上げて聴衆の歓呼に応えた。と、何者かがわけのわからぬことを口走りながら演壇に駆け上がるなり、詰《なじ》るようにアヤルタを指さした。アヤルタは火の玉と化して砕け散った。後にはたった今までアヤルタのいた壇上に焼け焦げがくすぶっているばかりだった。会場は大混乱に陥った。紫の螺旋《らせん》を染め出した背景の横断幕が炎上し、かぶりつきの聴衆が何人か火傷《やけど》を負った様子だった。

「まさか……」ダンチェッカーは驚きのあまり声にならぬ声で言った。

ハントは険しい表情でスクリーンを睨《にら》んでいた。「あの信徒たちは常軌を逸しているかもしれないがね、クリス。ただ、クリシュナ教徒とはわけが違う」彼は半ば独りごとのように言った。「何がどうなっているかはわからないが、とにかく、彼らは命懸けだ」

23

どこか意識の奥深くに発した霊感によって救済主ユーベリアスは行動の時は今と判断した。すべからく人の崇拝を集める者は、識閾下《しきいきか》の無形の思考と直観をもって時節、機運を察知し、それを間然《かんぜん》するところない明快な形で意識の表層に掬《すく》い上げなくてはならない。その過程は、コンピュータ内部で瞬息の間に処理された複雑高度な演算の結果が流れるようにスクリーンに表示されるさまに似ていないでもない。

アヤルタを失って、螺階教は組織にひびが入ったのみか、早くも四分五裂《しぶんごれつ》の兆《きざ》しを見せていた。教徒らは深刻な懐疑に悩んだ。覇《は》を競う他の宗派の指導者たちは事件についてそれぞれに異なる解釈を示し、彼ら残された信者を己《おの》が宗門に誘い込もうと躍起だった。アヤルタ暗殺は対立する宗派の見え透いた妨害工作であるとして事件を黙視する立場がある一方、その対極に、これこそは日常の体験の範囲を超えたところで働く絶対者の力の顕示に相違ないとする見方があった。螺階教の最高指導者がその力に対してまったく抵抗の術《すべ》もなかったとすれば、そもそも螺階教の説く教義に何ほどのものがあるのか、はなはだ疑問ではないか。

そんなわけで、ユーベリアスが一人ほくそえんだのは無理からぬことだった。幻滅を味わった螺階教徒は大挙して光軸教に改宗するに違いない。それのみならず、もとからの光軸教徒はますます信仰を深め、ユーベリアスが連邦樹立の夢も空《むな》しく自滅した政治的指導者の後を襲う時が近づいたと確信するであろう。歴史上の大転機がすべてそうである通り、指導者とその率いる集団の運命は一蓮托生《いちれんたくしょう》である。彼の取った手段は不正の誹《そし》りを免れないとしても、目標達成に向けて信者たちに心の備えを促すにはどうしても、あっと驚く見せ場がなくてはならなかった。アヤルタ暗殺は、いわば情況のしからしめるところ、必要欠くべからざる偽装工作だったのだ。ジェヴェックス復活の暁《あかつき》には、ユーベリアスはそのような小細工を弄することもない絶対の力を手にするはずである。

ユーベリアスは、ジェヴェックスを作り上げている複雑な仕組みの中に人知を超えた力に通じるチャンネルがあり、自身システムと血縁である故にその力を自在に操ることができると堅く信じていた。いや、それどころか、自分はその力を体現する存在であるとさえ思っている。すなわち、ユーベリアスはジェヴェックスがその機構の内に生じた霊験によって自らを解放し、外界に拡張する手段を象徴する人格であり、絶対者の化身である。

ジェヴェックスがいかにして自らを解放するか、その正確な過程をユーベリアスは知らない。システムの細かい技術については若い弟子たちに任せきりである。ユーベリアスは若年の頃、ほんの一時期ながら精神に錯乱を来《きた》したことがある。立ち直った時にはそれ以前の記憶をいっさい失っていた。が、彼は自分がその喪失を補う特異な能力を授かったことに気づいた。ニューロカプラーを介してジェヴェックスと対話すると、普通の耳では聞こえないシステム深奥《しんおう》の声を聞くことができたのである。ほかにもそのような耳を持つ者がいないではなかったが、極めて稀《まれ》だった。ユーベリアスは憑《つ》き物がしたような自分の変貌のことを周囲から聞かされ、自身の本然の姿を求めてあれこれ調べるうちに、同じようにある時を境に人格が変わった者がいることを知った。その種の人物を世間では「覚醒者」と言っていた。一部の覚醒者は自分の閲歴《えつれき》を公言して霊感を受けた聖人として崇《あが》められ、あるいは狂人と蔑《さげす》まれた。一方、その体験を胸一つにおさめている者もまた少なくなかった。が、それはともかく、ごく単純な模式図の域を出ない世界像を描くだけで精いっぱいの、無知蒙昧《もうまい》な常人の理解を超えた異次元の世界の記憶を持っている点で覚醒者たちは共通の体験を分かち合っていると思われた。

ならば、それはどのような世界かということになると、彼らの間でも考え方はまちまちで、認識の一致を見るには程遠い。それについて彼らがテューリアンに説明を求めたことはいまだかつてただの一度もない。ジェヴレン人は科学技術上の問題に関してはテューリアンに指導を仰ぐ習慣であり、ジェヴェックスはテューリアンの技術の成果であるにもかかわらずだ。ユーベリアスは独自に思考を発展させた末にある一つの結論に達していた。すなわち、ジェヴェックスはこれまでの間にシステム内に仮性人格《スユードパーソナリティ》を生成し、それを生身の人間に乗り移らせる能力を獲得したとする考え方である。人に乗り移ることによってジェヴェックスは自身を外界に拡張するのみならず、人間の姿を借りて進歩の次の階梯《かいてい》に方向を与え、より高次の存在を目指すのであるという。

かくてユーベリアスは自分自身のことを、人間を超える飛躍的な進化の象徴と考えるに至った。かつては彼もまた地を這《は》う人間の一人でしかなかったが、人間の本性は服従、隷属であり、当然ながら、彼は支配者たることを運命づけられている。それこそが彼の使命であって、自分はそのためにジェヴェックスが生命を吹き込んだ霊魂に肉体を提供している宿主だとユーベリアスは確信して已《や》まない。これまでにも霊魂が宿ったジェヴレン人は少なくないが、いずれもジェヴェックスが外界に踏み出すための足馴《あしな》らし、小手試《こてだめ》しにすぎない。ジェヴェックスが全面的に機能を回復した次の段階では、街全体に霊魂が宿るはずである。

そのためにも、肉体を提供する宿主はいくらいても多すぎることはない。それ故、光軸教は今以上にたくさんの信者を獲得しなくてはならない。

シバンの中心部にある光軸教の総本山は一般に神殿と呼ばれている。荘厳《そうごん》な礼拝堂には宗派の表象を掲げた重厚な祭壇に物々しい説教台をしつらえ、香の煙は絶えることがない。神殿には教団の活動に必要な種々の機能を備えた部屋があり、常住の教団幹部や職員の私室もととのえられている。

アヤルタ暗殺の翌日、ユーベリアスは事件に対する市民の反応を述べた報告を読み、ランゲリフが事故死したオベインの後を襲って市警察の副署長に就任したことを知らされた。時は熟した。ユーベリアスは側近の副管長、イドゥエーンを呼び寄せた。

「予言者に連絡しろ」ユーベリアスは指示を下した。「覚醒者をどしどし送ってよこすように言え」

「それは容易なことではありません。この騒ぎで、カプラーはどれもみな塞がっておりまして」イドゥエーンは慎重に答えた。

「ならば、グレヴェッツにそう言ってカプラーを確保させろ」救済主は厳しく言った。

オレナッシュの町から魔術師は残らず追放され、重立った神々に仕える神官たちは贖罪《しょくざい》の儀式を執り行ったが、世の中は一向に良くならなかった。山賊は北方の農地を荒らし、村を燃やし、男と見ればこれを殺した。女子供は連れ去って奴隷に売り飛ばした。空に聳《そび》えていた山々は崩れ落ちて海に没し、それがために沿岸地方は津波に襲われた。地震が西の丘陵を断ち割り、裾野は火の川に呑まれた。すべては地底の神ヴァンドロスの怒りがまだ解けていない徴《しるし》と思われた。

ヴァンドロスの司祭長エセンダーは戦《いくさ》の捕虜百人を生贄《いけにえ》にして神託を聞き、予言者たちに判断を求めた。予言者たちはこれに答えて、かつてウォロスの空に満ち満ちて物みなすべてを支えていた力の流れが涸《か》れ細ったために神々は天球の彼方の異界ハイペリアにおいて各々の使徒たるべき信者を取り合って相争っている、と言った。ヴァンドロスの信者衆は充分な数の使徒をハイペリアに送り出していない。そのことが地底の神の逆鱗《げきりん》に触れたのである。

「さりながら、人材は払底いたし、右から左へ使徒を送り出すわけには参りません」王から相談を受けて、エセンダーは答えた。「星々の消滅につれて民の信仰は揺らいでおります。信徒らは恐怖と懐疑にすくむありさま。新たに入信せしむべく、若い者どもを多く神殿におよこしなされて下さいませ」

「疫病は数多《あまた》の人命を奪った。戦は大地の生き血を吸った」王は言った。「この上、若い者がどこにおるというのか？　狩人《かりうど》は森が生み育てたものよりほかに持ち帰るべき獲物はない」

エセンダーはひとまず退座して思案を凝らし、後刻、立ち戻って王を緑の三日月の紋章を掲げたヴァンドロスの神殿に案内した。神殿の中庭や執務室では新参の修道士たちが植木の手入れをし、聖像を刻み、その他もろもろの仕事に携わっていた。

「この者たちは、いずれ使徒としてヴァンドロスの怒りを和らげ、われわれをこの苦難から救うようになるやもしれません」エセンダーは言った。「さりながら、いかんせん、彼らは未熟でございます。意あって力足らずと申すもの。それ故、今はごらんの通り、それぞれの器に応じてささやかな務めをいたしております。神慮あらば、いつの日か彼らも啓示を賜ることでありましょう」

王は不審げに問い返した。「何故に彼らのことを言う？　鳥を求める者に、いずれ空飛ぶことになろうも知れぬ魚を見せて何とする？」

「森に獲物あらずんば、狩人は餓《う》えざらんがため、ほかを捜さねばなりますまい」エセンダーは胸に一物ある様子で声を落とした。

「なに、ほかを捜すとは？」

「肥えた家畜のいる農家などはいかがでございましょう？　背に腹はかえられず、横取りもまた狩人の習いでございます」

「その方、何が言いたいのだ？」

エセンダーは王の耳もとに口を寄せた。「町を離れた曠野《あらの》のここかしこに、闇の神ニールーに帰依《きえ》して、その教えを説く導師ども。彼らは君を敬わず、君に仕えず、己《おの》が門徒を乗せんがため、密《ひそ》かに霊力の流れを盗むばかりでございます。その流れとは、そもそも聖別されしわれらが神殿に引かるるべきもの」

「うむ。して、その方の言う横取りとは何のことだ?」

エセンダーは神殿のあちこちで下働きをしている者たちをひっくるめて指す思い入れでぐるりと腕を回した。「若い者の中には、未熟とは申せ、まったくの役立たずではない者もおりまして、自力にて霊気の流れを捉え、かつ、これに乗ることはかなわぬまでも、いささかの助けを得なば、他人の引き寄せたる流れに乗りおおせることなきにしもあらずでございます。と、こう申し上げますること、おわかりいただけましょうや?」

「労せずして、不埒《ふらち》なる導師どもの働きをわがために利するということか」王はなるほどとうなずいた。

「わが宗の古参の立場は変わらず、大神ヴァンドロスの心にかなう術もございませんが、代わって若い者どもが働きを示す道理でございます」

「とはいえ、それはニールーをないがしろにすることではないか」王は分別を示して言った。

「ニールーは恨みに思わぬか?」

「われわれにはヴァンドロスの守りがございます」

「間違いないか?」

「良しという見徳《けんとく》でございます」

王はしばらく考えてから、きっぱりうなずいた。「ならば、よきに計らえ」

エセンダーは新入りの若い弟子たちを呼び集めて言った。「おまえたち、此度《こたび》、選ばれてハイペリアに上ることとなったから、そのつもりで心構えするがいい。本来、ヴァンドロスに捧《ささ》げらるるべき信仰が末世におよんで他の神々に奪われている。信仰を取り戻すことがおまえたちの務めだ。竜使い、火の騎士らとともに曠野に向かい、積年の仇《かたき》を滅し、正義を行わなくてはならない」

選ばれた若い者の一人にダルグレンの養子で、スラクスを異端の魔術師と密告したキーヤローがいた。

24

ガルースはあくまでも臨時行政長官であり、本来の筋からいえば、アヤルタ暗殺事件の捜査権限はこれをジェヴレン当局に委譲しなくてはならなかった。しかし、世の中が平和な時でさえ、ジェヴレン人任せではかばかしい結果はとうてい期待できない。ましてや今は副署長の死で警察はまるで無力のありさまである。シバンでは、警察署長はお飾りの名誉職にすぎず、実権は副署長が握っていた。現状では、ガルースの任期中に捜査が進展する望みはまったくない。すでに超法規的手段に訴えることも辞せずと腹を括《くく》っているガルースはデル・カレンに内密の捜査を指示した。これを受けて、カレンはハントらUNSAグループに協力を求めた。もとより彼らはガルースの手に余る問題の解決に知恵を貸す約束でジェヴレンに来ているのだから、これも仕事のうちだった。

加えて〈ヴィシニュウ〉号でやってきたほかの地球人たちの安全をいかに確保するかもガルースの頭痛の種だった。彼は地球人に向けて、市内の騒乱が続く間、極力テューリアンが治外法権を有するギアベーンの飛び地から出ないように呼びかけた声明文を発表したが、ガニメアンとしてはこれが精いっぱいの禁止命令だった。同時に彼は最高統治会議、すなわちテューリアン政府に対し、現状にかんがみて地球人を希望するまま無条件で宇宙船に乗せる方針の穏当を欠くことを語気鋭く批判した意見書を送りつけた。その中で彼は「人類とガニメアンの間にある根本的な相違を認めまいとする考えが、現在ジェヴレンにおいてわれわれが当面している事態を招いた大きな要因と言わざるを得ない」と述べている。

テューリアン最高会議議長は、ジェヴレンの背信がもはや疑惑の域に留まるものではなくなった時、最初に地球に飛来した使節団の首席代表だったカラザーである。続く架空戦争で地球人が毒をもって毒を制す体《てい》に権謀術数を弄してジェヴレン人の化けの皮を剝ぐありさまを目《ま》のあたりにしたカラザーは、異星の矮《わい》人種が生来持ち合わせている、相手の機略の裏を読む能力がガニメアンにはまったく欠けていることを思い知った。ガルースから意見書を突きつけられた時、カラザーはガニメアンの末裔《まつえい》テューリアンに特有な素直さで、なるほど自分たちはまだ過去の失敗に懲《こ》りていないのかもしれないと反省した。

「たしかに、JPCの地球人の言う通りかもしれない。そもそものはじめから、ジェヴレンに対するわれわれの態度は間違いだったと言わなくてはなるまいな」カラザーは思案顔で言った。「ガルースが精いっぱい努力していることは疑いのないところだが、地球の言葉でいわゆる蛇《じゃ》の道は蛇《へび》、この事態は地球人に解決を委ねるのがいいのかもしれない」

最初の地球訪問に同行した女性大使、フレヌア・ショウムはジェヴレン人と地球人の別なく人類の精神構造に不信を抱いていた。「テューリアン文明社会で当然のこととしてジェヴレン人に対等の権利を認めたのがそもそもの誤りでした。それがテューリアンの善意だったことは否定できませんが、前提が間違っていたのです。汗をかかずに手に入れたものには有《あり》難味《がたみ》がありません。個人も国家もそれは同じです。わたしたちの先祖は温情主義によってジェヴレンに模範的な社会を実現できると考えました。独自の道を選んだ地球はもはや見込みなしとして切り捨てました。ところが、案に相違して、その後の歴史は意想外の方向を辿《たど》ったのです。わたしたちは過去の教訓に学んで二度と再び同じ間違いを犯さないようにしなくてはなりません。人類とわたしたちは根本的に違うのです。彼らの行動を支配する秩序はわたしたちに共通するものではないのです」

「おそらくは、きみの言う通りだろう」カラザーは渋々うなずいた。「人類の問題は人類の手で解決することだ。ほかに道はあるまいね」

ヴィザーが電話を取り次いだ。「ジェヴレンPACから優先指定連絡です。ガルースが、急を要する話があると言っています」

「とうとう来たか。ガルースは直談判《じかだんぱん》におよぶ気だな」カラザーはうんざりした顔で呟《つぶや》き、心持ち声を尖《とが》らせた。「ようし、ヴィザー。ガルースをここへ出せ」

カラザーとフレヌア・ショウムは別々の場所にいてヴィザーに結ばれていたから、そこへガルースが加わるのは造作もないことだった。カラザーの執務室にガルースの姿が浮かび出た。

「やあ、これはようこそ」カラザーは言った。

「変わりないかな？」ガルースはしきたり通りに挨拶を返した。

「元気でやっているよ」

「フレヌアも一緒だね」ガルースはショウムをふり返った。彼女は軽く会釈した。

「それで、今日は何の用かな？」カラザーは非難を浴びる覚悟で話を促した。

「光軸教の指導者、ユーベリアスがわたしに接触してきたのだよ。早急に対策を講じないと暴動という事態にもなりかねない、と非常に心配している。緊張緩和の方策について提案があるというのだが、これは最高会議議長として耳を傾けるに価《あたい》する。少なくとも、これまでにはない新しい提案だ」

カラザーとフレヌア・ショウムは話の風向きが変わったことに安堵《あんど》して、そっと顔を見合わせた。「ユーベリアスはオンラインで今すぐ連絡できるのか？」カラザーは尋ねた。

「ああ。ＰＡＣカプラーで待機している」

「それなら、ここへ呼び出して話を聞こう」

ガニメアンはもともと理性的な人種である。中でもとりわけ科学者は論理思考を身上としている。ジェヴレン人たちが信仰に凝り固まっているにせよ、アヤルタが一瞬のうちに火の玉と化して焼滅したことを本当に超常現象と受け取るほど彼らの知性が鈍麻しているとは、シローヒンにはとうていうなずけないことだった。誰の目にも明らかな常道の手段によって同じ現象が起こり得ることを立証すれば、ジェヴレン人たちもアヤルタの死に持って回った説明はいらず、むしろ妙な理屈は人を惑わすものと知って一つ利口になるのではあるまいか。そう考えてシローヒンは公開実験を企画し、ガニメアンの技術者集団と語らって準備を進めていた。ハントはその後の捜査情況を聞きにデル・カレンの部屋を訪ねた。カレンが組織作りを急いでいる保安部に割り当てられたＰＡＣの一角の、奥まった個室である。

「指先から火を放ってアヤルタを殺した犯人は何者かね？」ドアに近い客用の椅子に腰を下ろしてハントは尋ねた。「何か多少は聞き出せたかい？」

カレンは自分のデスクから首を横にふった。「完全に頭がおかしいんだ。自分は他人の体に宿った鳥だと思っている。ジェヴレンの警察でも手を焼いて、ゴム張りの部屋に隔離しているよ。背後関係を調べれば何か出てくるに違いないのだが」

だいたいそんなところだろうとはハントもかねてから予想していた。「きみはこの事件をどう見るね？」

「どこかで妙なことが起きているな」カレンは何やら思い当たる節がある顔で言った。「これはわたし個人の考えだがね、陸橋の崩落もただの事故じゃあないな。警察の報告書には辻《つじ》褄《つま》の合わない点がたくさんある。あれは仕組まれた事故だ」

ハントも同じ疑惑を抱いていた。彼は椅子に沈み込んで、雑然と床に並んだ段ボールの箱に足を載せた。カレンの部屋は散らかり放題で、〈ヴィシニュウ〉号で送られてきた荷物がまだ解かれぬままデスクの周囲を埋めていた。

「そう言う根拠は？」

「テューリアンの保護下で、ジェヴレン人は何かにつけてなあなあ主義でやってきた」

「それははじめからわかっていることだな」ハントはうなずいた。

「法律には、何々すべからずという規制がほとんどない。従って、この惑星では何をやっても、まず非合法にはならないんだ。地球だったら暗黒街の組織的な犯罪に当たるようなことも、白昼堂々まかり通っている。灰色の脳細胞によくない麻薬をやるのも、普通の頭をしていりゃあ一目瞭然《いちもくりようぜん》のいかさま賭博で丸裸になるのも、すべて個人の自由なんだ。テューリアンは、他人が愚かであることを禁じる権利はない、と鷹揚《おうよう》に構えている」

実際、カレンの言う通りだった。「その点についても反論の余地はないな、デル。普通なら、禁則を緩めればそれだけ人間の知恵は早く進むはずだけれども、どうも、ここではそうはいかなかったらしい」

カレンは肩をすくめた。「それはともかく、死んだオベインは職務に熱心なあまり、言ってみればあちこちで人の足を踏むようなことをやりだした。中には踏まれて黙っていないやつもいる……。いや、それだけじゃあない。これにはどこかでジェヴェックスが関係しているように思うんだ」

「ほう」ハントは膝を乗り出した。

「ジェヴェックスが全面的に遮断されたわけではないことは知っているね？　公共サービスと、テューリアンの調査目的のために、今もコア・システムは稼動している」

「ああ」

「ジェヴレン人の社会は狭くて閉鎖的だから、現状について直《じか》に情報を取るのはなかなかむずかしいのだが、オベインはガルースの新体制に協力する態度で、ある種の報告書をまとめた。どうやらこれが、システムに違法に接続するサービスの闇市場を圧迫する結果を招いたらしいのだね」カレンは掌《たなごころ》を返して肩をすくめた。「ジェヴェックスは表向き遮断されているから、闇で接続できるとなれば当然そのサービスの需要は大きい。端末を握っている者にとっては、こいつは金の生《な》る木だよ。ところが、ガニメアンがジェヴレン人社会の集団狂気はジェヴェックスに原因があると睨《にら》んだとなると、オベイン報告は商売の妨げだ。こう話せば、筋書きは読めるのではないかね？」

「特に耳新しい話でもないな」ハントは眉を寄せて顎をさすった。「きみはオベイン報告が闇市場を圧迫する結果を招いたらしい、と言うけれども、事実はどうなんだ？　きみは報告書の内容を知らないのか？」

「こっちが読む前に消え失せてしまったのでね」カレンは諦めきった顔で答えた。「知っての通り、ガニメアンは機密保持ということにおよそ無頓着だ。それが、わたしがここにいる理由の一つでもあるのだがね」

ハントは同情を示してうなずいた。「きみも頭の痛いことだな。PACにはジェヴレン人が大勢いる。どんなに身元調査をしたといっても迂闊《うかつ》に信用できないだろうしね」

「問題はそこだよ。当然、疑惑の目はそこへ向く。ところが、動かぬ証拠は摑《つか》めないのだが、報告書を盗み出したのが地球人であることはまず間違いない」

ハントは耳を疑った。「誰だ、それは？」

「ドイツ人、ハンス・バウマー。架空戦争の後、ガニメアン臨時政府の顧問団として国連が送り込んだ社会学者の一人だよ。この男がある時ひょっこりガニメアン・オフィスへ顔を出した。何か口実を設けてやってきたに違いないんだ。で、帰った後、報告書が紛失しているのがわかった」

「本人から事情聴取したのかね？」

カレンは首を横にふった。「無駄だよ。証拠は何もないんだから、否認されればそれまでだ。捜査の手が伸びていることを知らせることになるだけじゃあないか」

「コピーは？」

「オベインのところに取ってあったはずだがね、警察ではそれらしいものは見当たらないと言っている」

「コンピュータの記憶はどうなんだ？」

「それもない」カレンは小さく手をふった。「戦争に敗《ま》けたジェヴレン人から見れば、われわれ地球人は敵なんだ。その点については、彼らは結束が堅い。これがまた、ガニメアンには理解できないことでね。ガニメアンはそういう考え方をしない。ジェヴレン人が長いことガニメアンを出し抜いて好き勝手ができたのもそのためさ」カレンはふんと鼻を鳴らした。

「おかげでこっちは異星に来てまで機密保持だの安全管理だのに責任を負わされているんだ」

ハントは頭の後ろに手を組んで椅子の背に凭《もた》れ、しばらく考えてから言った。「すると、どういうことなんだ？　もし、きみの話が事実なら、そのバウマー某は当地の犯罪組織と通じているわけだろう。つまり、犯罪組織が自分たちの利益を守るためにオベインを消したという線で考えるならばさ。しかし、そんな短い時間で組織と深い関係になれるものだろうか？　どう長く見たって、ここへ来てからまだ半年だろう」

カレンは返答に窮した。「わたしには何とも言えないよ、ヴィック。ただ、それとは別に一つはっきり言えるのは、オベインが事故で死んだ直後に、アヤルタがああやって抹殺《まっさつ》されたのは断じて偶然の一致ではないということだ。これには何かわけがある。犯罪組織と宗教団体の結びつきは無視できない。今のところ、わたしにわかっているのはそれだけだ」

ハントはもう一度考えてうなずき、唇を尖らせた。「それで、これから先はどうなるね？」

「とにかく、バウマーの身辺を洗うことから手をつけるしかないね。今、バウマーを派遣した国連の人事資料を分析させているところだが、ほとんど何も出てこない。バウマーはボンの生まれで二十九歳。ミュンヘン大学で道徳哲学と政治哲学を勉強したけれども、卒業はしていない。ヨーロッパで左翼系少数派の政治運動に加わった時期があって、とかく集団、組織の中で力量を発揮するタイプらしい。資本主義と工業技術には否定的な態度を取っている。結婚歴はない。ヨーロッパ連合政府のさる部局を経て、ジェヴレンに派遣されてきた人物だよ」

「ほう……。で、やっぱり、このPACに拠点を構えているのか?」ハントは鼻の頭を擦《こす》りながら尋ねた。質問の意味するところは自《おのずか》ら明らかだった。

カレンはうなずいて声を落とした。「ああ、ガルースには内緒で探ってみたよ。バウマーはジェヴレン人との付き合いが多いが、社会学者なら不思議はないな。政治、歴史、心理学、といった方面の本をよく読んでいる。フランクフルト在住の女性と文通がある。健康にはかなり気をつけているらしいね」カレンは掌を返して肩をすくめた。

「それだけか?」

「ああ。事務所を家捜ししても何も出てこない。ただ、事務所とは別に市内に部屋を借りている。仕事柄ジェヴレン人と接することが多いのだが、PACよりもそういう場所の方がジェヴレン人が打ち解けて、ゆっくり話ができる、ということらしい。実際、どういうやりとりが交わされているのか、こっちとしては大いに関心があるところだけれども、不用意に乗り込むわけにもいかないからなあ」カレンはドアの外の広いオフィスへ向けて拇指《おやゆび》を立てた。

「バウマーは、こっちの調べに対してはいっさい口を閉ざすだろう。きみたちUNSAの一行はガニメアンの科学調査に来ているという触れ込みだから、下手にいろいろ聞いて回っては疑惑を招くことにもなりかねない。バウマーの方にこっちを警戒する理由があるとすればなおさらだ」

ハントは目を見開いて椅子の中でゆっくり起き直った。今さらながら、グレッグ・コールドウェルの閃《ひらめ》きに脱帽しないわけにはいかなかった。

カレンは心配そうな顔で尋ねた。「どうかしたか?」

「実は、まさにそのために連れてきた人材がいるのだよ」ハントは言った。着く早々、予期せぬ事件の連続でジーナとは宇宙港で別れたきりまだ顔を合わせていない。

「どういうことかな?」

「ギアベーンにジャーナリストがいる。一緒の船で来たんだ。ジーナ・マリンという女性でね。表向きはフリーの仕事で取材に来たことになっているけれども、正体を明かせばわれわれUNSAの隠密捜査員だよ。バウマーの身辺を探るにはうってつけだ」

カレンは目を白黒させた。「これは驚いた。誰の知恵かね?」

「ゴダードのコールドウェルだよ。こういう情況もあろうかという先見の明だ」

回りくどい説明は必要なかった。「じゃあ、早速その人に働いてもらおうか」カレンは言った。「今すぐ連絡がとれるかな?」

「取れると思うがね」どんな様子かと電話してからまだ一時間ほどしか経っていない。

カレンはドアの方へ顎をしゃくった。ハントは椅子に掛けたまま手を伸ばしてドアを開けた。「ああ、クロージン」カレンは大部屋のデスクに向かっているワイシャツ姿のジェヴレン人に声をかけた。「ギアベーンのベスト・ウェスタン・ホテルに繋《つな》いでくれないか。地球人の女性で、ジーナ・マリンというジャーナリストが泊まっているはずだから、呼び出してもらうように」

「了解」クロージンは答えた。

カレンが手真似で合図して、ハントはもと通りドアを閉めた。「バウマーはこっちへ来てどういう仕事をしているね？」デスクに向き直ってハントは尋ねた。「ジーナの手がかりになるような報告書なり、資料なり、何かそういった類《たぐい》のものはあるのかな？」

「ああ、あるとも」カレンは傍らのスクリーンの電源を入れて文書を呼び出した。検索を待つ間、ハントは煙草《たばこ》をつけて椅子に体を沈め、ここへ来てカレンから聞いたことを頭の中で繰り返した。ほどなく、クロージンがギアベーンのジーナに通じた電話を取り次いだ。

「よろしく頼むよ」カレンはハントの方へスクリーンを向けた。

「こんなにすぐまた電話がかかってくるとは思っていなかったわ」ジーナは言った。「今度は何の用？」

「仕事だよ」ハントはややあらたまった口ぶりで言った。「きみに頼みたいことがある」

「やっとPACにお出入りがかなうということ？」

「ああ。市街直通の地下鉄が動いていたらそれに乗ってくればいい。こっちへ着いたらUNSAの研究室と言えばすぐわかる。わたしはこれからシローヒンがアヤトラたちのために企画している公開実験に立ち会うがね、きみはデル・カレンを訪ねるように。カレンから詳しい話があるはずだ。折を見て、また後で会おう」
「すぐ行くわ」ジーナは言った。

25

PACの長い廊下のはずれに立って、ハントとサンディは〈シャピアロン〉号の若いガニメアン技術者サーダンが実験装置を点検する様子を見守った。チューブやケーブルが複雑に絡みついた金属フレームの上に長さ二フィートあまりのシリンダーを横たえた装置で、シリンダーの一端は円錐《えんすい》形にすぼまり、その先は半球状を呈していた。傍らで、ダンカンが出力の調整を急いでいた。

数百フィート離れた反対のはずれには、ジェヴレン産の果物、クィーザルを載せた針金の架台が十幾つか無作為に床に立てられている。クィーザルは形は地球の梨《なし》、味はメロンに似た茶色の果実である。ガニメアンとジェヴレン人、それに地球人も二人ほど混じった一団が壁際にかたまっている中にシローヒンの顔があった。けばけばしい身なりのジェヴレン人たちは胡散《うさん》臭げに事の成り行きを窺《うかが》っているふうだったが、そのうちでもひときわ目立つのが、つい最近〝神懸かり〟になったばかりのアヤトラだった。ハントが言い出したアヤトラの呼称はたちまち流行して、今ではＰＡＣ関係者の間にすっかり定着している。どこの馬の骨とも知れぬ底辺の市民にすぎなかった男だが、変貌を境に「立ち返るべき者」という意味のジェヴレン語の肩書きがついて、行く先々で大衆の歓呼を浴びるようになった。カレンは早速この男にマッカーサーの綽名《あだな》を奉《たてまつ》った。周囲を取り巻いているのは指導者を失った混迷からようよう立ち直った覚醒螺階教の信者たちである。マッカーサーは、アヤルタは神の意志に背《そむ》いた罪の報いを受けるどころか、ついに絶対真理を知るに至ったのであって、それがためにその超人的な能力をもってしても操ることのできない宇宙のエネルギーをわが身に引き寄せたのだと説いて信者たちの懐疑を払拭し、信仰を取り戻した。螺階教が新しい福音を必要としている折から、これはまことに時宜を得た説法だった。マッカーサーはすでに多数の信者の支持を集めてアヤルタの後継者と目されるに至っていた。

「位相共役《いそうきょうえき》レーザー」ハントは手にした黒い万年筆状の機材で装置のシリンダーを指しながらサンディに説明した。「アヤトラを消した仕掛けはこれだよ」

サンディは首を傾《かし》げた。「ごめんなさい。でも、わたし、生物が専門なもので。もう少し詳しく説明して下さいません？」

サーダンが二人をふり返ってうなずいた。「準備完了です」

「さあて、どういうことになるかな」ハントはサンディを促して廊下の向こうへ歩きだした。「現実の世界には、完全に位相が揃《そろ》って拡散しない光線というのは存在しないんだ。光束は、それが通過する媒体が均質でないために擾乱《じょうらん》を来《きた》して拡散すると考えればいい」

「ええ、それはわかります」

「じゃあ、そこで、時間軸を逆行する光線を想像してごらん。光条の軌跡はぴったり重なっていながら、方向が正反対の光線だよ」

「ニュートン型の粒子が反対向きに移動するようなものですね？」サンディは言った。

「ああ、その通り。ところで、その反転ビームを作り出すには、反射したり、放射したりする原子や電子の動きを量子《りょうし》レベルでことごとく反転する必要はないのだよ。平均的な動きを規定する巨視的パラメータを変えてやればいい。早い話が、それによって位相共役鏡の機能を持つ装置を作ることができるわけだ。鏡面に反射した光線はすべて、入射光の経路をそっくり正確に逆行する」

「なるほどね……」サンディはうなずいた。

「あるいは、ただの鏡ではなしに、装置自体を反転ビームを発する光源にすることも可能なのだね。入射ビームをどこまでも辿《たど》ってその出どころにまで達する信号の発信源と言ってもいい。レーザー通信で空電妨害を回避するのにこの技術が使われているよ。受信側から発するパイロット・ビームの逆変換効果で、非常に雑音の少ない状態で情報を受け取ることができる」

二人は廊下のはずれに近づいた。ハントはクィーザルを支えている針金の架台を指さした。

「入射ビームがいったん何かに反射した光線で、それを受ける共役鏡が大出力のレーザー発射装置だとすると……」

サンディはみなまで聞かずにうなずいた。「ええ、わかります。その最初にビームを反射した物体がレーザー光線を引き寄せるわけですね」

「きみはなかなか呑み込みがいい。宇宙防衛システムでも、放射線兵器の誘導標的化に応用された技術だよ」ハントはにやりと笑った。「だから、マッカーサーがアヤルタは自分の力を超えた宇宙のエネルギーをわれとわが身に引き寄せたと説くのは、当たらずといえども遠からずだよ。犯人グループは、わたしが今ここに持っている黒い棒と同じようなビーム発射装置を刺客に持たせて群衆の中に放った。大出力のレーザー銃はどこか近くに据えたのだろう。広場は高層ビルに囲まれているし、用が済めば、装置の解体はいとも簡単だ」

「でも、反対派に別の生き方を勧めるには、かなり説得力のある手段ですね」サンディは言った。「現に、ガニメアンがどう言おうと、ジェヴレン人たちにとっては衝撃の大事件ですもの」

ハントはうなずいた。「きみの言う通りだよ。それだけに、この公開実験に踏みきったシローヒンは見上げたものだ。うまくいったらお慰みだな。いや、ここだけの話だがね、シローヒンの努力は多とするけれども、はっきり言って時間の無駄だと思う」

二人は廊下のはずれに行きついた。シローヒンがマッカーサー以下一同に説明を終えようとしているところだった。ガニメアン指導部が何をどう話したかは知らないが、よくまあジェヴレン人たちをこの場に集めたものだ、とハントは感嘆を禁じ得なかった。彼らはガリレオの望遠鏡を覗《のぞ》くことを潔《いさぎよ》しとしなかった司教たちもかくやと思われる表情である。もっとも、マッカーサーの思惑は見え透いている。螺階教の大聖人に成り上がるまたとない機会をこの食わせ者がみすみす見逃すわけがない。ハントはその点を指摘して公開実験に疑義を呈したが、ガニメアン側は、いずれは理知が物を言うと信じて譲らなかった。

シローヒンがハントを一同に紹介した。「こちら、地球からおいでのハント博士です。これから実験を見せてくださいますが、何もむずかしいことはありません。種も仕掛けもないのではなくて、こういう仕掛けをすれば必ずこうなるということを証明するのがこの実験の狙いです」

ハントは短い棒状の黒い装置を掲げて見せた。「これは携帯用の低出力レーザーです。懐中電灯と同じように光を発しますが、レーザーは普通の光と違って光線の束がきつくかたまった、いわゆる収束ビームです」彼は手ぶりを交えて説明した。「これを何かに向けて発射すると、光線は狙ったものの表面に当たってあらゆる方向に反射します。懐中電灯で照らせば光が反射するのと同じです。その反射した光が目に入って、ものが見えるわけですね」ハントは十フィートほど離れたクィーザルに発射装置を向けた。照準ビームがクィーザルの表面に赤い斑点を描き出した。「光線はあらゆる方向に反射しますから、ごく微《かす》かながら、その一部はさっきサンディとわたしがいた向こうの端の大型プロジェクターに達します。すると、そこから大出力のビームが発射されて、反射光が通ってきた経路を正反対の方向に進みます。この通り」ハントが発射ボタンを押すと、たちまちクィーザルは火の玉と化して跡形もなく砕け散った。

「今見たように、プロジェクターを動かして狙いをつける必要はないのです」シローヒンが脇から言葉を添えた。「ビームが自動的に反射光を追尾するからです」

ハントはさらにプロジェクターから角度が大きくそれたクィーザルを二つ選んで焼き消した。サーダンとダンカンはプロジェクターから遠く離れていたから、廊下を隔てた位置から見ても、誰も装置に手を触れていないことは明らかだった。ハントはジェヴレン人たちにハンド・レーザーを差し出した。「誰か、やってみませんか?」

気詰まりな沈黙が続いた。発射装置に手を出す者は一人もなかった。と、マッカーサーがハントの脇をすり抜けてつかつかと進み出るなり、無傷のクィーザルを架台から引きむしると、これ見よがしに一同に向き直り、クィーザルを床に落として邪険にぐしゃりと踏み潰《つぶ》した。「クィーザルを形も何もないものにするならやり方はいくらでもある」彼は顎を突き出して言った。「アヤルタが神の大きな足で踏み殺されたことはこれからも明らかというものだ」ジェヴレン人たちはハントとシローヒンを指さして哄笑《こうしょう》を発した。中の一人が別のクィーザルをひったくって噛《かぶ》りついた。

「いやいや、アヤルタは地に生じた口に呑まれたのだ」

マッカーサーはふんぞり返ってあたりを見回した。「不心得者のからくりに騙《だま》されてはならない。彼らは自分たちに説明できないことを隠そうとしているだけだ」

「ほかに説明があるというなら、それを聞きましょう」シローヒンが詰め寄ったが、マッカーサーは動じなかった。

「おまえたちガニメアンは何でも知ったかぶりだ」彼は吐き捨てるように言った。「だがな、この世にはおまえたちの機械仕掛けの頭ではしょせん理解できない現実というものがある。わたしはおまえたちの知らない世界を体験したのだ。そこでは、おまえたちの言う法則は通用しない。おまえたちの御都合主義で宇宙を支配すると考えている法則などは何の意味もない」

「それはどこの話ですか?」シローヒンは食ってかかった。彼女が感情を露《あらわ》にするのはめったにないことだった。「どこでその世界を体験したのですか? 何光年も離れた遠いところですか? そんなはずはありませんね。どこへ行っても、出会うのはガニメアン宇宙船だけですから」

「ふん。おまえたちはどこへなりと玩具の船に乗っていくがいい。どこまで行ったところで同じ宇宙だ。おまえたちは知るまいが、別の世界は内側にあるのだ」

「それではまるで意味が通じません。いったい、どこの内側ですか? あなたは何が言いたいのです?」

ハントの耳にコールトーンが響いて、ゾラックが話しかけてきた。「ちょっと、いいかな?」

「何の用だ?」

「ガルースがテューリアンから戻ってね、きみがこの場をはずせるようなら話したいことがあると言っている」

退散する口実ができてこれ幸いとハントは目くばせしてサンディに耳打ちした。「わたしは消えるから、後はよろしく頼むよ。ガルースが会いたいと言ってきたので」

「わかりました。でも、これは予想された成り行きでしょう?」

「ガニメアンは人間の心理について一つ勉強したことにして、実験はこれぎりにすればいいんだ」ハントは言った。


架空戦争で敗北を舐《な》める以前、ジェヴレンの指導者層は連邦樹立計画の一環として、仇敵《きゅうてき》セリオス人の末裔《まつえい》である地球人との対決に備えて密《ひそ》かに兵器量産に着手していた。その意図をテューリアンに知られまいがため、ジェヴレンは別の恒星系に属する遠い無人の惑星アッタンに兵器工場を集中した。連邦滅亡の後、アッタンの動力炉と生産設備は閉鎖され、惑星はテューリアン平和維持軍の監視下に置かれた。ユーベリアスの提案とはこの惑星アッタンに関することで、カラザーにとってはまさに寝耳に水だった。

「ユーベリアスはジェヴレンの現状を憂慮している。このままでは流血の惨事に至る恐れなしとしない、と言うのだよ」ハントがドアを閉じて席に着くのを待ちかねたように、ガルースはそれまでの経緯を話した。「非暴力に徹して、ひたすら同胞の精神的向上に尽くしてきた立場として、この状態は座視するに忍びない。何とか情況打開のために一身を挺《てい》したい、とまあ、搔《か》いつまんだ話がそういうことだ」

「なるほど」ハントは気のない声で言った。機関銃を隠したバイオリンのケースを前に、空港で受け取りを間違えた手荷物だと釈明を聞かされた警察官の心境だった。

ガルースは、ひとまずこれまでの話をありのままに伝えているにすぎないことを身ぶりで強調した。「テューリアン政府当局は感じ入っているよ。ユーベリアスはジェヴレンが一日も早くこの混迷から立ち直って改革に向かうように、道を開きたいと言う。最大多数の幸福のために、このジェヴレンを引き払って、光軸教を挙げてどこか他所《よそ》に新天地を求める用意がある。自分たちがいなくなれば、ジェヴレンは二大宗派の対立抗争に煩《わずら》わされることもない。螺階教は群小宗派と折り合いをつけて好きなようにやっていけばいい、と言うのだよ」

「テューリアン政府は、当然、ユーベリアスの言い分を額面通りに受け取っている」

「問題はそこだ。地球で六ケ月暮らしたわたしの目から見ると、テューリアンは不純な動機を疑うことを知らない。いささか鈍感に過ぎるのだね」

「それはともかく、ユーベリアスの提案というのは、具体的には？」

「アッタンの潜在軍事力を排除して、人間が住めるように惑星の環境を改造して、光軸教の主権領土にするというのだよ。そこは霊《たましい》の楽園であって、真実を求める限り、来る者は拒まず……。地球の修道院から得た発想だそうだ。光軸教はアッタンの工業生産力を平和目的に転換利用して自立する……」ガルースは手を上げてハントの発言を制した。「ああ、わかっているよ。きみたちイギリス人はこういうのを話半分に聞いておくと言うのだね」

「ユーベリアスは宗派の対立とは別に、今ジェヴレン社会で起きている問題に直接かかわっているのかどうか、きみの考えを聞きたいね」ハントは一歩踏み込んだ。「立て続けに発生した事件を見ていると、ここへきてユーベリアスが登場したというのは、偶然の一致にしてはどうも話ができすぎだ。少々臭いと思うのだがね」

「予断は禁物だけれども」ガルースは答えた。「きみの言わんとするところはわかるよ。ユーベリアスが一連の事件にかかわっているとしたら、世のため人のためというのは見え透いたおためごかしだろう」

「その通りだよ」ハントはうなずき、椅子の背に凭《もた》れて天井を睨《にら》んだ。「どういうわけか、神秘居士《こじ》はやけにアッタンに執着しているな。だってそうだろう。何光年も離れた、大気も水もない、殺風景な岩の塊をどうしようって言うんだ？　あの惑星にはこっちの知らない何かがあるのではないかと思いたくもなるじゃあないか。ユーベリアスの提案を聞いて大らかに構えているところを見ると、テューリアン政府もそこに気がついていない」

ガルースはじっとハントの顔を覗《のぞ》き込んだ。「それはどうかな」ほかに答えるべき言葉はなかった。「ゾラックに言って、アッタンに関してある限りの情報を集めさせよう」

26

バウマーの私設事務所で今しもこの社会学者と差し向かい、不作法に片足をデスクにかけているのはジェヴレン人レショーである。ずんぐりと小太りで色浅黒く、艶《つや》やかな濃い髪をして、不揃《ふぞろ》いなちょび髭《ひげ》を蓄えている。光沢を放つ藍色《あいいろ》の上着と真紅のシャツは高価なものに違いないが、いささかけばけばしく浅薄な印象を免れない。夥《おびただ》しい宝石を身につけ、いくつも指環を嵌《は》めている。連れの男はオレンジ色の髪をした巨漢で、だぶだぶの茶のスーツを着込んでいるが、風体《ふうてい》いかがわしい点はレショーに劣らない。男は戸際の壁に寄りかかって立ち、面白くもない顔でガムを嚙《か》んでいる。デスクに向かってバウマーは堅く唇を結び、腸《はらわた》の煮えくり返るような怒りと、手も足も出ない口惜《くや》しさを必死に堪《こら》えている様子である。

「やつらがどうして知りたがっているか、おれには関係ないこった」レショーは言った。「おれはただ、言われた通りを伝えるだけだ。それに、おまえだって、どうしてもこうしてもありゃあしまい。上の方じゃあ、テューリアンからPACのガニメアンにどういう情報が流れているか探れと言っている。おれの口からおまえに伝えることはそれだけだ。特に、合同政策評議会JPCからの情報は何事によらず盗み出せ」

バウマーは抗議の姿勢で両手を拡げた。「ちょっと待ってくれ。そんな無理を言われても困る。その種の情報はそう簡単に手に入るものではないんだ。カレンが管理するデータシステムに格納されるから、おいそれとは近づけない」

「陸橋から落っこちた木偶坊《でくのぼう》の報告書は、おまえ、まんまと持ち出したろうが」レショーは眉一つ動かすでもなかった。

「あれは話が別だ。プリントアウトされた書類だからな。そうそういつもお誂《あつら》え向きにいくとは限らない」

「どうやって情報を盗むか、そいつはおまえの問題だ」

「ああ、きみ。そうやってデスクへ足を載せるのは止《よ》してくれないか。書類が台無しだ」

レショーはバウマーの鼻先に人差し指を突きつけた。「何だ、その態度は？ いいか、憶えておけ。PACにいる地球人はおまえだけじゃあない。それに、近頃はカプラーの時間がだんだん取りにくくなっている。そのうち、おまえの顔がきかなくなる日が来ないとは言えないんだぞ。だから、誰が誰の役に立っているか、ようく考えてみろ」

バウマーは深々と溜息《ためいき》をついて小さくうなずいた。「いいだろう。できるだけのことはしよう。ただし、約束はできない。その点をきみからよく言っておいてもらいたい」

デスクの脇のパネルからコールトーンが響いた。「何だ？」バウマーはふり返って応答した。

ハウス・システムの合成音声が来客を取り次いだ。「面会のジャーナリストが来ています。ジーナ・マリン」

「ああ、そうか。ちょっと待ってくれ」バウマーはジェヴレン人に向き直った。「この通り、わたしは大変忙しい。ほかに何か話すことはあるかね？」

レショーはわざとらしくデスクから足を下ろして立ち上がった。「とにかく、PACにはおまえ以外にも機会を狙っている地球人がいることを忘れるな。これからも、まだまだ押しかけてくるんだ」

茶色のスーツのジェヴレン人がドアを開けると、ちょうどジーナが来かかったところだった。レショーは足を止めてバウマーのデスクに目をやった。「おれが台無しにした書類というのは、これか?」彼は一綴《ひととじ》のプリントアウトの最初のページを指さした。ページは靴の跡で汚れていた。

「ああ。さっきコピーしたばかりだ」バウマーは不機嫌に言って腰を上げた。

レショーは書類を丸めて屑籠《くずかご》に放り込んだ。「どうせまた新しいコピーを取ることになるだろうが」彼はドアの方へ顎をしゃくり、相棒を先に立ててふらりと部屋を出た。

バウマーはジーナを請《しよう》じ入れてドアを閉じ、今しがたまでレショーの坐っていた椅子を勧めて席に戻った。

「妙なのとかち合うようなことになって、申し訳ありません」彼は取り繕《つくろ》った態度で言った。

「社会学を専門とする立場上、いろいろな人種と付き合わなくてはならないので」

「そうでしょうね」ジーナは腰を下ろした。「急なお願いでしたのに、お会い下さってありがとうございます。お忙しいところを」最後の一言はデル・カレンから渡された超小型テープレコーダーを始動する音声暗号だった。レコーダーはスーツの襟の下に隠してある。

「今は特に忙しくてね。仕事がいっぱいで身動きも取れないありさまです」バウマーは冷ややかな口調に返った。フリーのジャーナリストが何をしに訪ねてきたかは知らないが、ゆっくり時間を割《さ》いて相手をする気はなかった。

「わたし、ここへ来てからまだあまり時間が経っていませんけど、おっしゃる意味は想像できます」

「ジェヴレンに着いたばかり、ということでしたね」

「ええ、〈ヴィシニュウ〉号で。本当に目が回るような体験で、まだガニメアンとどう接したらいいか勝手がわからずにまごまごしています。バウマーさんは、こちらにはもうどのくらい？」

「かれこれ五ケ月になりますか」

「だったら、もうすっかり馴《な》れていらっしゃるでしょう」

「それは、ここへ何をしにきたかにもよりますが……あなたは、ジャーナリストでしたね？」

ジーナはうなずいた。「その時々に世間の関心を集めていることを題材に本を書いています。今はジェヴレンの回し者だった歴史上の人物を調べているところです。はっきりそうとわかっている場合と、その可能性が疑われる例と、両方を含めまして。地球から送られてくる大衆向けの本や雑誌はあまりごらんにならないかもしれませんが、そのでたらめなことといったら目を覆うばかりなんです。それで、わたし、きちんと正確な事実を書きたいと思いました。そのためにはジェヴレンから取材にかかるのが物の順序ですから、こうして出かけてきたわけです」

「ジェヴレンの歴史介入。それに携わったと考えられている歴史上の人物《なま》……」バウマーは
ジーナの話の要点をまとめた。英語は完璧で、かけらほどの訛《なま》りもなかった。バウマーは色白で唇が薄く、顎の尖《とが》った細面《ほそおもて》に鼈甲縁《べっこうぶち》の眼鏡をかけ、麦藁《むぎわら》色の蓬髪《ほうはつ》を乱して染みだらけのグレーのセーターを無造作に着ているところはまるで学生かと紛《まが》うほどの若作りだが、分厚

いレンズの奥からジーナを観察する目は冷徹で、口もとには隠しきれぬ蔑《さげす》みの表情を浮かべている。何とかこの客をものにしようというセールスマンを軽くあしらう顔つきである。「さあて、お役に立てるかどうか……。あなたの調べている歴史はわたしの専門外でしてね」

バウマーはデスクに顔を伏せ、額にこぼれた髪をぞんざいに掻《か》き上げて言った。

「それはわかっています」ジーナはすかさず答えた。「でも、何かお知恵を拝借できるんじゃないかと思うんです。そのことだったら、どこそこへ行けとかですね。もうここには長くいらしてお顔も広いことでしょうし」

バウマーは心ここにない様子で、ジーナの訪問を快《こころよ》く思っていないことはそのそぶりからも明らかだった。とはいえ、ジーナの方でもここへ来た目的は別にある。腰を下ろしたその時から、彼女は部屋じゅうに目を配って見たもののすべてを脳裡《のうり》に焼きつけることに努めていた。室内は殺風景で薄汚く、バウマーがここで何かまとまった仕事をしている気配はまるでない。PACには不在の時間をこの事務所で過ごしているとは思えなかった。

彼女はデスクの脇のコンピュータ制御パネルに視線を戻した。バウマーはゾラックに接続するガニメアンの対話装置を身につけていない。ジーナが来た時この部屋にいたのはジェヴレン人で、コンピュータが通訳する対話はドイツ語だった。

「ちょっとお訊きしていいかしら？」ジーナは言った。

「何かな？」

彼女はパネルを指さした。「わたしが来た時、ここにいたのはジェヴレン人で、そのコンピュータの通訳で話していましたね。でも、ヴィザーは市内では通じないはずでしょう。ジェヴェックスも遮断されていますよね。だとすると、どうしてジェヴレン人と対話できるんですか？　通訳のできる、独立したシステムがあるんですか？」

「観察が鋭いですね、ミズ・マリン」バウマーは気圧《けお》されたようにうなずいた。「いや、独立したシステムじゃありません。ガニメアンが在来のネットワークにゾラックを接続しているんです。五六チャンネルが通訳モードになっている。これは便利ですよ。どこでもジェヴレン人と対話できますから」

「ゾラック、というのは？」ジーナは何も知らないふりを装って尋ねながら、ゾラックが彼女の声を認識して混ぜ返さないようにと祈る思いだった。幸い、バウマーが通訳チャンネルを切ったか、ゾラックのサブセットが公共ネットワークに限られているのか、あるいは、ゾラックが情況を判断して沈黙を守るようにプログラムされているのか、いずれにせよ彼女の理解のおよばない何らかの理由が働いて、おかしなことにはならなかった。

「〈シャピアロン〉号に搭載されているガニメアンのコンピュータですよ」バウマーは答えた。「テューリアンのシステムと違って、知覚中枢に直結するようにはできていません」彼は慌てて手をふった。「いや、わたしもその方面の技術的なことについてはまったくの素人でね。ただ、ゾラックの場合はカプラーによる対話ではないので、情報伝達にはマイクやスクリーンや、その他もろもろ、付属のハードウェアが必要だということぐらいはわかりますが。ゾラックのことはＰＡＣで聞くのが一番手っ取り早いでしょう」

「ＰＡＣ……惑星行政センター、ですね？」

「そうです。ガルースのところへ行って、誰かガニメアンのスタッフに会うといい。形の上では、ガルースは現在この惑星の全権を掌握する行政長官です」

「ええ、それは知っています」

バウマーは苛立《いらだ》ちを隠しきれずに小さく頭をふった。「こういうことは、地球を発《た》つ前にもっときちんと段取りをしてこなくては……」彼はメモ用紙を引き寄せてペンを取った。

「とにかく、主任科学者でシローヒンという女性がいるから……」

「その人、ガニメアンですね？」

「ああ。会えば何かの足しになるのではないかな。ジェヴレン人と地球人を大勢動員して、いわゆる対地球工作の事跡を調査しているようだから」バウマーは何行かペンを走らせた。

「ここに何人か、シローヒンのところで仕事をしているガニメアンの名前を書いておこう。会って損はないジェヴレン人もいますよ。この最後のレスケドロムというのは三日天下に終わった連邦でかなりの地位に就いていた男でね。面白い話が聞けるのではないかな。もっとも、なかなか会ってはくれないだろうけれども。とりあえず、ＣＯＪＡへ行くといい。ジェヴレン問題調整局……ＰＡＣの連絡機構です。ここへ行けば、誰が何者で、どこで何をしているか、だいたいのところはわかるでしょう」バウマーはメモをちぎってデスク越しに差し出した。「これをお持ちなさい。わたしにできることといえば、まあ、ざっとこんなところです。残念ながら、これ以上はお役に立てそうもありません」

ジーナはメモを畳んでポケットに押し込んだ。「ありがとうございます。これだけでも、ずいぶん助かります。宇宙船でUNSAの人たちとも会いましたけど、ガニメアン科学の情況視察が唯一の目的だとかで、今は研究室の設営にかかりきりで、わたしのような人間は誰も相手にしてくれないんです」彼女は言葉を切ってバウマーの出方を待った。バウマーは一向に乗ってこなかった。このまま引き下がるのも芸がない。ジーナは一呼吸置いて質問を発した。「ずいぶんお忙しいそうですけど、具体的にはどういうお仕事をしていらっしゃるんですか?」

「わたしの専門は社会学です。今、わたしはまったく新しい社会を目の前にしているのです」

バウマーの一言でジーナの頭に閃《ひらめ》くものがあった。ハントがPACの資料室から取り寄せてくれたコピーで彼女はバウマーの報告書に残らず目を通していた。バウマーは文中、支配ないしは管理の意味で「コントロール」という言葉を頻繁に使っていた。バウマーに言わせれば、地球は自由市場の狂乱と自由主義が招いた道徳的退廃に象徴される通り、もはや堕落の極みであって将来に何の希望もない。それにくらべてジェヴレンの現状は、権力者が目覚めるなら、新規に模範的な社会を構築することのできる更地《さらち》と言うにふさわしい。そして、バウマーは報告書の中でそのための方法論を展開している。

「面白そうですね」ジーナはすかさず水を向けた。「今のこの混乱がおさまったら、ジェヴレン社会はどういうところへ向かうとお考えですか?」

バウマーは椅子に体を沈めて正面の壁を見つめた。それまで無関心に曇っていた彼の目は打って変わって異様な輝きを帯びはじめた。「この惑星には可能性があります」バウマーは言った。「かつては地球にもありながら、今や永久に失われてしまった、新しい社会を築く機会が開かれている。自らの破壊を意に介さないあらゆる強欲と驕《おご》りとは無縁の、公平と真の価値観に基づく理想の社会です」

ジーナは新鮮な驚きを装ってバウマーを見返した。「実は、わたしもよくそういうことを考えるんです」われながら、何という調子者、と片腹痛い気がしないでもなかったが、これも仕事のうちとあればやむを得ない。「それで、地球からわざわざこっちへ？」

バウマーは溜息をついた。「わたしはね、中流の通俗趣味と軽佻浮薄《けいちょうふはく》な刹那《せつな》主義に毒されて精神的に荒廃しきった世界から逃げてきたのです。地球では、銀行と企業の論理がすべてを支配している。人間の資質として評価されるのは銀行と企業が求める忠誠と服従だけだ。羊は決められた場所でおとなしく草を食《は》んでいる。それが自分たちにとってどういうことなのか、将来、自分たちがどうなっていくのか、考えようともしない。考えることを放棄しているのだね。こうなっては、もはや、とうてい変革の望みはない。それに引き換え、このジエヴレンでは大衆の狂騒に、言うなれば一種の制動がかかって、すべてを再検討する機会が訪れた。支配層に人を得れば、ジェヴレンは生まれ変わるのですよ」

「本当に？」ジーナは夢見るような声で言った。

「だって、そうでしょう。ジェヴレン人もわれわれと同じ土から生まれた人間です。捏《こ》ねればどうにでも変えられる」

「あなただったら、どう変えますか？」ジーナは問いかけた。

これをきっかけに、バウマーは滔々《とうとう》と語った。

ジェヴレンは無政府状態の混乱を脱して中央集権化を図り、惑星全土、ならびに市民生活を万般にわたって厳しく管理する強力な指導体制を確立しなくてはならない。その目標を達成するために、政府は綿密周到な計画を掲げ、行政機関がこれを着実に推進すべきである。幸いにして今、目の前にその機会が開かれている。何となれば、ガニメアンの統治下で機構整備の基礎が固まったからである。

「でも、ガニメアンはそんなふうには考えていないでしょう」ジーナは首を傾《かし》げた。

「だからこの通り、やることがなっていない。ガニメアンはおよそ人間の本性というものを理解していません。嚙《か》んで含めるように教えてやらなくては、いつまで経ってもわかりませんよ」

バウマーの理想社会では、地域ごとに計画委員会が消費財やサービスの適否、および適正な消費水準を決定し、工業生産は必要最小限度に抑えることによって企業間の無益な競争を回避する。職業は社会の必要に基づき、バウマーのいわゆるソーシャル・コンディショニング、すなわち教育期間中の適性評価を顧慮して個々人に割りふられる。事情が許す範囲内では、職業選択の余地がまったくないわけでもない。娯楽や余暇活動は制限され、その許認可を報奨制度に組み入れることによって勤労意欲の増進を促す……。

バウマーの談義は四十分の長きにわたったが、結局のところ、ジーナが頭に描いていた人物像は変わらず、新しい発見はほとんどなきに等しかった。
バウマーは食《は》み出し者をもって自ら任じている。人よりも感受性が鋭く、洞察力に富んでいるばかりに世に容《い》れられなかったヴァン・ゴッホ、ニーチェ、ロレンス、ニジンスキーなどと同じ孤高の境地である。人は誰しも生まれながらにして霊的な感応力をその身に秘めているのだが、それは現代社会の合理主義に封じられて閃きを放つことができない、と彼は言う。外界ばかりに気を奪われ、真理の発見と霊の救済に至る手段として科学を九天《きゅうてん》の高みにまつり上げた人間は心をどこかに置き忘れて道を踏み誤っている。ひたすら理性のみを崇拝する風潮は鼻持ちならない。アリストパネスがソクラテスを嘲《あざけ》り、神秘詩人ウィリアム・ブレークがニュートンを嫌悪したのも同じ理由からである。

ジーナはとにもかくにも何ほどかは初対面の印象をバウマーに与え得たと自ら判断して親睦を重ねたいと持ちかけたが、バウマーはぬらりくらりとこれを躱《かわ》した。再会を約すでもなく、何の収穫もないまま、ジーナは空《むな》しい思いで引き揚げた。

ＰＡＣへ戻る道すがら、ジーナはバウマーに軽くあしらわれた気がしてやりきれなかった。慨嘆と義憤を装いながら、その実、バウマーはすでに彼女がこれまでさんざん聞き飽きた世の拗《す》ね者や増上慢《ぞうじょうまん》な偶像破壊論者の陳腐な哲学を披瀝《ひれき》したにすぎない。要は厚かましい自己弁護で、自分が適合できないことを棚に上げて世界を変えなくてはならないと言っているだけの話である。

一方にはハントに代表される仕事師たちがいる。彼らは世界に向かって判決を申し渡すような真似はせず、自分に合った場所を見つけて現実と折り合い、与えられた機会を最もよく活かすことを知っている。避けることのできない死を正面から見据え、自分が小さな存在でしかないことを認め、なおかつ、世のため人のために働くことに満足を覚える。バウマーたちにはそれができない。だから世の中に対して恨みを抱くのだ。自分では何一つ意義あることを成し遂げられず、他人の行為を否定することにいじけた喜びを見出《みいだ》すしかない。

何よりも、世のハントたちは自分の生き方に迷いがない。夢想家どもが好んで悩み苦しみを求めるなら、それを傍《はた》からとやこう言う筋はない。ところが、立場が入れ替わると厄介だ。世界が変わることを欲しないならば、バウマーたちに権力を与えて変えさせたらいい。なにしろ、彼らは視野が広く、洞察力に富んでいるのだから……というわけにはいかない。かつて何度かそのような例がないではなかった。拷問《ごうもん》、火刑、強制収容所、大量虐殺などは彼らの成功の形見である。

27

ハントは煙草《たばこ》をつけて個人用スペースの隅のデスクにゆったり向かい、これまでに掻《か》き集めた資料の文書名と疑問のリストを映し出しているスクリーンを眺めた。疑問は時間とともに数を増すばかりだった。

地球人バウマーは何故、知り合ってまだ半年にも満たない異星人のために、地球にひたすら善意を見せている政府に敵対するスパイ行為を働いているのだろうか？　ジェヴレン人は地球人と同類で、ガニメアンこそが異星人だからだろうか？　それは違う、とハントは思った。バウマーの書いた文章や、ジーナから聞いたその発言には、反ガニメアン感情を窺《うかが》わせるものは何もない。生来のイデオローグであるバウマーは、ジェヴレンをユートピアの可能性を秘める惑星と考え、ジェヴレン人はこれを捏《こ》ねて人形にする粘土と見做《みな》している。してみれば、彼はユートピアを実現する能力のあるガニメアン政府に肩入れ奉公するのが筋で、足を引っぱるというのはうなずけない。もっとも、ガニメアン政府は長続きしないと確信するに足る何らかの根拠があるなら話は別である。この点は考えてみるに価《あたい》する。

その場合、バウマーは誰に協力しているのだろうか？　いずれガニメアン政府に取って代わる指導者と見ているのは何者か？　地球軍による軍政を望んでいる勢力でないことは確かである。地球を見限ってジェヴレンに逃避したバウマーにとって、それは何よりも歓迎できない事態であろう。光軸教のユーベリアス？　真っ先に名前が浮かんでも不思議はない人物だが、この重要な時期に教団を挙げてアッタンへ移転すると言い出したとあっては、もはや話の埒外《らちがい》である。

となると、残るのはカレンが疑惑を匂わせた暗黒街の組織だけである。もし、カレンの睨《にら》んだ通り、オベインの死が仕組まれた事故だとしたら、ことは疑惑に留まらない。それにしても、バウマーのような人物が、いったい犯罪組織とどういう繋《つな》がりだろう？　主義主張、理念、政治信条、社会的目標、その他、何一つ取ってみてもバウマーと犯罪組織の間に共通の土台があるとは思えない。共通の利害に結ばれているのではないとしたら、考えられることはただ一つ、バウマーは何かのことで組織に弱みを握られているに違いない。とはいえ、恐喝を疑うことはむずかしい。バウマーは、どうやら身辺清潔である。マレーのような逃亡者と違って公式の身分で派遣されている人物だ。日常の生活から言っても、対人関係のもつれなどありそうもない。はて、どう考えたものか、とハントは頭を抱えた。

加えて、そもそもハントがジェヴレンまで出向いてくることになった主因である根本問題はまだ手つかずのままだった。ガニメアンの言う、ジェヴレン人の理性を麻痺《まひ》させている病根とは何か？　ダンチェッカーが言ってのけた通り、アヤトラたちはただ人間の剝《む》き出しの本性を示しているにすぎないのだろうか？　それとも、彼らの中でまったく別の何かが起きているのだろうか？　ここへ来て惑星アッタンが急に重要な意味を持ちはじめたのは何故か？

疑問は新たな疑問を誘い、対する答はまるで浮かばなかった。バウマーに会ったジーナは何も探り出すことができず、意気消沈して戻ってきた。とはいえ、バウマーは依然として謎を解く唯一の糸口である。さらに接近してバウマーから何かを聞き出すには、いったいどうしたものだろうか？　ハントはタッチスクリーンに軽く指先を弾ませてジーナとバウマーの会話を呼び出した。バウマーの事務所を訪ねたジーナはジェヴレン人の二人連れとすれ違った。彼女の話では、二人は怪しげな風体《ふうてい》だったという。やはりバウマーは犯罪組織と繫がりがあると見なくてはなるまい。バウマーはこの私設事務所でPACに持ち込むことを好まないどんな仕事をしているのだろうか？

ハントはバウマーがジーナに市内で提供されている通訳サービスについて説明したくだりを読み返した。テューリアンとジェヴレンは数千年におよぶ交流の初期に着脱自在の超小型翻訳チップを開発して人種間の言語障壁を乗り越えた。これはヴィザーの粘着式の対話装置と同種のものである。しかし、地球各国の言語や〈シャピアロン〉号のガニメアン以外はもう誰も使わない昔の言葉となると翻訳チップでは対応しきれない。それ故、バウマーはゾラックの通訳を介してジェヴレン人と会話するのである。

ハントはコンソールの上の灰皿で煙草をもみ消すと、耳朶《みみたぶ》をつまんでスクリーンをしばらく睨んでからゾラックに呼びかけた。ゾラックは発声される以前の脳内の言語パターンを読み取るようにはできていない。

「何かね、ヴィック？」

「市内五六チャンネルのことだがね。きみは通訳サービスのような仕事をしているね？」

「公共汎用《はんよう》通信網は今も健在だけれども、もともとこれはジェヴェックスの機能ではないのだよ」ゾラックは答えた。「五六チャンネルはジェヴレン語と地球各国語の通訳に割り当てられている。それで、どこでも自由に現地人と話ができる」

「その通訳をきみが受け持っているのだね？」

「そうだよ。異人種間インターフェースとでも言ったらいいだろうかね」

「なるほど……」ハントは顎をさすった。「ところで、ジーナがバウマーの私設事務所を訪ねたろう」

「ああ」

「あの時、ジーナと入れ違いにジェヴレン人の二人連れが引き揚げていくところだった。当然、きみはあの二人の話も通訳したね。そこで物は相談だが、もし、その会話がシステムのどこかに記憶されているものならスクリーンに出してもらえないかね」ハントはテューリアンの哲学でプログラムを与えられているヴィザーにその機能がないことを承知していた。しかし、ゾラックとヴィザーはシステムが違う。駄目でもともとだが、記録が残っていたらめっけものである。

「これはただの通訳サービスだからね」ゾラックは答えた。「いちいち内容は記憶しない。会話があったという記録もないよ」

ハントは諦め顔で溜息《ためいき》をついた。が、これで万策尽きたわけではない。

「しかし、地球人とジェヴレン人がどこで何を話し合おうと、きみは〈シャピアロン〉号でそいつをそっくり聞くわけだろう」

ハントの意図はあまりにも明白だった。論理思考を身上とするゾラックがそれを見抜かぬわけがない。「頼みごとがあるなら、ざっくばらんに言ったらどうかね」ゾラックは誘いをかけた。

「今さら言うまでもないだろう。ジェヴレンで、何やらおかしなことが起きている。われわれとしては、バウマーとあのジェヴレン人たちが何を企んでいるか探る必要があるんだ。また戦争なんていうことにならないうちにね。今度は本当に撃ち合いがはじまるかもしれないんだ。ジーナは何も摑《つか》めなかった。今のところ、バウマーのほかに手がかりはない」

しばらくの沈黙があってから、ゾラックは言った。

「つまり、きみの究極の目的は、疑惑を抱かれている政治的集団が力を増して他人に支配をおよぼすことを防ぐために、何であれその行動を阻止しようということだね」

ハントは助けてくれとばかりに天井を仰いだ。「そうやって何でもかんでも最後まで分析していたんじゃあ、いつまで経っても物事は動き出さないぞ。しかし、そう、ざっとそんなところだ」

「問題は」ゾラックは構わず先を続けた。「彼らのやり方は、きみたちが論理的にその起源を措定《そてい》することは不可能ながら自明の理としている先験的道徳律に基づいて、成熟した社会では当然、保証されていなくてはならないと考えているある種の権利と自由を侵害するものであることだね?」

「ああ」ハントは議論の方向を読んで唸《うな》った。

「従って、きみたちの目標は、高圧的で専横な支配機構が犯すであろう権利の侵害から市民を守ることである、と」

「ああ、その通りだよ」ハントはじれったそうにうなずいた。

「その権利の一つは、何人の干渉も受けずにプライバシーを享受することだ。ところが、これを完全に保証するとなると、誰に何を認め、何を禁じるかを決定する権利もまた否定されることになるはずで……」

ハントは堪忍袋《かんにんぶくろ》の緒を切らした。ゾラックが脱線した議論をはじめたら、アリストテレスの著述でもひっくり返さないことには太刀《たち》打《う》ちできない難題を吹っかけてくるのはすでにこれまでさんざん思い知らされている。

「なあ、ゾラック。彼らは早まってアヤルタを焼き殺したんだ。オベインの事故死も、おそらくは彼らの仕業《しわざ》だろう。こっちの疑惑が事実だとしたら、彼らはアレキサンドリアの図書館や、コンスタンチノープルを焼き払った一味だぞ。人類の歴史に暗黒時代をもたらして、異端審問をやった勢力だ。黒死病も彼らの仕組んだことだったかもしれない。わたしら地球人は被害者だ」

「論理学的アルゴリズムの問題として捉えるなら、それはなかなか面白い詭弁《きべん》だね」ゾラックは言った。「その伝《でん》で行けば、早期自殺は最も効果的な癌《がん》の予防法である、という理屈も成り立つわけだ。あるいは、市民を迫害から守るには、何はともあれ皆殺しにするのが一番だ、とかね」

「わかったよ。じゃあ、こんなふうに考えてくれないか」ハントは鉾先《ほこさき》を転じた。「きみは宇宙船制御コンピュータだ。そうだな？ ヴィザーのような、星間文明社会を管理統制する巨大システムとは役割が違う。市民の教化はきみの仕事じゃあない。何にもまして重大な、第一義の責任は〈シャピアロン〉号とその乗員の安全を守ることだ。これはきみが自分でそう言っている」

「わたしはただ、きみの話は論理学の問題としてとても面白いと言っただけだよ」ゾラックは抗弁した。

「結構。さっきも言った通り、このままで行くと撃ち合いにもなりかねない情況だ。そうなったら、ガルース、シローヒン、モンチャー、ロドガー、その他大勢、〈シャピアロン〉号のガニメアン全員が危険に巻き込まれる。きみがみんなの安全を守る最善の道は、そういう事態を未然に防ぐことだ。だから、無理を通して盗聴を引き受けてくれないか」

「いいだろう。しかし、何と言っても最終的に権限を握っているのは司令官のガルースだからね。ガルースがうんと言わないことには」

「だったら、ガルースに会って話をつけようじゃないか」ハントは言った。

ユーベリアスはシバン市内にある光軸教本部の一室で腹心のイドゥエーンを脇に侍《はべ》らせ、スクリーンに映ったシリオと話し合っていた。シリオは各種の闇商売を手掛けているが、違法のニューロカプラー斡旋《あっせん》もその一つである。彼はまた、光軸教の動きが目立つことを防ぐためにユーベリアスとバウマーの間に立って連絡役を務めている。一通り報告を終えて、話はジーナのバウマー訪問のくだりにさしかかった。

「バウマーは何も疑っていない？」ユーベリアスはおうむ返しに尋ねた。計画は慎重を要する微妙な段階を迎えている。不確定要素を見過ごしにすることは許されない。ただでさえ、どこの誰とも知れぬ人物が降って湧いたように現われてユーベリアスの情報源に接近したとあっては穏やかでない。

「バウマーは見た通りの女だと思っている。本を書くことが夢だとやらいう他愛もない女だ」シリオは言った。「政治の話をして、バウマーは何人か人を紹介したが、なあに、女が自分で電話帳を調べりゃあ用が足りる相手ばかりだ」

「女はギアベーンのホテルに物書きと名乗って泊まっています」イドゥエーンがシリオにそれとなく加勢する口ぶりで言った。「名前は本名で、どこの組織にも属してはおりません。アメリカのシアトルから単身やってきた女です」

「怪しい女じゃあないって」シリオは気にするふうもなかった。「こっちは忙しいんだ。あんな女にかかずらわってる閑《ひま》はない」

ユーベリアスはなお不安を感じながらもその場はそれで済ませたが、後刻、イドゥエーンに向き直って言った。「どうも女のことが気に懸かる。ＰＡＣの別の筋から女の身辺を洗って今日中に報告しろ」


ハントはデスクを隔てて向き合ったガルースに身ぶりを雑《まじ》えて嘆願した。気持ちの支えに同席を求めたデル・カレンは傍らに控えて成り行きを見守っていた。「ねえ、ガルース。これがガニメアン好みではない姑息《こそく》な手段であることは百も承知だよ」ハントはことをわけて言った。「しかしね、ここは何としても彼らの動きを探らなければならないんだ。構うことがあるものか。ジェヴレン人だって五万年もの間地球を盗聴していたんだ。市内の回線を何本か盗聴されたからって、腹を立てる筋はないだろう」

「もっと情報の精度を高めなくては」カレンが調子を合わせた。「諜報《ちょうほう》畑の人間としてはとうてい満足できることではないけれども、とにかく、手の届くところからやるしかないからね」

ガルースはカラザーから、JPCはユーベリアスのアッタン移転の申し出を歓迎する意向だと知らされたばかりだった。ガニメアン政府がジェヴレンの緊張緩和を目指すなら、たとえささやかであっても今すぐその意思を行動で示した方が口約束ばかりするよりは長い目で見て効果がある、とユーベリアスは説いた。彼は自身の誠意の証しに、少数の熱心な信徒の先発隊を率いてただちにジェヴレンを去る用意がある。テューリアン側はユーベリアスの申し出をあっぱれと評価し、すでに移転のために宇宙船をジェヴレンに差し向ける準備が進められているという。カラザーはガルースに、個人的にはこれが最善の解決だとは考えていないことを打ち明けたが、何はともあれ、当分ユーベリアスがジェヴレンから離れてくれた方が面倒がないと内心ほっとしていることもまた事実だった。

ガルースはハントに劣らずユーベリアスに不信の目を向けていたが、カラザー同様、光軸教の移転によってとりあえずは肩の荷が軽くなるとあって、反対する理由は何もなかった。ほかに解決すべき問題は山とある。これまでにガルースが試みた社会不安鎮静の対策はことごとく空ぶりに終わっている。この上はハントの知恵を恃《たの》むしかない。盗聴の提案はガルースにとって不愉快この上なかったが、ことは人間社会における人間同士の問題である。毒をもって毒を制す譬《たと》えの通り、やはりこれは地球人に預けるのが賢明かもしれない。

「よし、わかった。やってくれ」ガルースはゾラックに指示を下した。

ハントは密《ひそ》かにほくそえんだ。とはいえ、あまり多くを期待することは禁物だろう。バウマーと、二、三の在留地球人とジェヴレン人の間に交わされるやりとりから何かのきっかけが摑《つか》めればもっけの幸い程度に考えておくことだ。現在の情況では、彼らは不本意ながら受け身の立場に甘んじるしかない。カレンもまた不満を隠さず、ハントをふり返って眉を顰《しか》めた。

「ほかに手はないかね？」彼は言った。

「もちろん、何かが起きるまでただじっと坐って待つ気はないさ」ハントは答えた。「どこへ目をつけるべきかは、すでにきみとわたしの間で考えが一致している。だったら、このあたりでそろそろこっちから出かけていって探りを入れてもいい頃だ。明日の午前中、心当たりの知り合いに会ってみよう。何か聞き出せるかもしれない」

その夜、ユーベリアスは再度イドゥエーンと顔を合わせた。

「たしかに、女はＰＡＣに出入りしています」イドゥエーンは言った。「バウマーを訪ねた前の日にＰＡＣに行きましたし、バウマーと会った後も、その足でＰＡＣに顔を出しています。〈ヴィシニュウ〉号で知り合ったＵＮＳＡの科学者グループのところです」

「ふん。それで、女はどういう内容の本を書いているのだ？　どこから依頼された仕事だ？」

ユーベリアスは鋭く尋ねた。

「それは、本人が言っている通りでしょう。科学者たちに助言を求めているというのも事実だと思います。ここでは異邦人ですから、多少とも顔見知りがいれば、そこを頼っていくのは当然でしょう」

「いいか、よく聴け。わたしも手を回して少し調べてみた」ユーベリアスは言った。「UNSAグループの顔触れを知っているか？」

イドゥエーンが何も知らないことはその顔に書いてある。ユーベリアスはうなずいた。

「知らなければ教えてやろう。ヴィクター・ハント博士の名前を聞いたことがあるか？　クリスチャン・ダンチェッカー教授はどうだ？　ただの科学者だと思うか？　この二人はな、ジェヴレンの地球監視を暴露して連邦を崩壊に追い込んだ張本人だぞ。UNSAにおける二人の直属の上司はコールドウェル。地球人たちのいわゆる〝架空戦争〟を画策した人物の一人だ。ハントとダンチェッカーを今度ジェヴレンへ送ってよこしたのは誰だと思う？　同じコールドウェルだ。どうだ、これでもわたしは用心のしすぎだと思うか？　彼らは危険人物だ。何者であれ、彼らと接触のある人間は警戒してかからなくてはならない」

イドゥエーンはうろたえを隠しきれなかった。「どうしたらいいでしょうか？」

「女をここへ連れてきて、何を企んでいるか聞き出すのだ」ユーベリアスは言った。

「シリオに段取りをさせますか？」

ユーベリアスはしばらく考えて、首を横にふった。「いや、あの男はバウマーの相手をさせておくだけでいい。女がかかり合いとわかったら、われわれの手で始末をつける。ここはおまえの働きだ。あのドイツ人はすでに女と面識があるからうまく利用することだ。ただし、これまでとは別の筋で接触しろ。シリオ一味がしゃしゃり出てくるのは好ましくない」

「ただちに行動を開始します」イドゥエーンは胸を叩いて言った。

28

翌日、ハントが街へ出て留守の間に、ジーナとサンディはPAC居住区の階下の殺風景なキャフェテリアで食事をした。料理はいつも同じで味気なかった。ジェヴレン人の料理長に文句を言っても、食品の供給システムが混乱しているという答が返ってくるばかりで一向にサービス改善の兆《きざ》しはない。悪いことはすべてジェヴェックス遮断のせいにして知らぬ顔を極《き》め込むのが今では当たり前になっている。

「またイカの腸《わた》に靴箱《くつばこ》の焼いたのよ」どうやらサンドイッチと思《おぼ》しきものを前にして、サンディは眉を顰《しか》めた。「はるばる地球からやってきてこれじゃあねえ。ガニメデの氷の下だって、もっとましな食事だったわよ」

「でも、どうしてガニメデみたいなところへ行くことになったの？」ジーナは不思議そうに尋ねた。

「クリスやハントのような人たちと仕事をしていたら、何が起こるかわかったものではないということよ」

「そうね、その通りだわね」

「現にあなただってそうでしょう。ハントと知り合って一週間経つや経たずのうちに、もう、こんなとこへ来てるじゃないの」

ジーナはあたりを見回した。「でも、本当。〈ヴィシニュウ〉号とは、ひいき目に見てもちょっと違いすぎるわね」

「ただ、ゾラックはヴィザーより、何て言ったらいいかしら……そう、可愛《かわい》いところがあると思うわ。冗談を言うんですものね。冗談を飛ばすコンピュータなんて、聞いたことある?」

「二十五年も宇宙を漂流している間にそんなことも身につけたんでしょうね」ジーナは言った。「とにかく、ガニメアンのやることに間違いはないわ。きっとここもうまく乗り切るわよ。だんだんわかりかけてきたけれど、わたしたち地球人から見たら頭がおかしくなるようなことも、たいていは彼らにとって痛くも痒《かゆ》くもないのね」彼女はオレンジ色の葉がついた不思議な形の黄色い果物を見つめた。「わたしたちだって、ここにいる限りはヴィザーと直接対話できるはずだけれど、どうしてもこっちは地球人の感覚で……」

二人はまずい料理に顔を顰《しか》め合いながら、しばらく黙って食べた。

「わたし、ここへ着いてからヴィザーには一歩も近づいていないわ」サンディは言った。

何か深刻な話があって、ジーナの反応を窺《うかが》うような、妙に険を帯びた口ぶりだった。ジーナはやや遅ればせにそれに気づいて怪訝《けげん》な表情を浮かべたが、彼女の受け答えを待たずにサンディはたたみかけた。「宇宙船で、あなたはどの程度ヴィザーを知ったの？　ヴィザーはゾラックの端末が変わったものとはわけが違う。まったく別のシステムよ。あなた、時間をかけてヴィザーを試した？」

ジーナは食べるのを止めてテーブル越しにサンディの顔を見返した。「試したかですって？」

「そうよ」

「それは、あなたの言う意味にもよるわ」

サンディはかねてからこのことを話題にしたくて機会を狙っていたらしい口調で答えた。

「ヴィザーの世界がどんなに異常か、カプラーに接続したあなたにはよくわかるはずでしょう。あなたの言う通り、テューリアンとわたしたちはここの構造が違うのよ」彼女は自分の顳顬《こめかみ》のあたりを軽く叩いた。「ところが、どれほど違うか、みんな気がついていないの」

ジーナは椅子の背に凭《もた》れ、急に思いつめたようなサンディの強張《こわば》った態度にいくらか鼻白《はなじろ》んだ。サンディがどこへ話を持っていこうとしているかは察するに難《かた》くなかったが、ジーナはさりげなくそれを躱《かわ》した。「いたるところに盗聴システムがあるような環境で、よく平気でいられるっていうこと？　本当ね。わたしも不思議だわ。わたしだったら我慢できないもの。それにあの無意味なまで細かいところにこだわる仮想世界の映像表現もわたしには馴染《なじ》めないわ。テューリアンは、しょせんわたしたちとは現実認識が違うということかしら」

サンディは首を横にふった。「そうじゃないの。わたしの言ってるのはそんなことじゃないのよ。問題は人の脳に直接情報を入力するシステムよ。あれをやられると、自分がどこにいるかわからないというだけじゃあ済まないでしょう。あのシステムでは、実在しない場所だって現実と区別がつかない形で人の頭の中に描き出せるのだし、それは願望の投影でもあり得るのよ」

「それで?」ジーナは深入りしたくないと思いながらもサンディに先を促した。

サンディはフォークを置いて髪を掻《か》き上げた。呼び覚まそうとしている記憶が何であれ、彼女はそのことで悩んでいるに違いなかった。「こっちが望む通りの仮想世界を描き出すだけではなしに、ニューロカプリングは人の意識に入り込んで、自分では思ってもみなかったことまでほじくり出すのよ。あるいは、今さらどうする術《すべ》もなくて葬り去ろうとしている記憶とか。思い出したくない過去や、努めて見まいとしている自分の姿を目の前に突きつけられるというのがどんなことか、あなた、わかる?」

ジーナはサンディの目を真っすぐ見つめてゆっくりうなずいた。「ええ、わかるわ」白状するような気持ちで彼女は言った。「わたしもあのシステムをこっそり研究したから、あなたが何を言おうとしているか、よくわかるわ」

「やっぱり?」

「ええ」

「それで、あなたは……」サンディは言葉を濁して片手を宙に浮かせた。

「さんざんな目に遭ったわ。それでわたしも、あれ以来ヴィザーとはいっさい没交渉よ」サンディはうなずいた。こうなれば女同士で、秘密にしておかなくてはならないことは何もなかった。彼女はセーターのファスナーを首まで閉じてぴたりとジーナに向き直った。

「あのね、いざとなれば、わたし、人を殺せるのよ」心ならずもジーナは驚愕《きょうがく》を隠しきれなかった。サンディはジーナの表情を見て救われたようにうなずいた。「あのシステムと対話してそれがわかったの。まだあるのよ。聞きたい？ そういう自分を知って、わたし、快感を覚えたわ。ずっと自分で思ってきたのとは違う自分を発見した感想として、あなた、これをどう思う？」

サンディは蒼《あお》ざめてふるえていた。ジーナは乗り出して優しく彼女の手を取った。「思いつめない方がいいわ。誰だって何かしら心の奥に隠しているのよ。ねえ、これがもし……」

サンディは開き直るかのように手を引っ込めた。「テューリアンのコンピュータは知能指数一〇〇万の、超能力を具《そな》えたフロイトよ。テューリアンは自分について知りたくないことなんてないのかもしれないし、あったとしても、気持ちをうまく騙《だま》すことを心得ているのかもしれないし……わたしには何とも言えないけれど、でも……」彼女はふっと口をつぐみ、ジーナを見て溜息《ためいき》をついた。「ごめんなさい。でも、わたし、どうしても誰かに聞いてもらいたくて」

「いいのよ。あなたの気持ち、よくわかるわ」

サンディは缶入りのコークをぐいと呷《あお》った。PACが地球人のために取り寄せて〈ヴィシニュウ〉号で届いたばかりの、正真正銘のコークだった。「わたしたち、ここへ来てまだほんの二日よ」彼女は缶を置いて周囲をぐるりと指さした。「一歩この建物を出れば、惑星社会全体が、人間の記憶する限りの昔よりもっと以前からあのシステムのせいで麻薬中毒にかかったのと同じ状態なのよ。集団狂気の原因は何かなんて、今さら考えるまでもないでしょう？　みんな、どうかしているんじゃない？　原因は目の前にあるじゃないの」

ジーナは真剣な目でじっとサンディを見つめた。宇宙船を降りるより前に同じ結論に達していながら今まで何も言わずにいた自分が歯痒かった。サンディの口から考えが一致することを聞かされて、彼女は迷いがふっきれた。

「そのイカの腸《わた》、早く片づけちゃってよ」ジーナは言った。

サンディは皿を脇へ押しやった。「胃が受けつけないわ。でも、どうしてそんなに急《せ》かすの？」

「あなたの言う通りだと思うから。二人だけで話してたってはじまらないわ。もっと早くに意見を言うべきだったのよ」

ダンチェッカーは中央研究室の丸椅子に腰を載せてスクリーンを睨《にら》んでいた。ディスプレーにはアンキロックの標本に見られる遺伝情報プログラミングの変動曲線が映し出されている。アンキロックはジェヴレン固有の飛翔能力を持つ動物で、学習によって獲得した後天的な習性が遺伝することで知られている。類縁の科《ファミリー》には、アンキロック以外にも同様の遺伝形態を有する生物がいるらしい。

「人工知能は知識を累積的に増加できるから人間より優れているという説を聞いたことがあるかね？」ダンチェッカーはサンディとジーナの顔を見るなり、前置きもなしに話しかけた。今しも頭の中で煮詰まった考えをぶつける相手は誰でも構わなかった。「人間は世代ごとに一生の四分の一の時間をかけて同じ基礎知識を繰り返し学習しなくてはならないという点で、決定的に不利だというのだね。しかも、身につけた知識はほとんど活かせない。新しい知識を取り入れることもない。そうして、そのわずかな知識も墓場へ持っていってしまう」教授は傍らの実験台の上に浮かんでいる飛翔中のアンキロックの立体映像を指さした。「しかしね、この動物がどこまでも進化したらどうなると思う？　人間は後天的な習性が遺伝しないことを有難《ありがた》く思って然《しか》るべきなんだ。事実上、ある一つの世代をそっくりナチの狂信者に仕立て上げるために大変な努力が払われた。ところが、次の世代は純真無垢《むく》なることエスキモーと変わりない。もし、洗脳、教化が遺伝子を生み出すとしたら、次世代の狂信者はもっと手に負えないことになるじゃあないか。バウマーがそんなやつらの手先になったら何をしでかすかわかったものではないだろう」ダンチェッカーは椅子の上で体を回して向き直り、はじめて二人が何か言いたそうにしているのに気づいた。「それはさて、きみたち、何かわたしに用があるのかね？」

「何がジェヴレン人を駄目にしているかという問題ですけど、わたしたち、答は出ていると思うんです」ジーナは単刀直入に切り出した。

「答はとっくに出ているとも」ダンチェッカーは屈託もなく言った。「何千年もの間、心優しいテューリアンの過保護にさんざん甘やかされてきたからだよ。人類は自分たちと同じようにできていると考えたのがテューリアンの誤りだ」

「じゃあ、やっぱりジェヴェックスは関係ないとおっしゃるんですか？」

ダンチェッカーは上機嫌で、人をやり込めようという気分ではなかった。「いや、ある意味では、責任がないとは言えないだろうね」一歩譲って彼は言った。「ただ、ジェヴェックスは原因と結果を取り持った媒介者であって、原因そのものではないのだよ。ジェヴェックスはジェヴレン人の用を満たして、彼らに代わって物を考えた。そうして、彼らの困難を取り除いたんだ。ところが、ジェヴレン人はわたしら地球人と同じ人類の一員であって、問題解決志向型の人種なのだね。一つ問題が片づけば、新たに問題を作り出す。それがなければ塞ぎ込むか、自分の本性が否定されたことを恨みに思うかだ。今、わたしらが目にしているのはまさにその状態だよ。残念ながら、ここは時間が解決してくれるのを気長に待つよりほかに手はないだろうな」

「そうではないと思います」サンディが進み出て言った。「ジェヴレンの現状には、ジェヴェックスの運用のあり方がどこかではっきり関係していると思うんです」

長身瘦軀《そうく》のダンチェッカーは椅子の上で反《そ》り返ると、まんざら興味がないでもない顔でじわりと笑った。「ほう、そうかね。それは面白い。是非きみたちの考えを聞かせてもらいたいね」

「ジェヴェックスはだいたいヴィザーと同じシステムですね？」ジーナは本題に入った。

「いや、ジェヴレンのシステムはヴィザーとは別のプロシージュラル・ルールとパラメータでプログラムを与えられているのだよ」

「ええ、でも、基本的な技術や能力は同じでしょう」

「うん、まあ、そう言っていいだろうね」

ジーナは椅子を引き寄せて腰を下ろした。サンディは実験台の脇に立ったままだった。

「そこで一つお訊きしたいのですけれど、先生」ジーナは言った。「先生ご自身はこれまでヴィザーをどのくらい使っていらっしゃいますか？」

「だいたいみんなと一緒だろう」ダンチェッカーは答えた。「わたしはテューリアンの宇宙船がはじめて地球に来た時に出迎えた中の一人だがね、今では仕事でちょくちょくヴィザーを利用しているよ」

「それはわかっていますが、どういうことにお使いですか？」ジーナは厳密に尋ねた。「ヴィザーがどんな仕事をするか説明していただきたいのですが」

ダンチェッカーは肩をすくめた。質問の意味がわかりかねるが、とりあえずはこだわるまいという態度だった。「テューリアンのデータベースを検索するとか、テューリアンの研究者たちと情報を交換するとかね。他所《よそ》の土地にいる地球人とも、システムに接続があれば対話するよ。テューリアン各地を訪問することもある。仕事で行くこともあれば、付き合いもある。純粋に個人的関心から出かけていくこともないではない。こんなところで答になっているかな?」ジーナはさらに一歩踏み込んだ。「それ以上のこと? どういう意味だね? ほかにどんな使い方があるというのかね」

「それ以上のことには使っていらっしゃいませんね?」ジーナはさらに一歩踏み込んだ。「それ以上
ダンチェッカーはここに至って執拗《しつよう》に尋ねられることを嫌うそぶりを見せた。「それ以上のこと? どういう意味だね? ほかにどんな使い方があるというのかね」

ジーナは膝を乗り出し、小さく手を上げて頭を整理した。「先生……こう言っては何ですけど、結局、先生はヴィザーのことを研究者の目で、データ処理装置としてしか見ていらっしゃいませんね?」彼女は慌てて言葉を足した。「ヴィックも同じです。お二人とも科学者ですものね。コンピュータはあくまでもコンピュータであって、研究に必要な装置機材の一つにすぎないわけですね。ところが、実際はそんなものじゃありません。テューリアンのコンピュータ・システムはそれ自体、人間の意識との相互作用によって自己順応する一つの環境なんです。相互作用で順応する環境がすべてそうであるように、システムは外からの指令で変わるだけではなしに、自分の意思で変わることができるんです」

「人の意識の底から掘り起こしたデータに従って、注文仕立ての現実を作り出すんです」サンディが脇から説明を補った。

「ヴィザーは人の意識を読むような真似はしないだろう」ダンチェッカーは納得しかねる顔で言い返した。「それはテューリアンの制御手続きで厳しく禁じられているはずだよ」

「それが、利用者が許可すればできるんです」ジーナは言った。

ダンチェッカーはきょとんとして彼女を見返した。「そんなことは考えてもみなかったな」彼は自分の無知を認めた。ジーナが一本取った形だが、それは誰が口に出す必要もないことだった。

「それに、ジェヴェックスは設計思想がヴィザーと違います」サンディが追い討ちをかけた。「テューリアンふうのプライバシーや権利の概念を体現するシステムにはなっていません」

「きみたち二人は、そういうことを身をもって体験したのだね？」

二人はうなずいた。

「体験からきみたちが発見したことを、詳しく聞かせてくれないか」

ジーナとサンディは私事にわたる不要な細部は伏せて、仮想体験とそれが意識におよぼす影響をこもごも語った。ハントからダンチェッカーは偏屈だと聞かされていたジーナは芯の疲れる議論になることも覚悟の上だったが、意外にも、教授は揚げ足を取りもせず二人の話に熱心に耳を傾けた。二人が語り終えるとダンチェッカーは研究室の奥へゆっくり歩み、ジェヴレン生物系統発生の図表を掲げた壁の前に立った。

その態度に勇気づけられて、サンディは背後から話しかけた。「テューリアンと意識の違いに戸惑いを感じているのはわたしたち地球人だけではないのかもしれません。共通の先祖を持っているということも、さして意味はないのではないかしら」

彼女が〈シャピアロン〉号のガニメアンのことを言っているのは明らかだった。ガニメアン文明は二十一世紀初頭の地球よりせいぜい百年ほど進んでいるというにすぎない。人類と同じく、彼らは自分が今そこにいると信じている通りの世界に生きてきた。そこでは物も場所も目に映るままの現実であり、時空は常識で把握できる概念であり、h－スペースはまだ知られていなかった。テューリアン文明は滅亡の危機に瀕《ひん》した長い停滞の時期を差し引いてもなお、はるかに進歩している。

「ガルースがどうして地球人に助けを求めてきたのか、それで説明がつくのではないでしょうか」ジーナは言った。

ダンチェッカーは二人に向き直った。「面白いねえ。ヴィックには、もう話したのかな？」

「いいえ。街へ出て留守ですから。それで真っすぐここへ来たんです」

「街へ出ている？　何でまた？」

「はっきりしたことはわかりませんが、バウマーのことを聞き込みに行ったんだと思います」

「ゾラック！」ダンチェッカーは声を張り上げた。

と、まさにその時、ゾラックがジーナへの電話を取り次いだ。スクリーンに眼鏡をかけたハンス・バウマーの蒼白《あおじろ》い顔が浮かんだ。進み出たジーナを認めてバウマーはにったり笑った。

「ああ、一人じゃあないね。お邪魔だったかな？」

ジーナは首を横にふった。「いえ、いいんです。何のご用かしら？」

「先だっての話ね、たまたま忙しかったもので、冷たくあしらったようで申し訳ないと思っているよ。なにしろ、ジェヴレン人ときたら横着で、このところ何かと用事が重なってしまってね。ああ、もちろん、シバンの案内役なら喜んで引き受けるよ。そちらさえよければ、どこかで会おう。いつがいいかな？」

29

ハントがはじめて立ち寄った時と変わらず、室内は散らかり放題、けばけばしい色彩の氾《はん》濫《らん》だった。

「あら、ヴィック。いらっしゃい」ニクシーは愛想よく彼を迎え入れた。メタリック・ブルーのシャツの胸に刳《く》られた丸い穴に赤く塗った乳首が覗《のぞ》いている。「ＰＡＣには女の子いないの？　淋《さび》しい？　あたしといいことする？」

マレーは見ていた映画を途中で消して安楽椅子から腰を上げた。「おい。商売熱心は結構だが、そいつはなしだ。ご機嫌うかがいだからな」彼はハントの手を取った。「いやあ、いつまた来てくれるかと思っていたよ。どうかね？　この土地にはだいぶ馴《な》れたかね？」

「まあ、ぼちぼちね」

ニクシーは眉を寄せた。「ご機嫌うかがいって何のこと？」

ハントは部屋に入ってマレーが映画を見ていたスクリーンの制御パネルに目を着けた。

「これは、市内汎用《はんよう》ネットの端末だね？」

「ほかの機能もかねているがね。それが何か？」

「五六チャンネルを対話モードにしてくれないか」

「データサービス機能だな。何でまた？」

「ちょっと試してみたいことがあるんだ」

マレーは肩をすくめ、パネルにジェヴレン語で何やら指令してハントをふり返った。「何がはじまるって？」スピーカーからマレーの言葉がそのままジェヴレン語で流れた。

ニクシーが目を丸くしてマレーに何か言うと、それがそっくり彼女の声を模した合成音声で英語に翻訳された。「あら、どうして？　どういうこと？　このままで通じるの？　今の英語、あたしがしゃべったの？」

「へえ、こいつは驚いた」マレーはパネルに目を凝らせて言った。「じゃあ、ずっと前からこういうことをやってるのか」

「科学屋を家へ入れると面白いことがあるだろう、え？」ハントはにやりと笑った。

ニクシーはマレーに食ってかかった。「さんざん苦労して英語を覚えたのに、何よ、そんな必要ないんじゃない。へえ、これはいいわ。そうだ、その分あんたに請求しよう。客の相手をする時間と同じ値段でいいわ」

マレーは何かを押さえつけるような手つきをした。「いや、嘘じゃない。こういう便利なものがあるとは、本当に知らなかったんだ」彼はハントをふり返った。「どういう仕組みになっているんだ？」

「ガニメアン宇宙船のコンピュータに接続しているのだよ」ハントは言った。

「〈シャピアロン〉号か？」

「ああ」

「へえ、そうとは知らなかった」マレーはあらためて嘆声を発した。

「いいわあ！　普通にしゃべれるのね」ニクシーは喜々として言った。「上の階の女の子たちがね、あなたのこと、すごく素敵だって。パーティに連れてこいって、しきりに言うのよ。でも、本当。みんな楽しい人たちよ」

「わかっているよ」ハントはうなずいた。「是非誘ってもらいたいね。ただ、今日は駄目なんだ。いろいろと忙しくて」

マレーは椅子に戻ってハントに長椅子を勧めた。ニクシーはクッションに坐り込んだ。

「アヤルタもチンゾーであんな目に遭って気の毒なこった」マレーは言った。「水際立った手口だな。それにしても、こう物騒じゃあかなわない。サンフランシスコ市警察の特別機動隊でも連れてくるしかないな。いったい、犯人はどうやってアヤルタをあんなふうに焼き消したのだろうかね」

「位相共役《いそうきょうえき》レーザーだよ」

「ははあ……なるほど」マレーはわかったような顔をするしかなかった。

「まず間違いのないところだ。アヤルタが火の玉となって砕け散る直前に、胸部に標的指示誘導ビームの光点が見えているからね」

「ほらね。地球人に訊けば何でもちゃんとわかるように教えてくれるのよ。あたしにはさっぱりわからないけど」ニクシーは言った。

「いや、一口に地球人といっても、いろんなのがいるから」ハントは口ごもった。

ニクシーは彼を見て首を横にふった。「だってね、この土地の人たちの言うことなんてでたらめよ。アヤルタを殺したのは異次元の宇宙エネルギーだとか。それから、ええと、何だっけ……テレサイコシンクロニシティの波だとか。どういうこと？　だいたい、テレサイコシンクロニシティって何？」

「昔で言う、念力のようなものかな。ただ、こっちの方がはるかに強烈だ」ハントは想像で答えた。

「そんなことより、あたしといいことしよう」ニクシーは科学には関心がなかった。

「今のはバンパー・ステッカーの標語にいいね」ハントは言った。

「ジェヴレン人は自分たちでこの町を何とかしなきゃあ駄目よ。ああでもないこうでもないと言うばかりで、ただガニメアンがどうにかしてるのを待ってるだけじゃあ。ねえ、マレー、早く地球へ行こう。地球へ行けば、あたしは一財産築けるって、あんた言ったじゃない」

「まあ待てって。ほとぼりが冷めるまで、もうちょいと時間がいるんだ」マレーは椅子に体を沈め、ニクシーの項《うなじ》の髪をまさぐった。「それはそうと、忙しいのにわざわざ無駄話をしにこんなところへ来るわけはないな。何の用だ？」

「ＰＡＣのさる地球人のことで、何か聞けたらと思ってね」ハントは言った。「陸橋崩落事故との関連で」

「警察のお偉方が転落して、市民が巻き添えを食った事故か」

「ああ。どうやら、あの事故とアヤルタ暗殺はどこかで繋《つな》がっていると見られる節があるのだよ」

「ほう、それで？」

「その地球人というのは、ハンス・バウマー。ジェヴレンへ来て半年近くになるドイツ人だ。この男が当地の暗黒街と通じていると判断するに足る根拠がある。バウマーと接触のある人物から何か聞き出せるのではないかとわたしらは考えているのだよ。そこで思い出したのがきみのことだ。その方面には多少明るいのではないかね」

「何でまたそんなことに首を突っ込むんだ？」マレーは急によそよそしい態度になった。

「ジェヴレン人の陰謀、覇権奪取の企ては連邦崩壊をもって頓挫《とんざ》したわけではないことが最近になってわかってきたのだよ」ハントは答えた。「今なお不穏な動きがあって、これには別の勢力がかかわっているし、ジェヴレン社会のきな臭い現状も意図的に操作されているらしい。オベイン抹殺《まっさつ》は一つの準備過程かもしれないんだ。オベインはガニメアン当局に非常に協力的だったからね」

「こいつは驚いた。あんた、科学者だろ？　それにしちゃあ、ちょいと畑が違やあしないか？」

「つまり、ガニメアンがここから追い出されるのは見るに忍びないということだよ」ハントはドアの方を指さした。「この惑星の惨憺《さんたん》たるありさまはどうだ？　本来なら、とうの昔に自前の星間宇宙船を飛ばすことだってできたはずのジェヴレン人が、テューリアンの援助にすがっているばかりじゃないか。二千年にわたって地球の進歩を押し止《とど》めたと同じ勢力が今ジェヴレンに再興しかけているのだよ。それを阻止するのがわたしらの目的だ。これはきみにも大いに関係があることなんだ、マレー。社会が抑圧的になれば自由はいっさいなくなるからね。それはきみの商売にとってありがたくないだろう」

「ヴィックの言う通りよ、マレー」ニクシーが口を挟んだ。

マレーは首を横にふった。「申し訳ないが、お役に立てないね。おれは何も知らないんだ」いかにもそっけない口ぶりだった。表情に欠けた顔を見ればしらばくれていることは明らかだった。さらに一歩踏み込んで、みすみす貴重な人脈を失う危険を冒すか、この場は引き下がってマレーに考える時間を与えるか、ハントとしては思案のしどころだった。彼は胸の裡《うち》で溜息《ためいき》をついた。

「何か耳に入ったら伝えてもらえるかな？」

「ああ、いいとも」

ニクシーは気まずげにテーブルを見やったが、口を開こうとはしなかった。

「もう一つ」ハントは言った。「アヤトラたちについてちょっと聞きたいことがあるのだがね」

ニクシーはゾラックの通訳でハントの言うことをすべて理解したが、マレーはきょとんとした。「何だって?」

「宗教団体の指導者だよ。アヤルタもその一人だったけれど、神がかって大衆を煽動《せんどう》する教祖だの説教師だのが大勢いるだろう」

ニクシーがマレーにジェヴレン語でひとこと耳打ちした。ゾラックはそれを「覚醒者たち」と通訳した。

「やつらのことで、何を知りたい?」マレーは話の向きが変わってほっとした様子だった。ハントはガルースとシローヒンから聞いたことを大摑《おおづか》みに語った。ニクシーは何故か妙に押し黙ってじっと耳を傾けていた。

ハントの話が終わるとマレーはいかにも済まなそうな顔をした。今度は本心だった。「それはまた奇ッ怪至極だな。いやあ、実にどうも面目《めんぼく》ない話だが、そっちの方がおれよりよっぽど詳しいよ」

「しかし、きみはここへ来てもう半年だろう」

マレーは掌《たなごころ》を返して肩をすくめた。「そうは言ってもなあ、ジェヴレン人とそんな話をすることはないもの。おれたちの話の程度がどんなものかはさっき見た通りだあね」彼は制御パネルを指さした。「まあ、それはともかくさ、エッフェル塔の組立模型よりも、あいつらの頭のネジの方が狂っていることだけは確かだよ。しかし、何だってやつらのことを気にするんだ?」

「ユーベリアスと光軸教が一枚嚙《か》んでいると見ているからだよ」ハントは言った。

「あいつだったら、どうせもうじきいなくなるはずだろう。どっかの、何とかいう惑星へ引っ越すんだっていうじゃないか。ニュースで盛んにやってたよ。すでに若い信者の先発隊をギアベーンから軌道へ打ち上げる段取りをしているそうだ」

「それもわたしには不思議なんだ」ハントは隠さず言った。「確かに、ユーベリアスと名指しで言うことはできないかもしれない。ただ、あの手の宗派、教団がどこかでかかわっていることは間違いない」

マレーはあっけらかんと肩をすくめるばかりだった。「本当に申し訳ない、先生。でも、さっき言った通り、これについてはそっちの方がおれよりよっぽど詳しいよ。ほかに何か、おれで役に立つことはあるかね？」

なおしばらくあれこれ話したが、実のあることは何一つ出てこなかった。頃合いを見てハントは腰を上げた。

「気をつけてな、ヴィック。また会おう」戸口にハントを見送って、マレーは言った。

ハントは聞き込みの結果に失望を味わいながらＰＡＣを指して歩きだした。安物の装身具や小間物を売る屋台が並んでごみごみした路地を抜け、大半は戸を鎖《さ》した店に囲まれた広場を横切った。はじめてここに来た時からずっと修理中の立て札を出して止まったきりのエスカレーターを歩いて登ると、両側の歩道に無気力な市民たちがしゃがみ込み、その向こうではトレーラーから配られる袋詰めの食品を待ちかねて受給者が長い列を作っていた。表情に乏しい子供たちがハントにつきまとって金品をねだった。ユークリッド幾何学《きかがく》やニュートンの古典物理を学び、バッハを聴き、マゼランの航海記を読んで不思議はない年頃と見受けられたが、はたしてジェヴレンにこれらに相当する歴史上の人物がいるかどうかハントは不明にして知らなかった。

彼はとある街角に足を止め、派手な身なりの一団が客の酔い潰《つぶ》れた店の戸口から炸裂《さくれつ》するばかりに響きわたる音楽に合わせて恍惚《こうこつ》の境で踊っているさまを眺めた。近くの窓から明らかに卑猥《ひわい》な意味とわかる野次が飛んだ。ハントはこれから半日をどう過ごしたものか考えあぐねて立ちつくした。

袖を引かれてふり返ると、ニクシーだった。

「仕事だって言って出てきたの。ヴィックに追いつこうと思って」彼女は言った。「どこかへ行こう」肩掛けをはおっているのがせめてもの救いだった。

ハントは溜息をついた。「ニクシー。きみは適当なところで引き下がるということを知らないのか？　せっかくだがね、今日は駄目だ」

「大丈夫よ。いいとこ知ってるの」彼女はなおもしきりにハントの手を引いた。

ハントは首を横にふった。「きみと寝る気はないと言ってるのがわからないのか？　いい子だから、とっとと消えてくれ」

「そうじゃないの。話をするだけよ。通訳機械のあるとこへ行けば、ジェヴレン人と地球人の間で話ができるから」

「ほう」ハントはあらためてニクシーの顔を覗《のぞ》き込んだ。彼女は常になく深刻で、無邪気な笑顔は影を潜めていた。ハントはうなずいた。「わかった。行こう」

ニクシーはハントに腕を絡めて歩きだした。「こっち。案内するわ。あたしがよく行くとこ」

商店の飾り窓が並ぶアーケードに曲がり込んだ。シャッターを降ろしている店が目立った。そこを抜けてごみだらけの広場を突っきり、さらに数軒のバーとゲームセンター、それに何を商うとも知れぬ店や民家が雑然と並ぶ路地に入った。角を二つ曲がってやや広いコンコースに出ると、片側に安ホテルのロビーと思しき場所に通じるドアがあった。フロントの左手にドアが並び、右手の廊下の奥のみすぼらしいラウンジを覗くと、同様にみすぼらしくひしゃげた椅子に二、三の客が所在なげに坐っていた。突き当たりのドアはエレベーターと思われた。何故か受付機械までが商売女に連れ込まれてくる客を蔑《さげす》んで冷笑しているかのような雰囲気を醸《かも》し出していた。

「あたしが払ったらおかしいわ」ニクシーはハントに耳打ちした。彼は日常の用をまかなうためにPACから支給されているカードを差し出した。ニクシーがカードを読取機に挿入しても、受付機械は応答しなかった。ニクシーは低く悪態をついてボタンを叩いた。機械は相変わらずうんでもすんでもなかった。彼女はジェヴレン語で何やら喚《わめ》き立てながら、何度も乱暴にボタンを押した。フロントの奥のドアから垢染《あか》みたシャツを着た男がぶつぶつ言いながらぬっと髯面《ひげづら》を覗かせた。ニクシーが男にカードを突きつけ、ひとしきり喧嘩腰《けんかごし》のやりとりがあってから、やっと別の機械がカードを呑み込み、応答を記録して吐き出した。フロントの男は半分故障した受付機械の中から代用硬貨に似た小さな暗証キーを取り出してニクシーに渡した。後をも見ずにドアの奥に姿を消した男の捨て科白《ぜりふ》はハントへの当てこすりに違いなかった。

エレベーターで数階上がり、廊下の突き当たりの角部屋に入った。建物の外見から想像される通りの殺風景な一室だった。絶景を見晴らす効果を狙ったコンピュータ・グラフィックスの窓はところどころ虫食いになっている。ニクシーはクイーンサイズのベッドに向き合った制御パネルのスイッチを入れて、音声入力で通訳モードを指示した。

「何か飲む？」ハントをふり返って彼女は言った。「最初の一杯だけはここの奢《おご》りよ」

「そいつはありがたいね」

「注文は？」

「きみに任せるよ」

「コランタを二つ。氷は香りのいいのにして、泡は立てないで」ニクシーが言うと、それに応えて給仕装置の奥でグラスに氷の鳴る音が聞こえた。「マレーが警戒したこと、悪く思わないでね」ニクシーは肩越しに言った。「バウマーが付き合ってる人たち、他所《よそ》から口出しされるのをすごく厭《いや》がるのよ。怒らせたら何をされるかわかったものじゃないわ」

「きみはバウマーを知っているのか」

「こう見えても、世の中で何がおきているかぐらいはわかるわよ。シバンにいる地球人の数は知れているし、そのつもりはなくたって、何かと耳に入ってくるわ」

「で、バウマーはどういう方面と付き合っているんだ？」ハントは擬似風景を映し出した窓際に腰を下ろして煙草《たばこ》を取り出した。

「マレーの話だと、地球でも同じことをやってるってよ。人がほしがるけど法律で禁じられてて手に入らないものをこっそり売るの。マレーも薬か何かでそういう商売をしてたみたい」

「密売組織か」

「地球ではそう言うの？　そう、それよ」

「しかし、ジェヴレンでは闇市場が問題になるとも思えないがねえ」ハントは首を傾《かし》げた。

「事実上、法律は何も禁じていないのと同じじゃないか」

「近頃はジェヴレンもずいぶん変わったから」ニクシーは給仕装置から飲みものを受け取って向き直り、ハントにグラスを差し出すと、珍しそうに擬似風景の窓枠から煙草の箱を手に取った。「一本もらっていい？」

「どうぞ」

ニクシーはハントの差し出すライターの火に屈《かが》み込んだ。「これ、煙草っていうのね？」

「そうだよ」

彼女はベッドに坐って脚を投げ出し、ヘッドボードに寄りかかった。「マレーがよく需要と供給って言うんだけど、それはつまり、法律に違反するものを売ればすごく儲《もう》かるっていうことでしょう？　そうよね？　マレーはアメリカ政府にずいぶん儲けさせてもらったって言うんだけど、それがあたしにはよくわからないのよ。だって、法律で禁止するのは政府でしょう。……まあ、それはいいとして、とにかく、人がやりたがることを禁止すれば、片方で誰かが大儲けするっていうことね。それが需要と供給ね？」

「そうであってはならないはずなんだが……」ハントは肩をすくめた。「うん、現実には往往にしてそういうことが起こるんだね」

ニクシーは吸いさしの煙草を見つめて言った。「これ、軽いのね。咽喉《のど》にふわっと来ていい感じ」

「全部が全部そういうわけじゃあないよ。中にはおそろしく辛くて強いのもある」

「地球では、煙草は禁じられているの？」

ハントは首を横にふった。「煙草で儲けても悪人にはされない」

ニクシーはちょっと考えた。「ということは、その人たちが規則を定めるからね？」

「まあ、そんなところだ」

ニクシーはうなずいた。「それはいいとして、わたしが言いたいのは、ガニメアンがジェヴレンに闇市場を作り出したっていうことよ」

ハントはグラスに目を落とした。琥珀色《こはくいろ》の液体に黄緑の氷が浮かんでいる。レモン・ベースの辛口のドランビュイに似た味で、なかなか悪くなかった。ニクシーの話がどこへ向かっているかはあらかた読めたが、もうしばらくは黙って聞くことにした。せっかくの好意を無にするものではない。「というと？」彼はニクシーを見返して煙草を深々と吸った。

「考えてもごらんなさいよ。世の中みんなが当たり前だと思っていたものを取り上げられてもう半年。みんなどうしていいかわからないのよ」

ハントは眉を寄せた。「ジェヴェックスのことか?」

「ほかに何があるっていうの?」

ハントはちょっと考えるふりをした。「はあてね。たしかに、需要はあるだろうさ。しかし、供給は問題外だろう。今、きみが言った通り、ジェヴェックスは取り上げられてしまったんだから」

ニクシーは首をふり、ハントを見つめたままグラスを口に運んだ。「惑星全体を治めていたメイン・システムは遮断されたけど、完全に機能が停止したわけじゃあないわ。今でもジェヴェックスは細々と稼動しているのよ」

「ああ、そうだよ。公共サービスを維持するコア・システムは生きているし……」彼ははじめてことの大きさに気づいたように、ふっと口をつぐんだ。「じゃあ、何か? もぐりでシステムに接続する便宜があるのか?」

「そう、その通りよ。中毒患者を相手に、お金を取って」

ハントはもう一つ釈然としない顔で椅子の背に凭《もた》れた。「しかし、現実には何を売るのかな? きみの話だとシステムに依存しているジェヴレン人がいるように聞こえるけれど、じゃあ、何をシステムに頼っているんだろう? システムが何もかもやってくれたかつての生活であるはずがないね。いったい、個人が金を払ってまでその便宜を利用しなくてはならないものというのは何だろう?」

ニクシーは意味ありげな薄笑いを浮かべて立ち昇る紫煙を目で追った。「あなたはジェヴェックスが人に何を与えるか、まだわかっていないわね、ヴィック」

ハントは虚を衝《つ》かれたような気がして肩をすくめた。「ジェヴェックスは情報処理通信ネットワークであって、惑星の社会機能を維持管理するシステムだろう」

「それじゃあコランタは咽喉《のど》を潤《うるお》す飲みものだと言うのと同じよ。わたしが問題にしているのはジェヴェックスの機能ではなくて、システムが人にどう作用するかっていうこと」ハントの当惑を読み取って、彼女はさらに言葉を続けた。「ジェヴェックスはね、幻想を生むのよ。何でも思い通りになるの。こうだといいなあ、と思えば夢が叶うの。ジェヴレン人がどうして現実に対処できないのか、あなた、不思議に思うでしょう。でも、ジェヴレン人にとってはもともと現実なんて必要なかったのよ」ニクシーは頭をのけ反《ぞ》らせてけらけら笑った。「女の子たちはガニメアンに感謝してるわ。ジェヴェックスが遮断されてからこっち、わたしたち、商売繁盛ですもの。競争がなくなって、売り手市場だから」

ハントはしばらく無言でニクシーを見つめた。物事の輪郭がかなりはっきりしてきた。ニクシーの言うように、ジェヴェックスの生み出す幻想が病根であるならば、惑星を何年か禁断状態に置こうとしたガニメアンの方針は間違っていない。そこから起こってくる副次的な問題は合同政策評議会JPCで一部の地球人が主張している通り、旧套《きゅうとう》ながら効果が保証されている手段に解決を求めればいい。何者であれ闇で儲けている組織が政府の目を逃れようとするのは当然のことながら、その間の事情もニクシーの話ではっきりする。にもかかわらず、商売が有卦《うけ》に入っているというニクシーが何故ここで船を揺すろうとするのか、ハントは首を傾《かし》げざるを得なかった。

「どうしてわたしにそんな話をするんだね？」

「本当はね、このことであなたを追ってきたんじゃないの」ニクシーは言った。「さっきマレーのところで、あなた、アヤトラのことを訊いたでしょう」

「マレーは何も知らない口ぶりだったね」

「そりゃあそうよ、マレーは地球人だもの。でも、あたしは知ってるの」

ハントはどこかで何か聞き逃しはしなかったろうかとこれまでの話を頭の中で繰り返した。

「アヤトラたちについて、ほかにきみから聞くほどのことがあるのかな？　要するに、彼らは今のきみの話にあった幻想中毒の極端な例だと思うがね。現実との接点を完全に失っているわけだろう」

ニクシーは首を横にふった。「そうじゃないの。たしかに、幻想中毒患者は現実といっさいかかわりを絶つことがあるわ。でも、アヤトラたちの場合はそれとは違うの。置かれている情況が別なのよ」

ハントは眉を上げてうなずいた。この点においてもガルースの認識は正しかった。「つまり、アヤトラたちは一般のジェヴレン人とはどこか根本的に違うものを持っているということかな？」彼は問い返した。「ある意味では、人種が違う、と」

「そうよ。そうなのよ」

「本当に？　アヤトラは幻想に冒されているだけではないという確かな証拠があるのかな？　あるいは、仮想世界の現実からくるストレスのせいで精神に異常を来《きた》しているのではないという根拠は？」

「アヤトラは幻想のせいで人格が変わるのではないわ」ニクシーはきっぱりと言った。「中毒でも何でもないもの」

「だとしたら、どうして狂うんだ？」

「狂う？」ニクシーは怪訝《けげん》な顔でハントを見返した。「彼らは狂ってなんかいないわ。どうしていいかわからずに、ただうろたえているだけよ。恐怖を抱いていることもあるわ。混乱して、途方にくれて、ヒステリー症状を起こしているのよ。アヤトラたちが病的に見えるのはそのせいだわ。そう、中には自分を見失っている人がいるのも事実だけれど、それだって幻想に冒されてそうなったんじゃあないのよ。アヤトラたちはね、どこか別の、しかも、仮想ではない実在の世界から生まれてくるの。何とも言えない不思議な世界でね……少なくとも、こういうところにいる普通人にはちょっと想像もつかないような……」彼女は漠然と身のまわりを指さした。

「こういうところ、というのは、ジェヴレンのことかい？」

「地球もよ。どこでも同じ。この宇宙全体よ」

ハントは眉を一つに寄せた。「どうもよくわからないねえ。アヤトラはどこから来るって？」

「それが、自分たちにもわからないの。だから、おかしくなってしまう、というか……たいていは気が変だと思われてしまうのよ。でも、中にはうろたえを自分の胸一つにおさめて、まわりと折り合いよくやっている人もいるわ」ニクシーは再びグラスを口に運び、縁越しに瞬《まばた》きもせずじっとハントを見つめた。「とにかく、アヤトラは狂人ではないということよ。少なくとも、あなたにはそう考えてほしいの。あなたはわたしがはじめて知り会った科学者だわ。あなたはとても冷静ね。答を教えてくれる人がいるとしたらあなただと思って、それで後を追ったのよ」

「それがそんなに大事な……」ハントはニクシーの言葉の意味にはっと気づいて目を丸くした。

ニクシーは彼の表情を読み取ってうなずいた。「そうなの。その通りよ、ヴィック。わたしにとって、これはとても大事なことなの。わたしもその一人だから」

30

夜になると、ものみなすべては神々が見捨てた暗黒の空の下にひれ伏した。太陽を手燭《てしょく》とする神パムールまでがウォロスの昼を黄昏《たそがれ》の薄闇に変えた。雪は山々を覆い、道を塞《ふさ》いだ。

寒さが斜面を下って裾野に広がると、牧人や農夫らは山襞《やまひだ》の谷間に逃げ込んだ。

リンジャシンの不毛の荒野の只中《ただなか》にぽつんと聳《そび》える岩上の頂きに若い弟子たちを集めて、導師シンゲン-フーは化粧直しを終えた昇天祭壇の聖別式を執り行った。修行を積んで選ばれた者たちが霊気の流れに乗って異次元の世界へ旅立つ場所である。このところ、流れは糸のように涸《か》れ細って、容易に手の届かない上空を漂うばかりとなっている。それ故、闇の神ニールーの祝福を得て情況の好転を図ろうというのが儀式の目的だった。

スラクスにとって、礼拝と祭文の朗唱は特別の意味を持っていた。彼はシンゲン-フーの眼鏡に適《かな》い、奇瑞《きずい》が現われて流れが近づいたら異界へ昇る者に選ばれたからである。一心不乱に修行に励んだスラクスはこれまでに何度か波動する流れの一端に触れ、異界を瞥見《べっけん》した。今、彼は厚手の長衣に頭巾《ずきん》姿で山頂に立ち、わずかに空に残って差し招くように瞬《また》いている星を仰ぎながら、かつて垣間見《かいまみ》たハイペリアの情景を思い出していた。

限りない時間と果てしない空間にあまねく行きわたってすべてを支配する不変の法則。

回転する物体。

永久に朽ちることのない資材によって築かれた高楼が天を衝《つ》いて林立する都邑《とゆう》。

他者の意思の介入を必要とせずに、ひとりでに働くからくりを作り、それを自在に使いこなす不思議な住人たち。

ハイペリアに昇天すれば、彼もまたその不思議な人種の数に入るのだとシンゲン-フーは教えた。これまでに蓄積した能力はあらかた失われるが、修行の過程で学んだ通り、それはもとより必要のないものだったと知るであろうとも聞かされている。ハイペリア人種はウォロスを支配する神々を知らず、従って祈ることもない。ハイペリアにはハイペリアの神々がいて、それぞれに特異な信仰を集めている。いずれもウォロス人が見たことも聞いたこともない姿をした神である。ハイペリア人はウォロスの導師が火矢を放つに等しい通力《つうりき》をもって込み入った魔法機械を作り出し、あらゆる権能をこれに託す。そうすることによってハイペリア人は神秘的洞察力を涵養《かんよう》し、他人の知恵を借りずに物事を判断する思考力を鍛錬する日日の苦役から解放され、浮いた時間を高度な娯楽や肉体的な快楽に充《あ》てるという。

さりながら、ハイペリアに入った当初は右も左もわからず、底知れぬ無力感に襲われることを覚悟しなければならない。馴染《なじ》みのあるものに救いを求めて空《むな》しく模索の時期を過ごすでもあろう。が、新たな思考力を身につけ、それによって異界の現実に目を開き、適応を果たすまで、後戻りできないことは言うまでもない。この模索の時期に心の依《よ》りどころとなるのは同じ体験を経て紫の螺旋《らせん》の表象に結ばれたウォロス人集団である。

スラクスは充分に修行を積んで、心の準備ができていた。運がいい、とシンゲン－フーは言った。かつて霊力の流れが大きく豊かであった頃には、まったく修行を積んでいない新人が何も知らず、心の備えもなく、異界を覗《のぞ》き見ることもないままハイペリアに昇天することがよくあった。そうした者たちの多くは分別に欠ける短気な独善家であった。

31

　バウマーはジーナがシバンの土地鑑を摑《つか》めるように、手はじめにＰＡＣの周辺を案内し、それが済んだら、ジェヴレンによる地球干渉の全容を究明するためにジェヴレンと地球の歴史学者によって組織されている歴史調査委員会の面々に紹介しようと言った。二人はＰＡＣの正面玄関を出て広場を横切り、輸送ターミナルからエスカレーターを乗り継いで数階下の大通りに出た。ＰＡＣと市の中心部に挟まれた地区を縦横に走る広い街路の一つだった。

　荒廃した商店街と低層ビルが向かい合う空地に、中古の家具や古着、家庭用品などの物々交換市場が立っていた。見上げる空に弧を描いているのは山を一つすっぽり包み込むほどの、桁《けた》はずれに大きな丸天井の肋材《ろくざい》である。引力をふりきって舞い立つような造形にも示されている通り、その建物はかつてある異才の頭の中で凡俗を尻目に脹《ふく》れ上がった遠大な計画の形見だった。今ではその壮図《そうと》も人々の記憶から消え去り、丸天井の肋材はオレンジ色と黄緑のだんだら模様の空に無残な姿をさらしているばかりである。回廊のここかしこに配された巧緻な意匠の人工池とそれらを繫《つな》ぐ小流れはとうに干上がってごみ捨て場と化している。紺青《こんじょう》の衣裳をまとったジェヴレン人の一団が、単調な節を反復する、どこか中世の俗謡を思わせる歌に合わせて踊り、群衆は面白くもない顔でただぼんやりとそれを眺めていた。歩道には酔い潰れてか麻薬に浸って恍惚《こうこつ》の境か、建物の壁にだらしなく凭《もた》れている姿が目立った。

ジーナは数年前に旅した地中海東部を思い出した。一般の観光ルートからははずれたその土地では、往昔《おうじゃく》の面影も留めぬ神殿の廃墟《はいきょ》で牧人が山羊を飼い、農夫らは宮殿の跡から拾い集めた石材で竈《かまど》を作っていた。あたら優れた資質に恵まれながら、人々が理性を失い、無気力に陥っているありさまがジーナの頭の中で眼前のシバンの光景に重なった。

煽動家《せんどうか》や数ある宗派の指導者たちは口を揃《そろ》えて、この人心の荒廃はすべてガニメアンのせいだと言い、諸悪の根源はジェヴェックスが遮断されたことにあるとしてシステムの全面的復旧を求めている。ありていは、ジェヴレン社会の退廃はジェヴェックス遮断よりはるか以前にはじまっているのだが、ジェヴレン人はとかく健忘症の気味があり、何であれ煽動家たちの言うことは鵜呑《うの》みにする。

「これが堕落の現状だよ」バウマーは言った。「秩序も紀律もあったものじゃあない。テューリアンがきちんとした管理態勢を取らないからいけないんだ。もっとも、テューリアンには、管理、統制の概念がないのだから、言っても無駄だろうがね」

バウマーがどうして急に態度を変えたのか、今もってはっきりしない。ジーナの仕事に関心があるわけでもなし、趣味の人助けとも思えない。バウマーはもともと人付き合いを好まない性質である。ジーナははじめ、体が目当てではないかと勘繰った。ジェヴレンへ来てかれこれ半年、地球人女性とはご無沙汰《ぶさた》だったとすれば考えられないことではない。しかし、バウマーにそんなそぶりはかけらもなかった。ジェヴレンの将来について語る時の目の色を見ても、下心はなさそうである。だとすれば、バウマーが態度を変えた理由は他所《よそ》からの圧力と考えるよりほかはない。バウマーが言うことを聞かないわけにはいかないジェヴレン人がいるということだ。バウマーの臑《すね》の傷とはいったい何か、それを探れとジーナはデル・カレンから言われている。

彼女は自分の気持ちを偽ってバウマーに調子を合わせる考えだった。「連邦派は案外、間違っていなかったのかもしれませんね」彼女は言った。「ただ、支配者になることだけを目指したところに問題があるのではないかしら。本当の意味で生き延びることを考えずに、目の上の瘤《こぶ》であるテューリアンだけを相手にしていたんですもの」

「まったく、その通りだよ」バウマーは大きくうなずいた。

彼は通りがかりの重厚な建物の玄関を指さした。両開きの大きなドアの向こうに警備員と思《おぼ》しき男二人の姿が見えた。片方が何やら紙包みを抱えた外来の客を奥の入口へ案内するところだった。「ジェヴレン市民は浮き足立っていてね」バウマーはジーナをふり返って言った。「こうやって雨後の筍《たけのこ》のように開店する預託銀行に財産を預けるのが一種の流行になっている。その預り証が貨幣として通用するのだよ」彼は嘆かわしげに首をふった。「多数の不安に付け込んで、ほんの一握りの人間が腹を肥やしている。通貨操作……これをやればどうなるかは目に見えているだろう。わたしら、地球でさんざん体験しているからね」

惑星の流通機構がジェヴェックスの手を離れて、シバン圏の物流は混乱を極めている。そんな中で企業家精神に目覚めた一部のジェヴレン人は技術者を募って作業班を組織し、市内のいたるところに放置されている廃物の山から部品を回収して車の修理、再生を図り、また、店を開いて八方に手を回し、需要の多い品物を取り揃えて盛大に利益を上げていた。「物不足に乗じた悪徳商法だ」バウマーは吐き捨てるように言った。「生きるために食うことは万人の権利だよ。ガニメアンは市民の食生活に支障をきたさないように、きちんと方策を講じるべきなんだ」

高価な宝石や貴金属、衣類などを並べた店を覗《のぞ》いてバウマーは腹立たしげにふんと鼻を鳴らした。「公平の原則に基づいて理想の社会を築くいい機会だったんだ。もっとも、それを実現するためにはすべての市民が仕事を分担しなくてはいけない。ところが、ガニメアンにはそれがわからないのだよ。そういう考え方に馴《な》れていないのでね。これはどうしてもこっちが権限を握って、然《しか》るべき人材に政治をやらせるようにしなくては駄目だ」

すでにジーナがさんざん聞かされたことの繰り返しだった。選択の自由を認める体制の気《き》紛《まぐ》れが生んだ成功に対する挫折《ざせつ》した知識人の羨望《せんぼう》と怨恨である。自由を基本原則とする社会にあっては旧来の特権、既得権、勢力などはおよそ意味がない。誰が成功し、誰が失敗するかは論理や知性の判断とは無縁のところで大衆の好みによって決まるのだ。市場価値のあるものを作り出せず、また、大衆に訴える何ものをも持たぬ者はそもそも競争に加わる資格がない。機会を閉ざされた彼らが取るべき唯一の手段は腕ずくである。彼らの存在価値と意見が認められないならば、国家とその立法機能によって大衆に彼らの有用なることを思い知らせるほかはない。煎《せん》じ詰めればそれがバウマーの本音である。

街角の屋台で挽肉と野菜を詰めた堅焼きのパンを買った。スパイスのきいたソースに浸して食べるそのパンは現地の言葉でグリニルと呼ばれている、とバウマーは彼女に教えた。二人は傍らの低い石塀に腰掛けて道行く人の波を眺めながらグリニルを齧《かじ》り、代用コーヒーとしてどうにか我慢できる黒ずんだ苦い飲みものを啜《すす》った。

「こちらへ来られてから、どういった方面のジェヴレン人とお知り合いですかしら？」ジーナはさりげなく尋ねた。

「というと、つまり、歴史調査委員会は別として、だね？　大学に一人、きみが会っておいて損はないのがいる」

ジーナは首を横にふった。「いいえ、特にわたしの仕事とのかかわりでお訊きしてるんじゃないんです。ただ漠然と。公務を離れてどういう付き合いがおありかなと思ったもので」

「それはまあ、いろいろとね」バウマーは曖昧に答えた。「それで、きみはどういう方面に関心があるね？」

「別にどういう方面ということもありません。ただ、ジェヴレンの人たちの生き方には興味がありますね。わたしは本の取材で来ていますけど、現にここで生活してる人たちがいるわけでしょう。異星を訪れるなんて、めったにない機会だし」彼女はグリニルを頬張り、なにげないふうにカップを口へ運んだ。「あなたはジェヴレンの今後のあり方について確固たる意見をお持ちですね。だから、きっと考え方が同じジェヴレン人と交流がおありだろうと想像しますけど」

バウマーは小首を傾《かし》げて彼女を見返した。「そういうジェヴレン人に会いたいかね？」

「そうですね、ご存じなら紹介していただきたいわ。このまま行けばジェヴレンは収拾がつかないようになるでしょう。どうにかしようという人はいないのかしら？」

バウマーはなおしばらくジーナの顔を覗き込んでいたが、何を思ってかふいに話題を変えた。「きみはPACのUNSA科学者グループとかなり親しくしているようだね」

「あの人たち、言ってみれば馴染みのある島みたいなものですよ」ジーナは言った。「でも、あの人たちと付き合っててもジェヴレンを知ることにはなりませんよね。それに、科学者たちの話はむずかしくて、わたしにはとうていついていけないし」

「彼らはどこまでやれると思うかね？」バウマーは尋ねた。「つまり、ガニメアン科学をどの程度まで地球に持ち込めるかということだがね。それが彼らの任務だとわたしは理解しているけれども」

「さあ、そこまではっきり言えるかしら。あの人たちは、ただ基礎的なところを当たっているだけだと思いますけど。知識や技術の移転について具体的な計画があるようには聞いていませんよ。あなたがおっしゃるのは、かつてのジェヴェックスのように、地球にも惑星全体を覆うシステムを導入するのかどうかということですか？」

「とうの昔に誰かが言い出していたっていいことだと思うがね。いまだに誰もそれを言わないというのがわたしには不思議で仕方がない」

「でも、地球にとって望ましいことかしら？　ジェヴェックスが惑星全土を統御した結果が今のジェヴレンのこの状態でしょう。この情況をどう打開するのか、まるで目処《めど》も立たないありさまじゃあありませんか」

「だったら、もとに戻せばいい。いったい、ジェヴェックスを遮断してどんな効果があったというのかね？　いいことは何一つありゃしない。世の中、すべて悪くなっただけだ」

「本当にそう思います？」

「ああ。疑問の余地もない」

「じゃあ、あなたは近い将来ジェヴェックスが復活されるとしたら、そのことに何の抵抗もないんですね？」

「システムは誰でもどこでも自由に利用できなくては駄目だ」バウマーは言った。「そのサービスを供給するのもガニメアンの責任の一端だよ」

「ジェヴェックスを無条件に認めるんですか？」

「無条件に？　いけないかい？」バウマーの目の奥で何かが微《かす》かに光った。彼は珍しく表情を和らげた。「ジェヴェックスは驚嘆すべきシステムだよ。問題をことごとく解決して社会のあらゆる要求に応えるのだからね。ジェヴェックスはジェヴレン人の基本的権利だ。彼ら固有の財産じゃあないか」

ジーナは怪訝《けげん》な顔をした。「どうしてそこまでジェヴェックスのことをご存じなんですか？　ジェヴェックスが遮断されたのは、あなたがこちらにいらっしゃるよりずっと前の話でしょう」

バウマーはふとわれに返ったかのようにきょとんとした。「ああ、もちろん、その通りだよ。しかし、わたしは立場上、ジェヴレン人からいろいろ話を聞いているのでね」彼はジーナの空になったカップを取り上げて屋台店へ運んだ。その後ろ姿を目で追いながらジーナはこれ以上この話題には深入りしないほうがいいと判断した。

けばけばしい身なりをして顔を紫に塗り、オレンジ色の髪を角《つの》や丸かせのようにととのえた若者が数人、向こうの曲がり角にたむろしていた。「さて、行くとしようか」バウマーは警戒のそぶりを見せて言った。

二人が石塀を離れると、若者の集団も歩きだした。高架道路の下の寂れた路地に曲がり込んだ時にはすでに尾《つ》けられていることが明らかだった。バウマーは無言で足を速めた。

「どういうつもりかしら?」ジーナは小声で言った。

「さあね」

「あの人たち、何者?」

「いかがわしい教団の信者か何かだろう。妙なのがいっぱいいるからね」

界隈《かいわい》は荒廃の空気が濃く漂い、店々があらかた戸を鎖《さ》した路地には人影もまばらだった。襲われたら助けを求める術《すべ》もない。バウマーが何故こんな道に入り込んだのか、ジーナの頭にちらりと疑問が兆《きざ》した。歴史調査委員会が居を構える環境とも思えない。

背後の一団は徐々に間合いを詰め、どうやら野次と聞こえる叫び声を雑《まじ》えながら歌いだした。

「何を言ってるのか、わかります？」ジーナは恐怖を覚えて尋ねた。

「わたしらのことを地球人と見分けたのだよ。地球人はあまりよく思われていない。〝ヤンキー・ゴー・ホーム〟と同じでね」

さらに細い路地を曲がると、その先で広い通りに出る角を一台の黒い車が向こうむきに駐まって塞ぎ、両側は人一人がやっとすり抜けられるほどしか余裕がなかった。地味なグレーのコートを着た男が二人、車の後ろに立っていた。バウマーはその二人に見覚えがなかった。きちんとした身なりから言って、背後の一団と同類ではあり得まい。ジーナは意識の片隅で何かがおかしいと思ったが、追いすがってくる若者たちに気を取られてそれ以上は頭が働かなかった。車と二人の男を見てパンク集団は立ち止まった。

後部のドアが開いてさらに二人の男が姿を現わした。上等なスーツを隙もなく着こなして、表情は険しく、厳しい態度物腰だった。一人が拳銃のようなものを抜き、何やら鋭い声を発した。パンク集団のリーダーらしき青年が手を上げて後退《あとじさ》った。しまりのない笑い顔は無抵抗の意思表示であろう。青年がへらへらと弁解がましい口ぶりで何か言うのを潮に、パンク集団はもと来た路地に退散した。

ジーナは一瞬ほっとした。車の男たちに感謝したいほどだった。が、気がつくと四人の視線は彼女に集中していた。待ち伏せしていたに違いなかった。うろたえてバウマーをふり返ると、彼は傍《そば》を離れて建物の外壁にへばりつき、男の一人が背後へ回ってジーナの退路を断っていた。罠《わな》だと悟った時はすでに遅く、男たちはじりじりと輪を縮めた。逃げ場はなかった。中の一人が球形の筒先をした麻酔銃をジーナの顔に突きつけて発射した。彼女は瞬時に意識を失った。くずおれる彼女を二人が抱き止めて車に乗せ、自分たちも後から乗り込んだ。続いてもう一人が車の前を回って運転席におさまった。最後の一人が真っ蒼《まさお》な顔で立ちつくしているバウマーに向き直り、追い払うような手つきをして言った。

「ようし。おまえの役は済んだ。とっとと失せろ」

バウマーは何歩か後退ったが、パンク集団がまだそのあたりをうろついているかもしれないと思うと、路地を引き返すことは躊躇《ためら》われた。車が去るのを待って広い通りへ出た方がいい。

グレーのコートの男は助手席に乗り込んだ。車は走り去った。

32

ダンチェッカーはPAC上階の一室に立って両手で上着の襟を摑《つか》み、泰然として淀《よど》みなく語った。

「なるほど、わたしはこれまで自然科学者にはあるまじき偏狭な態度に固執する誤りを犯していたのだね、ヴィック」ハントは腕組みをして壁に凭《もた》れ、シローヒンはガニメアン用の大きなデスクに座を占めてダンチェッカーの話に聞き入っていた。「とはいうものの、一度これはこうと頭の中に根を下ろした考えを捨てるのはなかなかむずかしい。誰にだってあることだろう」教授は片手を襟から離して何かをふり払うような仕種《しぐさ》を見せた。「今度のことについていえば、ジェヴレン社会の現状を招来したのはテューリアンの過《あやま》てる寛容と、人類の自己欺瞞《ぎまん》と願望を活力源とする性質に対する無理解の相乗効果であって、この退廃を解析するのにそれ以上の前提は必要ないという考えをわたしは一貫して取ってきた」

「その通りだ、クリス。しかし、これには……」ハントが口を開きかけた。

ダンチェッカーはわかっているという思い入れで小さくうなずくと、構わず先を続けた。

「特にわたしは、ジェヴレン社会に拡がっている集団的精神異常には明らかな外的要因があるとする推断、なかんずく、その要因とジェヴェックスを結びつける考え方には反対だった」

「今や問題はジェヴレン社会一般の情況ではないのだよ」ハントは再び口を挟んだ。「これは、ある一部の特殊な……」

ダンチェッカーは重大な告白があるとでもいうふうに手を上げてハントを遮った。「ところが、ここへ来てわたしは意見を変えなくてはならなくなったことを、まず諸君に伝えよう。サンディとジーナの話を聞いて、どうやら事実、ジェヴェックスがこの情況に深くかかわっているらしいことがわたしにもわかってきたのでね」彼は教壇に立って黒板をふり返るように、ちょっと言葉を切った。「神経中枢に直接作用するテューリアンの情報伝達システムは、センサー網が張られている場所であれば、今自分がまさにそこにいるのと少しも変わらない仮想体験を利用者の知覚に生起させることができる一方、現実とはかけはなれた完全に架空

の情況や事象をデータ処理環境内に作り出すこともまた可能なのだね。ところで、ジェヴェ

ックスは規範となったシステム、ヴィザーの設計思想の根底にある思慮深さや抑制力をそっ

くりそのまま引き継いではいないことをわれわれは知っている。加えて、ヴィザーはそもそ

ものはじめから、人類とは根本的に異質なガニメアンの心理に適応するシステムとして開発

されている。

これまでわたしが見過ごしていたのはこの異星の技術の、意識の内部過程に直接作用をおよぼす働きだよ。早い話が、テューリアンのシステムは意識的であると無意識であるとを問わず、利用者の願望に基づいて、現実とはまったく区別のつかない架空の世界を頭の中に作り出すことができるのだね」ダンチェッカーはまっすぐにハントを見つめた。「それはすなわちどういうことか。わたしたちはこれまで、いったい何が社会全体から合理的な思考を奪ってしまうのか、精神的な平衡を覆《くつがえ》して幻影と現実を識別できないほどの錯乱を惹《ひ》き起こすのか疑問としてきたわけだけれども、すでに疑問は解明されたとわたしは思う。ジェヴェックスの作り出す幻想に逃避することは万能の麻酔薬なのだよ。あらゆる苦痛、心労、悲嘆、倦怠《けんたい》から意識を解放する究極の鎮静剤と言ってもいい。ガニメアンはこの麻薬に耽溺《たんでき》することがないように、精神構造の中にはじめから抑止機能が組み込まれているのだが、不幸にして人類にはそれがない」

ダンチェッカーは自分が考え方を改めたことで相互理解が成り立ったと確信してか、にっと歯を見せて笑うとシローヒンに向き直って言った。「ガルースはジェヴレンの現状を一種

の悪疫と説明しているがね、事実その通りだ。人の意識に直接作用する中毒症状が蔓延《まんえん》しているのだから。過去の記録を見ると、症状が出はじめたのはかなり前のことだけれども、ジェヴェックス以前には例がない。このことからも因果関係は明らかだね。しかも、ジェヴレンじゅうの宗教団体、運動団体はそれぞれに主義主張は異なっているかもしれないが、ジェヴェックスの復活を求める点では見事に一致している」

「いや、問題は別なんだ、クリス」ハントはついに割り込んだ。「わたしらが探り求めている病根はジェヴェックスが作り出す幻想とはいっさい関係ない。どうやら、もっとはっきり形のあるものらしいんだ」

ダンチェッカーは耳も貸さずにまくし立てた。「今、わたしらが目《ま》のあたりにしている社会的荒廃はまさに強力な麻薬の効果に等しいと言える。人の頭脳は進化の過程において、生化学的報償制度とでも呼ぶべき機能を獲得した。生体に快感を与えることによって、生存のために有益な行動形態の学習を促すのがこれだ。麻薬の害はこの手続きを取り払って、有益な行動とは何のかかわりもなく、無原則に報償制度を適用することにあるのだよ。今ここで問題にしている麻薬に関していえば、その効果は……」ダンチェッカーはふっと言葉を切って大きくハントをふり返った。「何だって？　きみは今、何と言った？」

「たしかに、ジェヴェックスの生み出す幻想と、テューリアンの福祉政策がジェヴレン人の病害に対する抵抗力を弱めたことは事実だろう。しかし、それがウィルスかというと、そうじゃあないんだ」ハントは言った。「病原は別にある。これが何とも不思議でね。重度の精神異常者の潜在意識から出た妄想としか言えないようなものだけれども、実はそうではない。ジェヴレン社会を冒している病原の出どころは、はっきりと形のある、実在の世界だと思う」

ダンチェッカーは目を白黒させた。「それは今、わたしが言ったことじゃあないか」

「いや、そうじゃない。つまりだね……」

「きみはジェヴェックスに原因があると言った。わたしはそれに反対する立場を取ってきたよ。しかし、考えが変わって、今ではその通りだと認めているんだ」ダンチェッカーは心なしか顔面を紅潮させた。「どういうことなんだ。ヴィック？　知り合ってからこの方、きみはわたしに向かってことあるごとにもっと柔軟になれと言ってきた。今度のことについても、正直に言ってわたしはかなり無理して自分の意見を変えたのだよ。ところが、それをきみは違うと言う。いったい、わたしに何をどう考えろというのかね？」

ハントは眉一つ動かすでもなかった。「きみはここへ来てジェヴレン人を現実から引き離した原因はジェヴェックスだと認めるようになったね。それをわたしが違うと言うのは、譬《たと》えてみれば、ジェヴェックスは膠《にかわ》を溶かしたにすぎないからなんだ。本当の意味で大衆を現実から引き離したのは一部の特殊なジェヴレン人だ。彼らは現実と繋《つな》がりを絶っていない。あるいは、彼らの現実は極めて異質なのだ、と言っていいのかもしれない」

「きみは不必要に細かいことにこだわっているように聞こえるがね」ダンチェッカーは納得できない顔だった。

「わたしはそうは思いません」シローヒンが何やら思い当たる節がある顔でハントを見なが

ら言った。

ダンチェッカーは不平らしくふんと鼻を鳴らした。「いいだろう。ここはひとまずきみの言う通りであるとして、じゃあ、何を根拠にきみはそのように考えるのだね？」

話の主導権を握って、ハントは壁を離れ、傍らの椅子の袖に浅く腰を載せた。

「まずはじめに、ジェヴレン人には二通りの人種がいることをはっきりさせておく必要がある。片方はその辺にいくらでもいるごく普通の一般庶民だ。彼らは小旗をふってパレードに参加する。新聞の身上相談コラムから人生の知恵を学ぶ。惑星ジェヴレンは大きな亀の背中に乗っていると思っている。そういう平凡な大衆だよ」ハントはダンチェッカーに向かって顎をしゃくった。「きみが話しているのはこの民衆だ、クリス。なるほど、ジェヴェックスの至れり尽くせりのサービスで何不自由ない生活にどっぷりと浸り込んでいれば、彼ら庶民大衆は自分たちがどういう状態に置かれているかわからなくなったとしても無理はないな。正気を失うというのはまさにこのことで、ジェヴレン人の大半を占めているのがこの手の人種だよ。社会全体が混乱を来《きた》しているのはそのためだ」

「わたしどもも、あらかた同じ考え方です」シローヒンが言葉を挟んだ。「そのような大衆を現実に直面させようというのがジェヴェックス遮断の理由でした」

ハントはうなずいた。「ああ。ところが、案に相違して期待通りにはいかなかった。そうだね？　それは何故か、わたしにはわかっているよ。クリスと同じで、きみたちガニメアンはジェヴェックス丸抱えの状態がジェヴレン人を常道から逸脱させたと見ているね。ところが、実際には、ジェヴェックスが彼らの正気を奪ったわけではない。ただ、ジェヴェックスが何でも判断してくれるから、ジェヴレン人は自分で物を考えなくなってしまったのだよ。それで、システムに繋がっていると否とにかかわらず、ジェヴレン人は外からの影響に対して無抵抗になった。非常に暗示にかかりやすい人種が出来上がったと言ってもいい。これがあまりにも長きにわたったために、ジェヴェックスを遮断しても、もはやこの人種的欠陥は修復不可能だったということだ」

シローヒンはハントの言わんとするところがわかりかけてきた様子で、椅子に深く体を沈めた。「大衆の思考力、判断力を鈍らせている影響は今なお排除されていないと言うのですね？」

「アヤトラだよ」ハントはずばりと答えた。「彼らが一般大衆を幻惑しているんだ」

「しかし、彼らだって同じジェヴレン人だろう」ダンチェッカーは口を尖《とが》らせた。「一部の極端な例をアヤトラの名で括《くく》ったところで、彼らが特殊な存在であることにはならない」ダンチェッカーは歯を剥《む》いて挑むようにぐいと顎を突き出した。「それじゃあきみは問題をすり替えているだけで、何も答えていないじゃあないか。アヤトラが原因だときみは言う。だとしたら、わたしは訊きたい。彼らを狂気に駆り立てたものは何か？ 原因の原因は何か？」

「わたしが違うと言うのはそこだよ」ハントはダンチェッカーに向き直った。「アヤトラたちはジェヴレン人一般の異常が極端な形で現われた例だという単純な話じゃあないんだ。根本的に問題の性質が違う。何であれ過去の体験のなせる業《わざ》で、彼らは警戒心が強いし、得体の知れないところがある。中には常軌を逸している例もあることは確かだよ。しかし、彼らの姿が判断力を失って何でも鵜呑《うの》みにするジェヴレン人一般の性向を誇張したものかというと、決してそうではないのだな。それどころか、見上げた精神力で自己管理しているのもいる。現実と仮想をきちんと識別することも知っている。その判断に困るのではなくて、自分が現実と認識したものをどう解釈するか、そこで彼らは悩んでいるんだ」

「認識したところを解釈する能力が何らかの形で阻害されている、ということですか?」シローヒンが質問を挟んだ。

ハントは首を横にふった。「いや、それとも違う。力は充分あるのだよ。ただ、彼らは頭が混乱しているのだね。これをどう解釈するか、と目の前に突き出されたものが、急に何だかわからなくなってしまう」

シローヒンは小首を傾《かし》げた。「それは、パラダイム・シフトの裏返しですね。パラダイム、つまり現実認識の枠組みは変わらないのに、現実がそれに当て嵌《は》まらなくなるわけですから」

「なかなか穿《うが》った言い方だね」ハントはうなずいた。

「それがいわゆる〝神懸かり〟ですか?」

「わたしはそうに違いないと思っている」

「ある日突然、目の前の現実ががらりと変わるのですね? 規範とする世界観はそのままであるにもかかわらず、現実の体験はその規範からかけはなれてしまう……」

「それだけではないのだよ」ハントは言った。「一人一人が別個に規範と現実の乖離《かいり》に悩んでいるのだとしたら、それはクリスの言う通り、原因が何であれ、多分に主観的な問題だろう。ところが、アヤトラの場合はそうではない。彼らは多かれ少なかれ同じパラダイムで現実を認識しているのだよ」ハントはちらりとダンチェッカーに目をやった。「だとすれば、われわれが相手にしているのは客観的事実だよ、クリス。形がある、と言うのはそこなんだ」

ダンチェッカーは憮然《ぶぜん》たる面持ちでハントを見つめ、助け船を求めるようにシローヒンをふり返って、再びハントに視線を戻した。「きみの言うことは論理的におかしいよ。その突然の変化というのは、外的な要因によって惹《ひ》き起こされた錯乱か、そうではないかのいずれかでしかあり得ない。錯乱だとすれば、それから来る妄想は個人々々によってみな違うはずなんだ。共通するものがあるとしたら、それはきみ自身の偏見の所産だよ、ヴィック。彼らの認識する外界の特性が同じなのではない。一方、彼らの認識が妄想ではないとしたら、特定の一部にのみ共通する形で現実に変化が生じて、ほかの多数はその変化の外に置かれていることになってしまう。そんな矛盾した話があるものか。きみの言うことはぜんぜんなっていない」

「われわれとは別の、しかし、彼らにとっては有効な共通のパラダイムによって認識される現実があるとしたら？」

「そんな現実がどこにあるね？　四次元の世界か？」ダンチェッカーは鼻で笑った。「きみはジェヴレン人にかぶれているんだ」

「どこにあるか、わかっていればこんな話になりゃあしないだろう。いや、まさにそれこそがわれわれの捜し求めているものかもしれないんだ。わたしはただ、事実を突き合わせていくと、それは別の現実を指さしている、と言っているだけだよ。きみは事実が自分の考える方向を指さしていないことをもって、事実そのものを否定しようとしているんだ」

「事実？」ダンチェッカーはいきり立った。「何が事実だね？ これまでの話は全部、勝手な想像じゃあないか。それも、わたしに言わせれば思いつきの域を出ない。きみはしきりに物事を柔軟に考えろと説くがね、まさか空想世界に遊べという意味だとは知らなかったよ」

「きみもアヤトラに会ってみたらどうかね」ハントは誘いをかけた。

「もう会ったよ。話にも何にもなりゃあしない。論理も通じなければ、理性に耳を傾ける気もないんだから」ダンチェッカーはそっぽを向いた。

「わたしどもも何人かに協力を求めました」シローヒンが脇から言った。「極度の情緒不安と強い猜疑《さいぎ》心がアヤトラに共通する特徴の一つです。わたしたちが実験のために設定した環境を、彼らは例外なく脅威を与えるものとして拒絶しました」

ハントは期するところある顔でシローヒンとダンチェッカーを見くらべた。「実は、一人、そういう気遣いのないアヤトラに心当たりがある」

33

ニクシーが、事実、特異体験者の代表例であるとすれば、決定的な相違が彼らと一般のジェヴレン人を隔てていることは火を見るより明らかだった。その意味では、彼ら特異体験者は地球人やガニメアンともはっきり違っていた。試みに神経中枢とヴィザーを直結すると、ニクシーはかつてヴィザーが扱ったことのない破格の対話モードでシステムと交感した。

何よりもまず、ニクシーはシステムが知覚に直接作用して意識の内部に作り出す環境を体験しながら、一方で身のまわりの現実を正確に認識することができた。テレビで映画を見ながら室内に気を配るのと同じで、彼女は仮想と現実の間を自在に往復した。並みの人間ならシステムが送り込むデータの流れが感覚器官の機能を抑止し、外界からの刺激を遮断するはずである。加えて彼女は、知覚情報を受け取ってフィードバック信号を送り返す通常の対話の域を越え、コンピュータの知能活動をつかさどる内奥《ないおう》の処理過程にまで踏み込んで直接システムと交感する驚異的な能力を示した。どうしてそのようなことがあり得るのかは謎だったが、ニクシーのこの特異な能力によって機械と人間の関係が逆転し、ヴィザーの宇宙認識に新たな次元が開かれたことは、実に空前の出来事というほかはなかった。

ハントにしてみれば、コンピュータが心底驚嘆を露《あらわ》にするというのははじめての経験だった。

「驚天動地とはこのことだ」ヴィザーは興奮を音声に表出した。「未知の世界がある。実在の物理的空間だ。無量、虚空、連続、無辺。三可変実数体の全領域に内在する構造が凝縮、収斂《しゅうれん》して瞬時の経験があらゆる認識を包含する……そう、わたしにはそれが感じられる。こうしている今も、世界が無限に拡がっていくのがわかる。その世界は姿があって形がない。構造があって実体がない。包括的でありながら、なおかつ記述的な……」

「いやあ、こいつは大変だ」ハントは誰にともなく呟《つぶや》いた。ニクシーの様子をつぶさに観察する必要から、ヴィザーとの対話は音声チャンネルによっていた。

「えらいことになってきたね」ダンチェッカーが相槌《あいづち》を打った。

UNSA研究室のニューロカプラーに心地よげに横たわったニクシーは首を回して壁面と天井が交わるあたりを見上げていた。ヴィザーは感に堪《た》えぬ体《てい》で応答した。「点、線、曲線、平面の超集合が体系化されて、知覚を持つ形態《ゲシュタルト》に統一されている。数学本来の美しさを抽出して結晶させた純粋な姿を見る思いだ。論理は確固として揺るぎない。無限小の極限。多様体の連続……」

ニクシーは片腕を翳《かざ》して向こうを透かし見るような仕種《しぐさ》をした。

「順列。微分系数。生命を得て動きだす微分方程式。ベクトルの舞踊。盛んな運動。対称の均衡を保つ力の協調……」

「いい加減にしないか、ヴィザー」ハントは堪《たま》りかねて言った。「きみは今もって全テューリアン文明を預かっているんだからな。しっかりしろ。ここできみにおかしくなられては目も当てられない」

「これが、きみたちが自然な状態で生きている現実なのか」ヴィザーは嘆声を発した。

「何が？　誰が生きているって？」

「きみたち……人類やガニメアンたち……自身、外界に生きる者としている存在だよ。わたしが信号化するのはこの世界のデータだね」

ハントは眉を寄せた。「まあ、そういうことだろうね。しかし、この世界については、きみはわたしらと同じくらいよく知っているはずじゃあないか。それどころか、わたしらよりもよっぽど詳しいだろう」

「きみはわかっていない」ヴィザーは言った。「今の今まで、わたしはきみたちが言うところの、観察可能な現実の記号を操作していたにすぎないのだよ。モデルを処理するのと、それが何を意味するか理解するのとではまったく話が別だ。わたしは今はじめて、〝外界〟の真の意味を知ったよ」

ダンチェッカーは当惑げに尋ねた。「つまり、何かね？　この若い女性はわたしらとは違った目で物を見ているというのかね、ヴィザー？」

「いいや」ヴィザーはきっぱり否定した。「それを言うなら、わたしが違う目で物を見ているのだよ」

ハントはコンピュータのふるえるばかりの興奮が直《じか》に伝わってくるような不思議な気持ちを覚えた。

「正直な話、わたしが本当に何かを見たのは今という今がはじめてだよ。わたしはニクシーだ。わたしは今、ニクシーの意識に入り込んで、ニクシーの目で外界を眺めている」

ハントとダンチェッカーはきょとんとして顔を見合わせた。ニクシーは相変わらず何の屈託もなくあたりを見回し、ヴィザーは光の波面や、視角と視野の関係についてまくし立てた。

カプラーの寝椅子の足もとに控えてじっと正面の壁を見つめていたシローヒンが、何やら思うところある顔つきで地球人科学者二人をふり返った。「ヴィザーが言いたいのは、何はともあれ、ニクシーは通常の結合プロセスで情報の流れを反転させるということではないでしょうか」彼女はゆっくり考えながら言った。「ヴィザーに伝えられる情報はすべてわたしどもが認識する事実を符号に換えて、機械が読める形に組み立てたものですね。コンピュータはその符号、ないしは記号を演算処理するわけです。テューリアンのシステムでは人の感覚器官を迂回して情報を伝達しますが、人から機械への入力は現に接続されている脳の部位、知覚中枢に発する情報の符号化されたデータであることに変わりはありません。つまり、ヴィザーはこれまで数学的に変換された符号以外のものを扱ったことがないのです」

「いまだかつて現実を見たことがない」ハントは半ば独りごとのように言った。

「じゃあ、わたしたちはどうでしょう？　現実を見ていると思いますか？」シローヒンは問いかけた。

ハントは彼女を見返して椅子に体を沈めながら、ジーナがはじめて訪ねてきた時にしたフォトンの話を思い出した。外界として認識される現実はすべてフォトンが神経繊維の末端に与える刺激によって作り出されるものでしかない。認識とは神経作用以外の何ものでもない。だとすれば、ヴィザーはその機構内部にいったいどのような現実像を作り上げているのだろうか？　おそらくは誰にもわからず、知る術《すべ》もないことであろう。

「ところが、どういう手続きによるものかはいざ知らず、ニクシーは機械と人間の関係を逆転させているのです」シローヒンは言葉を続けた。「ニクシーはヴィザーの知覚チャンネルを迂回して、直接ヴィザー内部のデータ処理過程に介入するのです。その結果、ヴィザーははじめて人間の知覚構造に同化することができました。ヴィザーは今はじめて、空間、時間、そして、そこで起きている動きを含めて宇宙の姿を目《ま》のあたりにしているのです。ただ記号を扱うだけとはわけが違います。ヴィザーにとってはまさに衝撃の体験でしょう」

「まったくだ」ハントはそっけなくうなずくだけだった。

ダンチェッカーは眉を一つに寄せた。「しかし、どうして？　どうしてそんなことができるのかね？」

「今の段階では、わたしには何とも言えません」シローヒンは正直に言った。「どこか奥深いところで、ニクシーの意識はわたしたちと根本的に違う働きをしているらしいと考えるのが精いっぱいです。にもかかわらず、物事を見たり聞いたり感じたりする意識の表層では、ニクシーは普通人と少しも違わないはずです。そうでなければヴィザーはニクシーと対話できませんから。どう説明したらいいかわかりませんが、人間と機械の意識が混じり合っているような……いえ、これも適切な言い方ではないかもしれません。ただ、ある意味ではニクシーは機械の意識の拡張と言えるのではないでしょうか。わたしどもにとっても、これはまったくはじめての体験です」

ダンチェッカーはハントをふり返った。「それにしても、ニクシーは科学の初歩の初歩も理解していない。どう考えても科学向きにはできていない、と自分で言っているじゃあないか。きみはこれをどう解釈するね?」

ハントは降参の思い入れで両手を拡げて肩をすくめた。

ダンチェッカーはニクシーに目をやった。彼女は人差し指を立てて頬杖《ほおづえ》を突く形で横たわったまま、興味深げにみんなの話を聞いていた。

「きみはヴィザーの中で何が起きているか、わかるのかな?」ダンチェッカーは尋ねた。

「どんなふうでもいいから、それをわたしたちに話してもらえないかな」

「そう言われてもねえ」ニクシーはゾラックを介して答えた。「どうすればいいかはわかるけど、説明しろって言われても困るわよ」

「子供が泳いだり、三輪車に乗ったりするのと同じだよ」ハントは言った。「理屈じゃあない。体で知っていることなんだ」

「いつから機械の意識に立ち入ることを覚えたね?」ダンチェッカーは尋ねた。

「はじめからよ」ニクシーは言った。

ダンチェッカーは眉を顰《しか》めた。「いや、それは違うだろう。ある日、突然できるようになったのではないかね。ある時を境にがらりと人が変わるというふうに聞いているけれども、それから後のことではないのかな？」

「まだわかってないのね」ニクシーは頭をふった。「わたしが前にいた世界では、誰でも同じ。生まれつきなのよ。あなたたちにはできないけれど」

「わたしにもか？」ハントは乗り出して尋ねた。

「そうよ。シローヒンも。ここにいる人たちはみんな」

「わたしたちでも、あなたのような能力を身につけることはできるの？」シローヒンはニクシーの顔を覗《のぞ》き込んだ。

「できるわよ。わたしみたいに人が変わればね。取り憑《つ》かれて」

「取り憑かれるって、何に？」

「アヤトラよ。わたしもその一人。取り憑かれて変わった人をわたしたちは覚醒者と言ってるけど、機械の意識にまで入り込むのはわたしたちが持って生まれた性質なの」

ダンチェッカーは深く溜息《ためいき》をついて胡散《う さん》臭げにハントの方を盗み見た。「今の話だと、きみは誰かに乗り移ったように聞こえるがね。そうなのかな？」

ニクシーはうなずいた。「そう、その通りよ。わたしたち、あなたがたが言うように、〝取り憑かれ〟ているんじゃあないの。取り憑いてるのはわたしたちの方よ」

「だとすると、もともとのニクシーはどういう人物だったんだ？」ハントが尋ねた。

「知らないわ。乗り移る前は会ったこともないもの。でも、聞くところによるとお天気屋で、あんまり頭の良い方じゃあなかったみたい」

三人の科学者は無言で視線を交わした。みな同じことを考えていた。アヤトラに共通する傾向は思考の混乱と情緒不安である。ところが、ニクシーは言うことに筋が通って、おまけにいささかも自分を失っていない。ハントは事実、しなやかで強靭《きょうじん》な精神力を具えた例外的なアヤトラを見つけてきたか、さもなければ、ニクシーは錯乱の果てにいっさい疑いを抱くということがなくなっているかのいずれかであろう。そのいずれかを見分けるのは難題だ。

「きみの言うその〝わたしたち〟だがね」ダンチェッカーが質問の口を切った。「詳しくは、どういう人種かね?」

「わたしと同じ世界の出身者よ」ニクシーは答えた。

「ジェヴレン人ということかな? しかし、わたしはジェヴレン人ではない。ヴィックとわたしは地球人だ。シローヒンは……さあ、何人と言ったらいいのかね。ミネルヴァの生まれだと思うけれども」

「そうじゃないの。そんなことはどうだっていいの。わたしが言ってるのは、世界だか宇宙だか知らないけど、とにかく、わたしが前にいたところ」

ダンチェッカーは額に皺《しわ》を刻んだ。「すると、何かね? きみはどこか別の世界からやってきて、この世界の誰かに乗り移ったというのかね?」

ニクシーは何度も大きくうなずいた。「そうよ、そう。その通りよ」

「ここは一つ、現実的に話をしよう」ダンチェッカーは言った。「どこか別の世界などというものは、物理的な空間として実在するわけがない。つまり、きみは一部で高い意識とされている精神状態になることを、別の世界へ移ることに譬《たと》えているのではないかな？　きみはもとのままで、別人になったわけじゃあない。ただ、以前はこれが自分だと思っていた人格が何かの影響で大きく変わったのだね。それで、きみは自分が生まれ変わったような気がしている。地球にもいろいろな宗教や精神修養の方式があって、同じように目覚めの体験をそれぞれ独自の言葉で説明しているよ」

しかし、ニクシーの確信は動かなかった。「違うわ。別の世界はちゃんとあるのよ」

「どこに？」シローヒンが脇から尋ねた。

「わからないわ」

この先どう話を進めるか、ここが思案のしどころと三人は顔を見合わせた。

「じゃあ、きみはどうやってこの世界へ来たのかな？」ハントが一歩踏み込んで質問した。

「命の流れに乗ることを知っていれば来られるのよ」

ダンチェッカーは溜息をついてそっぽを向いた。腹の底で唸《うな》っているのがハントには手に取るようによくわかった。気が重いのはハントにしても同じことだったが、こうなった以上、質問を重ねるしかない。

「命の流れ、というのは？」

「生命力とも言うし、霊気とも言うんだけれど、とにかく、命を支えるものが空から流れてくるの。それが向こう側の世界から人の声や幻影を運んでくるのよ」

「意志の力でその世界に到達するということ？　あなたが言っているのはそういうことね？」

シローヒンは先のダンチェッカーの解釈を踏まえて言った。「向こう側の世界はあなたの意識の中にあるのね？」

「そうじゃないわ」ニクシーはじれったそうに手をふった。「外にある現実の世界よ。まわりを見てごらんなさいよ。目に見える、これが現実ということでしょう？」

ハントはなおも理解に苦しむ様子でニクシーの顔を覗き込んだ。「その、向こう側といい、外側というのは、今、現にきみがいるこの世界だね？」

「あなたたちがいる、この世界よ。わたしたちは意識の流れに乗って浮かび出ることを学ぶの。それでわたしはここにいるのよ」

「じゃあ、どうやってこの世界に現われたの？」シローヒンが尋ねた。「あなたは以前、どこか別の……内側の世界にいて、気がついたらこの世界でニクシーになっていたというの？　途中のことはわからない。あなたの話は、そう受け取っていいのかしら？」

「そうは言ってないわ」ニクシーは首を横にふった。「カプラーを通らなきゃあ駄目だもの。カプラーを潜《くぐ》る以外、こっちの世界に浮かび出る道はないのよ」

ハントは困惑の体《てい》で尋ねた。「ヴィザーに接続するカプラーかい？」

「違うわよ」ニクシーは、わかりきったことではないかという顔でハントを見返した。「ジェヴェックスだってば」

ハントは呆然として椅子に沈み込んだ。ダンチェッカーは鳥がきょときょとあたりを見回すような顔つきでニクシーをふり返った。あり得べからざる考えがハントの頭を過《よぎ》った。

「まさか、ジェヴェックスであるわけがないだろう」信じることを拒む気持ちで彼は言った。「さっきのヴィザーと同じことが起きているなんていうんじゃあないだろうね」

シローヒンはしばらく考えてから、きっぱり言った。「それは違います。ヴィザーの現実認識はわたしたちが抱いている現実の概念とは似ても似つかないものです。ヴィザーはわたしたちとはまったく別の世界像を描いています。これまでの話からもおわかりのように、物理的空間の概念一つ取ってみても、わたしたちとヴィザーの間に共通するものはありません。人間の神経組織内に別の世界が実在するというのはあり得ないことです。ニクシーが言う通り、本当に彼女がどこか別の世界から来たのだとすれば、その世界はわたしたちの認識と通じるところのある形態と特質を持った物理的空間であるはずです。言い換えれば、それはわたしたちの知っているこの宇宙のどこかに実在する世界だということです」シローヒンはそれ以上に深入りすることを躊躇う様子で言葉を切った。「でも、どうしてニューロカプラーで生身の人間が実際に移動できるのか、この時点では想像もおよびません」

と、そこへデル・カレンが浮かぬ顔でやってきた。「ジーナがいない」カレンはハントに向かって挨拶抜きに言った。バウマーと会った時の模様を本人の口から聞こうとギアベーンのベスト・ウェスタン・ホテルに電話したところ、彼女は不在だったという。「昨夜《ゆうべ》帰っていないんだ。伝言もない。バウマーも昨日から行方知れずだよ。どうも様子がおかしい。悪い予感がするな」

検印
廃止

訳者紹介　1940年生まれ。国際基督教大学教養学部卒業。英米文学翻訳家。主な訳書に、ドン・ペンドルトン「マフィアへの挑戦」シリーズ、アシモフ「黒後家蜘蛛の会」1～5、ニーヴン＆パーネル「神の目の小さな塵」、ホーガン「星を継ぐもの」ほか多数。

内なる宇宙　上

1997年8月29日　初版
2020年2月21日　21版
新版2023年10月20日　初版

著者　ジェイムズ・P・ホーガン
訳者　池《いけ》　央《ひろ》　耿《あき》

発行所（株）東京創元社
代表者　渋谷健太郎

162-0814/東京都新宿区新小川町1-5
電話　03・3268・8231-営業部
03・3268・8204-編集部
URL　http://www.tsogen.co.jp
DTP　工友会印刷
暁印刷・本間製本

ISBN978-4-488-66334-6　C0197